물에 잠긴
아버지

물에 잠긴 아버지

한승원
장편소설

문학동네

식물성 아나키스트

올해로 사십대 중반을 넘어선, 시인이자 소설가인 김칠남은 시를 쓸 때는 어스름 달빛과 푸른 별빛이 구워낸 향 맑은 가을이슬 같은 식물성의 아나키스트가 되고, 소설을 쓸 때는 도깨비적인 동물성의 아나키스트가 된다. 시와 소설 속에서만은 자유와 무지개 꿈을 만끽하는 낭만적인 몽상가가 되거나, 이 세상을 새롭게 해석하고 조명하는 제2의 신이 되는 것이다. 그 신을 구태여 규정한다면 아리스토텔레스의 신, 혹은 고행하는 싯다르타를 수호하는 신이다.

시인 김칠남은 이런저런 희망버스의 승객이 되어보았고, 시내 한복판에서 촛불을 들고 시위를 하다가 물대포를 맞아보기도 했고, 강정마을에서 농성도 해보았고, 세월호가 가라앉은 다음 진도의 작은 항구의 부두와 서울광장에서 밤을 지새워보기도 했다. 그것은 한 마리

개미로서 수없이 많은 개미들 속에 참여하여 거대하고 오만한 권력의 성을 허물어뜨리려 덤비는 것이고, 거대하여 끄떡도 않는 오만한 절벽을 향하여 무모하게 날아가는 달걀 한 개쯤이었다. 밟혀 죽거나 깨질 줄 알면서 왜 덤비는가. 인간으로 대접받으며 살고 싶다는 자존 하나가 속에서 꿈틀거리기 때문이었다. 횟배앓이를 하는 사람처럼 견딜 수 없기 때문에 울부짖으며 덤비는 것이었다.

아들 김칠남의 그러한 꿈과 자유와 낮은 데로 임하는 연습들을 아버지 김오현은 못마땅해한다. 그의 아버지 김오현에게 있어, 권력자들에게 저항하는 행위들은 절대적인 금기이다. 그와 아버지는 출신성분이 다르다.

아버지 김오현은 해방과 육이오전쟁의 시공에서 남로당 골수분자였던 김동수의 아들이다.

김동수는 일본 유학을 다녀온 다음 남로당에 가입하여 유치면 총책을 맡아 암약했고, 육이오 때 인민군이 남하한 뒤에는 유치면 인민위원장을 맡아 민족반역자와 반동분자들을 숙청한 다음, 퇴각하는 인민군을 따라 북으로 가지 못하고, 유치 산골에서 빨치산이 되어 유격투쟁을 하다가 죽었다.

김오현은 김동수의 다섯째 아들이었는데, 대한민국 수복 이후, 숙청당한 유가족들에게 네 형들과 어머니와 할머니가 탐진강 용소에서 한밤중에 수장되거나 맞아 죽고 나자 김씨 집안의 장남이 되어버렸다. 김오현은 할아버지의 유언에 따라 김씨 집안을 일으키려고 분투하다가 살림살이를 거덜내고 무작정 서울로 올라가 셋방살이를 하면서 맨손으로 도시의 사냥꾼 노릇을 했다. 시인 김칠남은 인구 천만의 괴물 도시의 최하층민인 김오현의 아들로 자라났다.

물

김오현은 물처럼 한사코 밑으로만 숨어 흐르려 들고 틈새를 찾아 새나가려고 들었다. 식물의 뿌리에서 삼투압으로 스며들고, 팽압(膨壓)에 의해 줄기와 잎과 꽃 쪽으로 올라가는 물.

물에 물 탄 듯, 술에 술 탄 듯 살아온 김오현은 대인관계에서 겁이 많아 비굴했고, 무조건 설설 기었다. 제복 차림의 경찰을 만나면 두려워하며 눈치를 살피고 고개를 떨어뜨리거나 외면했다. 동사무소 직원은 물론, 전기나 수도 계량기 검침원, 심지어는 버스 운전사나 이웃집 사람들에게도 비위를 맞추며 굽실거렸다. 세상 어느 누구의 감정도 상하게 하여 적을 만들지 않으려고, 눈치를 살피며 비실비실 웃어 보이고, 상대가 무슨 말을 해놓고 너털거리면 덩달아 히들거려주는 따위로 비위를 맞추려 하는 무골호인이었다. 발길질과 몽둥이찜질을 많이 당해본 개처럼 꼬리를 사타구니 속에 깊이 찌르고 짖지도 못하고 미리 떨면서 한풀 꺾인 채 기어들어가는 것이었다. 세상 굽이굽이를 거쳐오면서 단단히 주눅이 들어 있는 것이었다.

그런데 김오현은 남에게만 그러할 뿐, 집안에서는 아내나 자식들에게 상식 밖의 폭력을 행사하는 때가 있었다.

일곱번째 아들 김칠남이 몇 해 전의 이른 봄, 촛불집회에 참석하고 집에 들어왔을 때, 김오현은 왜 그렇듯 모난 짓거리를 하고 다니느냐고 따귀를 후려쳤다. 이를 앙다물고 김칠남을 노려보는 김오현의 눈은 밤에 보는 야수의 그것처럼 시퍼런 형광을 뿜고 있었다. 그는 "달걀로 바위를 치면 달걀만 깨져 이 새끼야" 하고 타기하듯이 말했다.

김칠남이 "달걀로 바위를 치면 바위가 깨질 수도 있어요" 하고 볼멘소리를 하자, 그는 "이런 못된 새끼가 집안을 아주 쑥대밭으로 만들 작정을 하고 있네이!" 하고 김칠남을 노려보았다. 김칠남이 집을 나간 큰형에게 들은 바가 있어서, "저야 어떤 짓을 하든지 제 마음 가는 대로 하고 살게 놔두셔요. 이젠 저도 어린애가 아니잖아요!" 하고 말하자 김오현은 갑자기 표범처럼 덤벼들어 두 손으로 목을 졸랐다. "이 새끼도 지 형놈이 한 소리를 똑같이 하고 자빠졌네. 이 시건방진 새끼, 애초에 낳지 않은 것으로 해버리게…… 오늘밤에 내 손으로 콱 목을 비틀어 죽여버릴 테다."

김칠남은 저항하는 것이 불효일 것이라고 생각하고, 죽이든지 살리든지 알아서 하시라고, 아버지에게 몸을 맡겨버리고 캑캑거렸다. 어머니 한영애가 김칠남과 김오현 사이로 끼어들어 둘을 떼어놓으려고 사력을 다하면서, 김칠남을 향해 다급하게 "칠남이, 너 얼른 아부지한테 잘못했다고 빌어라! 다시는 그런 데 안 나갈란다고!" 하고 소리쳤고, 남편 김오현에게는 "여보, 제발, 이러시지 말고 말로 하시오" 하고 애원했다. 김오현은 말리는 아내를 팔꿈치로 가격하고, 무지막지하게 발길질을 했다. 막냇동생 삼순이는 "아버지, 오빠 숨막혀 죽어요!" 하면서 김오현의 팔을 떼어내려고 들었다.

김오현은 김칠남이 온몸의 힘을 풀어버리고 축 늘어졌을 때에야 그를 구석 쪽으로 힘껏 내던지듯 밀어붙여버렸다. 김칠남은 모로 나가 떨어져 뒹굴었다.

여느 때 김오현은, 아들딸들에게 자기처럼 비굴하고 양순한 삶을 죽은 듯이 살아가라고 가르쳤다. 무조건 여당을 지지할 뿐만 아니라, 관권 앞에서 철저한 복종자로서의 길을 가라고 설교를 했다. 물처럼 아래로만 흐를 뿐 절대로 거스르지 말라는 것이었다. 관에 대들어보아야 대드는 놈만 다친다는 것, 대대로 흘러온 이 나라 역사가 그렇다는 것이었다.

김칠남은 제주도 강정마을에 갈 때 원주의 토지문학관으로 글을 쓰러 들어간다고 거짓말을 했다. 강정마을 귀퉁이에 전국 각처에서 보내온 책을 진열해놓고 라면으로 끼니를 때우며, 바닷가로 나가 먼바다에서 달려와 흑갈색 갯바위에서 하얗게 부서지며 물보라를 날리는 검푸른 파도들을 보면서 아버지 김오현의 이야기를 소설로 쓰기로 작정했다. 자기의 감성이 아니라 아버지의 감성, 아버지의 언어로 서술하기로 했다.

아버지 김오현이 물이라면 아들인 김칠남도 물이었다. 김칠남은 흐르는 강물이나 여울물을 보면 〈G선상의 아리아〉를 연주하는 현악기의 소리를 내면서 흐르고 싶어졌다. 샤워를 하면 물의 요정들이 그의 살과 뼈 속으로 스멀스멀 밀려들어왔다. 물은 신성(神性)을 내포하고 있는, 순환하는 넋이라고 그는 생각했다.

그는 스스로가 물이라고 생각하면서도 물을 무서워했다. 저수지의 물, 바닷물, 강물 앞에서도 무서움을 느꼈다. 심지어는 공중목욕탕의 욕조에 담긴 물도 무서웠다. 물 앞에 서면 아찔한 현기를 느끼곤 했다. 그 물 무섬증을 이해할 수 없었다.

강정마을에 갔을 때 혼자서 바닷가에 나가면 출렁거리는 바다가 무서웠다. 바다를 향해 뻗어나간 갯바위 가장자리로 걸어나가면 어질어질했고, 가슴이 우둔거렸다. 알 수 없는 어떤 힘에 의하여, 그가 물속으로 빨려들어갈 것 같은 두려움이 일어났다. 시꺼먼 손 하나가 나와서 그의 발목을 잡아끌고 들어갈 것 같은.

김칠남은 오 년 연상의, 스스로를 돌싱(돌아온 싱글)이라고 말하는, 잘 익은 복숭아 색깔의 볼에 볼우물이 깊이 파이곤 하는 호리호리하고 요염한 북디자이너하고 터놓고 사는데, 번번이 그녀 품속에서 아찔한 익사를 경험하곤 했다. 그녀는 진저리치는 그에게 "왜 내가 무섭니?" 하고 말하면서, 입안에 가득 고여 있는 다디단 침을 혀와 함께 그의 입속에 밀어넣었다가 그보다 더 많은 침을 회수해가고 그의 혀를 빨아들이곤 했다. 엄마의 젖을 탐하는 아기처럼 그녀는 그의 혀와 침샘에서 솟는 수분을 탐했다. 침과 혀가 통째로 흡혈귀 같은 그녀의 입안으로 빨려들어가는 듯싶었다. 그의 육체와 영혼 모두가 빨려들어가고, 그가 속해 있는 국가라든지, 민족이라든지, 한반도라든지, 민주주의라든지, 사상이라든지, 문학적 상상력이라든지, 그를 둘러싸고 있는 해와 달과 별과 안개너울까지도 다 빨려들어가버리고, 그에게는 헐렁헐렁한 빈 껍질만 남아 있는 듯싶었다. 그때마다 백여우에게 혼백을 털리고 있는 것이라는 생각이 들곤 했다. 알 수 없는 것은, 그녀에게 그렇게 털리는 것이 지긋지긋하면서도 달콤하다는 것이었다.

고등학교 때 늙은 한문선생이 모든 남자들은 백여우를 조심해야 한다고 말했다.

……옛날 서당에 다니는 총각이 산길에서 볼이 불그족족한 여인을 만났다. 여인은 교태를 부려 총각을 홀려 숲속으로 들어가 입을 맞추는데, 자기 입안에 있는 달콤한 사탕 같은 구슬을 총각의 입으로 밀어넣어주었다가 헤어질 때 되가져가곤 했다. 그 구슬의 아기자기하고 달콤한 맛에 가슴 닳아지는 소리가 났다. 이후 총각은 계속 말라갔다. 수상하게 생각한 서당선생이 무슨 수심이 있는데 그렇게 말라가느냐고 물었다. 총각은 알 수 없는 여인과의 잦은 만남과 그녀가 입에 넣어주었다가 되가져가곤 하는 구슬의 아기자기한 달콤함과 그것을 상실했을 때의 서늘한 아픔 같은 느낌을 고백했다. 선생은 "하아!" 하고 탄성을 지르고 "오늘은 돌아가다가 그 여자가 입속에 구슬을 넣어주면 눈 딱 감고 꿀꺽 삼켜버려라. 그게 무엇이냐 하면, 사람이 삼키면 확철(廓哲)하게 개안(開眼)을 한다는 여의주란다" 하고 말했다. 총각은 그날 여인이 구슬을 입에 넣어주자 선생이 시킨 대로 꿀꺽 삼켜버렸다. 순간 여인은 현기증이 인 듯 주저앉더니 하얀 여우로 변신하여 달아났고, 총각의 눈은 전에 없이 환하게 밝아졌다. 하늘을 쳐다보았는데, 환한 낮임에도 불구하고 밤에만 보이던 별들이 다 보였다……

이야기를 마친 한문선생이 말했다. 만일 그 구슬을 삼켜버리지 않고 계속 그 여인을 만났다면 총각이 비쩍 말라 죽었을 거고 백여우가 간을 꺼내 먹고 총각으로 변신하여 과거도 보고 벼슬을 하고 결국 나라를 말아먹었을 것인데, 총각이 구슬을 삼켰기 때문에 살아났고, 하늘을 환히 뚫어보는 천문박사가 되었다는 것이었다.

김칠남은 요염한 돌싱 여자와의 뜨거운 키스의 순간마다 군침을 삼키고 허공을 응시하며 확철한 개안을 생각하곤 했다. 돌싱 여자도 물이었다. 김칠남은 물에 대하여 반응하는 스스로의 몸과 마음을 이해할 수 없었다. 물을 보면 오줌이 마렵고 어질어질해졌다. 샤워할 때면 반드시 요의가 느껴져서 오줌을 누었다. 어린 시절 바다에 들어가 헤엄을 칠 때에도 오줌을 누곤 했다. 공중목욕탕에 갈 경우에는, 옷을 벗어 옷장에 넣고 욕조로 들어가기 전에 화장실에서 말끔하게 방광을 비우지만 일단 욕조에 몸을 담그면 오줌이 마렵고 어지러워졌다. 참을 수가 없어 욕조 밖으로 나와 샤워기 밑에서 정수리에 따뜻한 물을 양껏 틀어 아랫도리로 흐르게 한 다음 내심 부끄러워하며 오줌을 누곤 했다. 심지어는 화장실 변기의 물 내리는 소리만 들어도 오줌이 누고 싶어지곤 했다. 비가 내리고 처마끝에서 물방울 떨어지는 소리만 들려도 방광과 전립선이 시큰거리고 요의가 느껴졌다.

바슐라르는 『물과 꿈』에서 바다로 흘러들어가는 강물에는 오줌을 누지 말라고 했는데, 그는 어린 시절 강물에 오줌을 갈기곤 했다. 물에서 놀던 피라미와 소금쟁이와 남생이가 그의 오줌줄기에 놀라 달아났다.

그의 몸밖에 있는 물이 몸안에 있는 물을 끌어당기는지도 모른다고 그는 생각했다. 내 밖에 있는 모든 물은 모성성의 물이고, 그것이 오랑캐꽃과 백합과 글라디올러스와 장미를 꽃 피게 하듯이 내 속의 오줌을 터져나오게 하는 것 아닐까. 나의 물 무섬증은 나의 알 수 없는 전생 때문이지 않을까. 그는 그의 고향 마을 앞을 신화처럼 노래하며 흐르던 청정한 강이 댐으로 막혀 청람색의 물로 가득 고여 있다는 것과 그의 물 무섬증의 운명을 교차시켜 생각했고, 결혼을 하지 않고 그냥 자유자재의 식물성 아나키스트나 도깨비 같은 동물성 아나키스트로 살기로 했다.

그는 십일 남매 가운데 아홉번째로 태어났다. 위로는 형이 여섯이고 누님이 둘이며, 아래로는 남동생이 하나이고, 여동생이 하나였다. 만일 아버지 어머니가 정부 시책에 따라 산아제한을 했다면 그는 태어나지 않았을 것이었다. 아버지 김오현, 어머니 한영애, 그분들은 그야말로 자식이 생기는 대로 낳고 또 낳아 길렀던 것이다.

그의 아버지 어머니와 동년배들은 산아제한을 철저하게 실천한 세대였다. 그들은 결혼을 하자마자 '둘만 낳아 잘 기르자' '아들딸 구별 말고 하나만 낳아 잘 기르자'는 정부 시책에 따라 자식 한둘을 낳고 나서, 남편이 정관수술을 하거나, 아내가 복강경수술을 하거나 했다. 예비군훈련장에서는, 교관이 훈련병들에게 정관수술을 권장했고, 그 수술을 하겠다고 하면 훈련을 면제시키고 돌려보내는 방법으로 산아제한을 유도했었다.

그런데, 그의 아버지는 모든 면에서 한사코 양순하게 정부 시책에 고분고분 따랐지만, 산아제한 시책만은 따르지 않았다. 왜 내 아버지 어머니는 산아제한 시책을 외면하고 그토록 많은 자식들을 낳았을까.

김칠남이 초등학교 이학년 때의 담임선생은 그의 생활기록부에 기록된 십일 남매를 보고 "아따, 느그 어머니 레구홍이다야!" 하고 놀라워하고 나서 잠시 생각하다가 능청스럽게 "그래도 흥부 각시보다는 덜 레구홍이다!" 하고 말했다. 그 순간에는 '레구홍'이 무엇을 뜻하는 것인지 몰랐는데, 오학년 실과시간에, 그것이 일 년 삼백육십오 일 동안에 약 삼백 개까지 알을 낳는 다산성 닭의 품종인 '레그혼'이란 것을 알았다. 육학년 때엔 흥부의 아내가 자식을 스물다섯 명이나 낳았다는 사실도 알았다. 코가 마늘 뿌리처럼 뭉툭하고 얼굴 윤곽이 세모꼴인 그 담임선생의 얼굴은 아직도 그의 뇌리에서 사라지지 않고 있었다.

강

김칠남의 어머니 한영애는 강처럼 흘러왔다. 가슴에서 뿜어낸 안개로 스스로의 몸을 달빛 같은 천으로 가리면서 여울목을 흘렀고, 내밀한 맑음과 탁함으로 수많은 물고기와 다슬기와 개구리와 두꺼비와 꽃뱀과 소금쟁이와 은어와 메기와 쏘가리와 쉬리와 미꾸라지와 피라미와 갈대와 갯버들과 물총새와 박새와 까치와 두루미 들을 키웠다.

자식들은 어머니의 고희 잔치를 한 식당에서 간소하게 치렀다. 어머니는 회갑 때에도, 하늘인 남편보다 땅인 당신이 먼저 잔치를 얻어먹을 수 있느냐고, 조용히 점만 하나 찍고 넘어가자고 말했다. 어머니가 아버지보다 두 살 위인 까닭이었다.

자식들은 두 해 뒤에 아버지의 고희 잔치를, 널찍한 뷔페집에서 열어드리기로 뜻을 모았는데 아버지는 회갑 때와 마찬가지로 완강하게 도리질을 했다. 조상님들께 불효를 저지른, 하늘 아래 가장 큰 죄인인 자기는 그런 잔치를 얻어먹을 수 없다는 것이었다.

김칠남은 형제들과 뜻을 모아, 아버지 어머니에게 며칠 동안 해외 여행을 다녀오시라고 제안했다. 어머니는 "느희 아버지가 좋다고 하시면 나도 따라갈란다" 하고 말했는데, 아버지는 그것도 안 된다고 거절했다. 김칠남은 아버지 어머니에게 제의했다.

"그럼 일박 이일의 고향 여행을 저하고 함께하시지요."

이번에는 어머니가 "나는 가기 싫다. 가봐야 시퍼런 물만 보고 울고만 올 것인데 무얼 하러 가냐!" 하고 말했다. 김칠남이 기어이 설득하려고 들었다.

"고향땅에 담겨서 출렁거리는 물을 보는 것도 의미가 있을 거예요."

그의 말에 아버지는 허공만 쳐다보고 있는데, 어머니가 말했다.

"그럼 칠남이 니가 아버지만 모시고 다녀오너라."

아버지가 바람벽을 향해 돌아앉으며 말했다.

"느희 어머니 안 가면 나도 안 간다."

그 말로 미루어, 아버지가 고향에 한번 가보고 싶기는 한 모양이다 싶어, 그가 오랫동안 은밀하게 굴리고 있던 생각을 말했다.

"사실은 제가, 아버지 어머니의 어린 시절 이야기, 두 분이 그 땅에서 처음 만나신 그날부터 오늘에 이르기까지의 굽이굽이, 슬프기도 하고 즐겁기도 한 곡절 어린 이야기들을 듣고 싶어요."

어머니는 우울한 얼굴로 도리질을 했다.

"나 여기 서울을 한시도 비울 수가 없다. 나 없으면 그 식당 문을 닫아야 한다. 내가 주인이나 다를 바 없다. 칠남이 니가 아버지만 모시고 다녀오너라."

어머니는 그와 아버지가 둘이서만 고향 여행을 하도록 당신은 자리를 피해주고 싶은 모양이었다. 아버지는 고개를 떨어뜨리고 생각에 잠겨 있다가 고개를 저으며 퉁명스럽게 말했다.

"이 애비는 고향 산천 대할 면목이 없다!"

아버지는 두 손으로 딱딱하게 굳어진 얼굴을 가린 채 울음을 억눌렀다. 옆에 앉은 어머니가 돌아앉으면서 눈물을 흘렸다. 그 슬픔이 김칠남의 가슴으로 전이되었다. 뜨거운 것이 울컥 올라왔다.

아버지가 물 한 모금을 마시고 났을 때, 김칠남은 "아버지, 저는 날아다니는 새나 피는 들꽃이나 하늘의 별이나 달이나, 이런저런 사람들의 가슴속에 들어 있는 슬픔이나 기쁨을 시로 읊어내는 시인이잖아요" 하고 나서 "저는 아버지의 가슴에 맺혀 있는 것들을 제가 다 가지고 싶어요" 하며 어리광 어린 목소리로 말을 이었다.

"제가 하는 문학이란 것은 역사의 갈피갈피에 묻혀 있는 어둠을 환한 빛으로 승화시키는 기능을 가지고 있는 것이어요. 어둠 속에 묻혀 있는 우리 선조들을 제가 빛 속으로 끌어올려드리고 싶어요."

"……무슨 수로……?"

아버지 김오현은 당신과 당신 아버지의 삶을 들추어 되새김하려 하는 아들 칠남의 문학이 그렇게 달갑지만은 않은 것이었다. 김칠남은 아버지를 어떻게 안심시키고 설득할까 궁리하다가 말했다.

"수몰되어 있는 고향에 대한 아버지의 부끄러움의 뜻, 지금 시퍼렇게 출렁거리고 있는 그 댐의 물이 어떤 의미를 가지고 있는지 알고 싶어요. 아버지, 저를 좀 도와주세요."

한동안 침묵이 흘렀다. 그 침묵은 방안 분위기를 알 수 없는 보얀 안개너울로 만들고 있었고, 김칠남은 백지 위에 굵은 사인펜으로 휘갈겨 쓰듯이 말을 이었다.

"아버지는 지금 물에 잠겨버린 우리 고향의 지형도를 그대로 지니고 살고 계시지만, 아들인 저는 고향 산천인 슬픈 유치 땅을 덮고 있는 시퍼런 물에 어려 있는 신화나 전설 속에서 살고 있어요. 그 아버지의 지형도를 제 문학으로 아름답고 곱게 색칠하고 싶어요."

어머니가 간절한 목소리로 "여보, 칠남이 소원 한번 들어주시오" 하고 거들었고, 칠남이 아버지에게 말했다.

"아버지, 저, 사실은 얼마 전에, 아무도 모르게 혼자 내려가서, 고향땅에 담겨 출렁거리는 푸른 물을 한번 보고 왔어요. 이번에 기어이 아버지를 모시고 가려는 것은, 제가 거기에 가서 아버지께 해드릴 이야기가 있어서 그래요. 또 반드시 거기에 가서, 아버지께 듣고 싶은 이야기도 있고요."

'장흥 탐진강 댐'을 검색해보니 '전국의 수많은 댐들 가운데서 최고의 일급 청정수'라고 쓰여 있었다. 댐의 상류에는 댐의 물을 오염시킬 수 있는 논밭, 축사, 모텔, 음식점 들이 전혀 없다는 것이었다. 댐 공사 사업비는 2006년까지 십 년 동안 6712억원이 들었고, 장흥의 유치면과 부산면, 강진의 옴천면 일부 697세대 2100명의 수몰민이 발생했는데, 댐의 높이는 53미터이고 길이는 403미터이며 저수용량은 약 2억 세제곱미터이고, 목포, 완도, 신안, 무안, 해남, 진도, 영암, 강진, 장흥의 물 부족을 해소하는 데 한 해 약 1억 3000만 세제곱미터를 공급한다는 것이었다.

그 청람색의 물은 자본주의라는 거대권력의 한 상징이었다. 현대 자본주의는 세상을 지배하는 신이 되어 있고, 그 신은 부자는 더욱 큰 부자가 되게 하고 가난한 자는 더욱 가난하게 만드는 비정한 정글 같은 존재였다. 아버지 김오현의 고향, 혹은 아버지 김오현의 슬픈 역사는 자본주의라는 권력에게 잡아먹혀버렸다.

김칠남은 시인으로서의 자기 생각을 섣부르게 말해서는 안 된다고 생각하고, 아버지의 눈치를 살피며 기다렸다. 아버지는 고개를 숙였다. 아버지는 칠남의 의뭉함에 대하여 생각하고 있음에 틀림없었다. 언젠가 한번 그에게 "이 자식 의뭉하기는" 하고 말한 적이 있었다. "의뭉하다는 말이 무슨 뜻이어요?" 하고 묻자, 아버지는 말했다.

"어떤 사람들은 질그릇 항아리를 속에 감추고 사는데, 그 안에 뱀을 담아 키운다. 밖에서 이리 보고 저리 봐도, 그 사람이 뱀을 몇 마리 키우고 있는지도 모르고, 얼마나 큰 어떤 색깔의, 어떠한 독을 가진 뱀을 키우고 있는지도 모른다…… 그런 항아리를 속에 감추고 있는 사람을 의뭉하다고 한다."

생각에 잠겨 있던 아버지가 "내가…… 거기 가도 괜찮을는지 모르겄다" 하고 혼잣말처럼 뱉어냈다. 세상에게 주눅이 든 아버지의 심사가 그를 울컥하게 했으므로 그는 버럭 말했다.

"아버지가 아버지의 고향땅에 다니러 가는데 누가 무어라고 한답니까?" 김칠남의 말끝에 어머니가 덩달아 "당신 알아보는 사람 하나도 없을 것이요" 하고 말했고, 그가 바싹 조였다.

"누군가가 아버지를 알아본들 무슨 상관이 있어요?"

아버지가 기어들어가는 소리로 "이 애비, 천하에 제일 미련한, 큰 죄인 아니냐…… 선산은 물론 조상님들의 유골을 다 잃어버렸으니……" 하고 말했다. 어머니가 말했다.

"요즘 사람들은 일부러 무덤 파서 화장시켜갖고 여기저기에 다 뿌려버리기도 한답디다…… 조상님들은 당신 형편이나 의중 잘 아시고 다 용서해주셨을 것이요."

오랫동안 고개를 떨어뜨리고 있던 아버지가 천장의 형광등을 쳐다보며 도리질을 했다.

그로부터 삼 년이 흐른 뒤, 세월호 사건이 일어난 지 한 해 뒤의 봄날 초저녁에 아버지 김오현은 문득 아들 김칠남을 불러 앉히고 "그래, 한번 가보자. 고향에" 하고 말했다.

김칠남은 아버지를 와락 끌어안았다. 표범처럼 사납게 그의 목을 졸라대던 아버지는 이제 가엾을 정도로 양순해져 있었다. 형광등과 그것을 싸고 있는 하얀 반사판 사이에서는 파리 한 마리가 파닥거리며 날고 있었다.

전야

고향에 가기 전날 밤, 김오현은 깊은 잠을 자지 못했다. 안방 문과 화장실 문이 여닫히는가 하면, 화장실 변기의 물 내리는 소리가 나고, 주방 탁자 위의 물주전자와 유리컵 달그락거리는 소리가 났다. 그는 얼마 전부터 전립선비대증에 시달리고 있었다. 비뇨기과에서 처방해준 하얀 알약을 아침과 저녁에 한 알씩 복용하고 있었다. 오줌을 눈 다음에 잔뇨가 남아 있곤 하는데다, 심리적으로 조급해지거나 긴장을 하면 거듭 화장실을 드나드는 것이었다. 오랜만에 고향에 간다는 생각이 자꾸 요의를 불러일으켰다.

밤이 깊어지면서, 동네 앞의 차도에서 들려오는 자동차들의 소음은 먼바다의 해조음처럼 아득하게 울려오곤 했다. 가로등 빛을 받아 동편의 창문에 드리워진, 이웃집 벽돌담에 기대서 있는 감나무 가지의 그림자는 수묵화처럼 그윽했다.

김칠남도 마찬가지로 쉬 잠들지 못했다. 아버지가 마흔여섯 살이고, 그가 열두 살 되던 해에 떠나온 고향 유치였다. 그 고향을, 아버지를 모시고 찾아가려 하는데 왜 이렇게 가슴이 설레는 것일까.

고향 마을을 생각하면, 그는 깜깜한 어둠에 둘러싸인 채 슬피 울던 일만 떠오르곤 했다. 당시 여덟 살이었던 그는 네 살인 막내 삼순이와 여섯 살인 동생 팔남이를 보듬고 엉엉 울었었다. 배가 고팠고, 천장에 매달린 전구의 촉이 끊어졌고, 깊은 심연 같은 새까만 어둠이 무서웠다. 그 어둠은 땅속의 깊은 곳에 뿌리를 둔 채 살아 꿈틀거리는 거대한 지렁이의 그림자 같은, 알 수 없는 세계를 가진 생명체였다. 그것은 음험한 몸짓으로 굼실거리는 괴물이 되어 어린 세 몸뚱이를 둘러싸고, 검은 능구렁이가 어미 쥐를 입에 물고 몸통을 감아 조이듯이 옥죄었다. 그와 그의 동생들은 서로를 끌어안은 채 서로의 체온을 빨아들이기도 하고 나누기도 하면서 울었다. 학교에서 달리기 연습을 하다가 늦게야 온 열 살의 이순이 누님이 "울지 마, 얼른 밥해주께" 하고 소리쳐 말했는데도 불구하고 그들 셋은 계속 어엉어엉 소리내어 울었다. 그의 품에 안긴 채 우는 삼순이와 팔남이의 울음소리가 서럽고 무서워 그는 그들을 따라 울었다. 어디엔가를 갔다가 바쁘게 돌아온 아버지와 어머니의 목소리가 들렸을 때 그들은 더욱 큰 소리로 "엄마아!" "아부지이!" 하고 부르며 울었다.

그의 고향은 늘 두렵고 어지럽게 수런거리는 음화로 각인되어 있었다.

그의 출신성분을 알고 있는 출판사 사장 구재서가, 만일 그가 물에 잠긴 고향 유치와 아버지에 대한 이야기를 한 편의 소설로 쓰면 출간해주겠다고 나섰다. 그의 아버지 김오현이 태어나고 자란 유치라는 지형도야말로 특별한 소설적인 시공이고, 육이오 직후에는 모스크바라고 불린 그곳이 댐 공사로 인해 잠기게 되었다는 것이야말로 소설적으로 승화되어야 할 사건이라고, 구재서는 말했다. 구재서는 젊은 시절에 한 잡지의 소설 부문 신인상에 당선된 바 있는 소설가인데, 소설을 써서 먹고살 수 없자 한 스님의 수필집을 찍어내서 돈을 좀 모은 출판인이었다.

한 원로 평론가가 소설가 이문구, 김원일, 김성동, 이문열 등에 대하여 언급하면서 그들의 공통분모를, '아버지는 남로당원이었다'라는 한마디로 말한 적이 있었다. 그 말은 미당 서정주의 '아버지는 종이었다'라는 시구를 패러디한 것이었다.

그의 아버지 김오현의 아버지인 김동수도 남로당원이었다. 그 때문에 아버지 김오현과 그가 태어나서 자라난 작은 산골 마을을 품고 있는 유치는 비극적인 소설적 시공인 것이었다.

허공

강남 버스터미널에서 아침 아홉시에 장흥행 고속버스를 타고 달려 장흥 버스터미널에 도착한 것은 오후 두시였다. 김칠남은 아버지를 모시고 터미널 근처의 식당으로 들어가 갈비탕 한 그릇씩을 먹었다.

이날 아버지 김오현의 차림새는 낯설고 생뚱맞았다. 누군가가 알아볼까 걱정이 되었는지, 밤색 바지에 체크무늬의 남방셔츠를 입고 감색의 양복저고리를 걸친데다 묽은 보라색 안경을 끼고 암갈색 바탕에 암청색 줄무늬가 있는 헌팅캡을 쓰고 검정 비닐 가방을 어깨에 걸쳤다. 밤색 상의에 회색 바지를 받쳐입고 작은 배낭을 짊어진 김칠남이 가방을 대신 들어드리겠다고 해도 아버지는 한사코 마다했다.

검정색 택시를 타고 유치를 향해 달렸다. 김칠남은 택시기사에게 대기료를 주기로 하고 전세를 냈다. 해는 서산마루 쪽으로 약간 기울고 있었고, 산줄기의 남쪽 들판에는 암회색의 그림자들이 드리워지기 시작했다. 택시에 오르면서 아버지가 "요금이 많이 나올 텐디 대절을 하냐?" 하고 중얼거리는 것을, 김칠남은 "저 돈 넉넉하게 있어요" 하고 자신 있게 말했다. 출판사에서 선인세 삼백만원을 받은 것이었다.

택시는 시내를 벗어나자 현기증 나게 속도를 냈다. 얼굴이 기름하고, 콧수염을 기른 오십대쯤의 택시기사는 시디플레이어를 돌렸고, 차 안에는 "허공 속에 묻어야만 될 슬픈 옛이야기"라는 가사의, 조용필의 노래 〈허공〉이 흘러나오고 있었다. 그와 아버지의 물에 잠긴 고향산천 이야기들은 허공 속에 묻어야 할 슬픈 옛이야기일 수 있었다. 그는 택시기사에게 말했다.

"댐 전체를 한번 둘러볼 것이니까, 기사님이 알아서 댐 전체가 잘 보이는 곳에다가 좀 세워주세요." 그는 세련된 서울 말씨를 내뱉고 있었다.

유치 산골에서 태어나 어린 시절을 잠깐 보내다가 서울에 가서 잔뼈가 굵어졌지만, 서울 말씨를 매끄럽게 쓴다는 것은 서울 사람이 다 되었다는 것이었다. 그것은 시골스러운 끈끈한 잔정을 잃어버린, 건조한 사람으로 탈바꿈했다는 것이기도 했다.

스스로의 몸과 영혼이 그렇게 진화했다는 것을 아는 김칠남은 여느 때 스스로 건조해지는 것을 방지하려고 애쓰곤 했다. 자연 친화적인 삶을 살아야 좋은 시를 쓸 수 있다고 생각했다. 자기의 작품에서는 나무의 향기, 동물적인 땀냄새, 흙의 냄새, 강이 노래하는 소리, 높은 산에 끼는 이내(嵐) 같은 신화의 냄새가 나야 한다고 생각했다. 그래서 그는 영혼 속에 들풀이나 송이버섯이나 달팽이나 새나 노루나 사슴 같은 동물들을 키우곤 했다. 우주적이고 신화적인 식물성의 아나키스트가 되고 싶었다.

택시기사가 머리 위의 햇빛차단판에 넣어둔 검은 색안경을 빼서 끼며 "서울서 왔구만이라우?" 하고 투박한 전라도 장흥 사투리로 물었다.

매끄러운 서울 말씨 쓰는 사람을 대하면 일부러 더 투박한 사투리를 구사하는 그것은 장흥 사는 사람의 건강한 반발이었다. 택시기사는 자기 이마 위의 거울로 그와 그의 아버지를 훔쳐보며 말했다.

"일단, 지일로 가까운 망향비 앞에 세우께라우잉."

"네…… 좋습니다."

택시기사가 말했다.

"유치면 일대의 수몰민들이 마을마다 계를 묻어서, 그 망향비들을, 자기네 마을 있던 자리가 내려다보이는 곳에다가 세워놓고 가끔 그 앞에 모여서 제를 지내기도 하고, 한잔씩 함서 물속에 들어 있는 고향 땅을 내려다보고 〈꿈에 본 내 고향〉을 부르기도 하고 그런 모양입디다. 비석이 여러 개여라우. 강동마을 망향비, 공수평마을 망향비, 학산마을 망향비……"

그는 "그럼 학산마을 망향비 앞에 세우세요" 하고 말했다. 함께 초등학교에 다니던 학산마을의 동무 하나를 떠올렸다. 짧은 감색 바지에 흰 줄무늬 있는 녹색 양복저고리를 입고 빨간 넥타이를 매고, 초록색 운동화를 신고 하이칼라 머리를 한, 최영진이라 기억되는 그 아이는 지금 어디서 무얼 하고 살까.

아버지는 택시가 주워 삼키는 아스팔트 길과 산기슭의 숲을 내다보며, 어흠, 어흠 하고 목을 가다듬었다. 어지럽게 교차하는 만감을 간추리는 듯싶은 아버지의 잔기침 소리가 음습한 분위기를 조성했다.

차창 밖으로 댐의 푸른 물너울이 펼쳐졌다. 댐 전체를 청람색 페인트로 채워놓은 듯싶었다. 아버지 김오현은 윗몸을 곧추세우면서 색안경을 벗고 차창 밖을 내다보았다. 콧구멍이 커지고 있었다. 댐의 물너울은 산수화의 병풍을 굽이굽이 펼쳐놓은 듯한 산줄기의 허리까지 차올라 출렁거리고 있었다.

벽돌로 지은 면사무소 건물, 경찰파출소 건물, 농협 건물, 초등학교 건물, 중학교 건물과 수많은 마을의 집들과 매미 울고 까치 지저귀던 늙은 정자나무와 감나무, 대추나무, 밤나무 들과 논밭들과 실뱀처럼 오불꼬불하던 논둑길, 밭둑길과 키 큰 미루나무와 강을 가로질러놓인 시멘트 다리들은 사라지고 없고, 그 자리에는 거대한 청람색의 물결만 출렁거렸다.

택시는 학산마을의 망향비 앞에 섰다.

사각형의 새까만 오석 망향비 앞에는 갈색의 인조목으로 만든 전망쉼터가 있었다. 인조목 기둥 여섯 개를 직사각형으로 세우고, 그 위에 굵은 마룻대를 얹고, 마룻대 위에 가느다란 서까래를 걸친 다음 등나무 줄기를 올렸다. 진한 암갈색의 동아줄 같은 등나무 줄기는 초록색의 잎사귀들을 주렁주렁 달고 있었다. 줄기 끝에는 바야흐로 연보라색의 옥구슬 모양새의 꽃망울들이 맺혀 있었다. 그 꽃망울들이 목욕탕에서 금방 나온 앳된 여인의 몸내 같은 향기를 뿜었다.

칠남은 택시의 문을 열고, 아버지의 손을 잡아 밖으로 조심스럽게 이끌었다. 망향비에 새겨진 '푸른 물결 출렁거리는 이곳이 우리 고향 마을이었지……'라는 비문을 훑어보고 쉼터 안으로 들어갔다. 쉼터 난간에 기대서면서 출렁거리는 댐의 물너울을 내려다보았다. 아버지가 긴 인조목 의자에 엉덩이를 붙이고 물너울을 내려다보며 한숨을 섞어 말했다.

"느그 아부지는 이 하늘 아래 제일로 큰 죄인이다."

그 말에 장단을 맞추듯, 등뒤의 소나무숲에서 비둘기가 구구우, 구구우 하고 울었다. 알 수 없는 짙푸른 하늘의 자음과 음험한 땅의 모음이 합성된 듯싶은 음산한 비둘기의 울음소리를 들으며 김칠남은 아버지의 주름살 깊은 얼굴에 피어 있는 자잘한 암자주색 저승꽃들을 흘긋 보았다. 시간은 잔인하다. 시간은 아름답고 곱던 형상을 풍화시킨다.

청람색 물너울

육이오전쟁 전후에 인민위원장을 역임하고, 유치 산악지역에서 빨치산 활동을 하다가 죽은 김동수의 아들인 김오현과, 그의 아들인 김칠남은 댐에 잠겨버린 그 역사의 무상한 시공을 내려다보고 있었다.

김칠남은 아버지 김오현에게 물에 잠긴 고향 마을에 관한 것이면 무엇이든지 다 말해달라고 할 참이었다. 그는 댐의 청람색 물너울을 내려다보고 있는 아버지의 안색을 돌아보았다. 보라색 안경알로 인해 눈동자가 보이지 않으니 아버지의 심사를 읽을 수 없었다. 그도 아버지처럼 청람색의 물너울을 응시했다.

청람색 물너울에 대한 아버지와 아들의 깊은 응시가 시간을 삼키고 있었다. 아버지가 문득 마른 입술에 침을 바르고 깊이 가라앉은 목소리로 입을 열었다.

"너 이것을 아냐? 세상에는 그 어떠한 문학작품보다 훨씬 더 아름답고 신비로운 이야기가 있다는 것."

칠남은 화들짝 놀랐다. 아버지의 말이 뒤통수를 때리고 있었다. 그가 탄성 어린 소리로 "그게 뭣이어요?" 하고 물었다. 아버지가 청람색 물너울의 한곳을 응시하며 말했다.

"우리 고조할아부지…… 너로 해서는 오대조 할아부지가 나락을 베러 가셨드란다."

아버지의 목소리는 떨리고 있었다. 아버지는 흥분해 있었다.

"나락이라니요?" 하고 그가 묻자, 아버지가 "그래, 우리 고향 사람들은 벼를 나락이라고 한다" 하고 나서 말을 이었다.

"고조할아부지가, 나락이 노랗게 익은 논둑에 막 올라선께 어디선가 알 수 없는 향기가 날아오드란다. 그 할아부지는 퍼뜩 사향노루를 떠올렸지야. 촘촘히 들어서 있는 나락 포기들 속 어딘가에서 사향노루가 잠을 자고 있지 않을까. 그 할아부지는 가슴이 우둔거렸단다. 사향노루 한 마리를 잡으면 횡재를 하게 되는 것이니께. 사향노루의 향주머니 한 개를 얻는다면, 그런 논 두어 배미를 넉넉히 더 살 수도 있는 돈이 생길 거 아니냐. 이 생각을 하고, 나락 포기들을 조심스럽게 헤치면서, 향기가 날아오는 쪽을 향해 안으로, 안으로 들어갔더란다."

칠남은 문득 간밤의 뒤숭숭한 꿈을 떠올렸다.

고향 마을 앞에 흐르는 작은 강줄기에 바야흐로 달빛이 하얗게 비치고 있었다. 강물에 발을 담그고 있는, 뭉크의 사춘기 소녀 그림 같은 여신이 해맑은 달빛 옷을 입고 있었는데, 바람이 불자 옷자락이 날렸고, 그 옆을 지나던 그는 어찌할 수 없이 그 알몸을 훔쳐보고 진저리를 치며 옆으로 다가갔다. 한데 갈대밭 속에 숨어서 여신을 지키고 있던 새까만 그림자 같은 남신이 그에게 덤벼들었다. 그는 사력을 다해 달아났지만 남신에게 붙잡히고 말았다. 남신은 그를 번쩍 들어서 새파란 강물의 한가운데 내리꽂았다. 물에 처박히는 순간 악 하고 소리치면서 꿈에서 깨어났다.

김칠남은 마른 입술에 침을 바르며 아버지의 얼굴을 바라보았다. 아버지가 말을 이었다.

"논 한가운데쯤 들어갔는디⋯⋯ 털이 새하얀 사향노루 한 마리가 나락 여남은 포기를 쓰러뜨려 깔고 누운 채, 잠을 자고 있드란다."

이야기가 진행됨에 따라 아버지의 일그러져 있던 얼굴은 부드럽게 펴졌다. 아버지는 자기의 이야기에 취해 있었다.

"옛날부터, 노루라는 짐승은 귀잠이 들면 사람들이 떠메어가도 모른다는 말이 있는디, 바로 그 노루가 그런 잠을 자고 있었던 것이지야. 고조할아부지는 얼른 새끼줄을 가져다가 잠든 노루의 앞다리하고 뒷다리를 묶었드란다. 그렇게 해도 노루는 깊은 잠에 빠져 있었지야. 고조할아부지는 사향노루를 지게로 짊어지고 집으로 가면서 '아이고, 횡재를 했다!' 하고 즐거워했지야. 향주머니를 읍내 한약방에다가 팔아넘기고, 노루고기로 며칠 동안 식구들이 포식을 하게 됐구나. 고조할아부지는 허공을 향해 벙싯벙싯 웃으며 사립 안으로 들어서자마자 노루를 우물 옆에 내려놓고, 부엌으로 들어가서 식칼을 가지고 나와 숫돌에다 갈았더란다. 그러다가 알 수 없는 어떤 기척이 있어서 우물 옆에 눕혀놓은 노루를 돌아보았지. 아니, 그런데 어찌된 일이냐, 사향 노루는 어디론가 가고 없고, 그 자리에 작달막한 신선 하나가 새끼줄에 묶여 있구나. 머리털, 수염, 눈썹, 입고 있는 도포, 신고 있는 짚신이 모두 새하얀, 천 년을 훨씬 넘게 살았을 듯싶은 신선 말이여…… 깜짝 놀란 고조할아부지는 눈을 힘껏 감았다가 크게 떴다. 이것이 꿈이냐 생시냐 하고…… 볼을 힘껏 꼬집어보니 확실히 생시라! 황망한 일을 당한 고조할아부지는 넋을 잃고, 손에 들고 있는 식칼을 내던지고, 신선 앞에 무릎을 꿇고 떨리는 손으로 사지에 묶여 있는 새끼줄을 풀어주고 나서, '신선을 알아보지 못한 이 무식하고 멍청한 놈을 용서해주십시오' 하고 빌면서 머리를 땅에 조아렸드란다. 신선이 부시시 눈을 뜨고 일어나 사방을 살피더니 고조할아부지를 향해 어색하게 웃으며 '아이고, 이 무심한 잠 좀 보소!' 하고 나서 '나 물 한 모금 주소' 하드란다. 고조할아부지가 물 한 사발을 떠드리자, 신선은 그것을 달게 마시고 나서 몸을 일으키고는 마당을 건너 사립 밖으로 천천히 걸어나가드란다. 이 어이없는 현실 앞에서 얼떨떨해진 고조할아부지는 신선의 뒤를 발밤발밤 따라나갔지야. 사립 밖의 골목길을 걸어나가던 신선은 잠시 발을 멈추고 사방을 두리번거리다가, 들판 논둑길을 걸어서 강의 여울목을 건너더니 문득 한순간에 예전의 그 하얀 노루로 둔갑을 하여 팔짝팔짝 뛰어갔단다. 고조할아부지가 '저런, 저런!' 하면서, 그 노루가 어디로 가는가 보자 하고 바라보니, 산골짜기를 타고 저기 저 산꼭대기를 향해 달려올라가다가 가뭇없이 사라졌단다……

그런 일이 있은 뒤로 저기 저, 노루 머리같이 생긴 그 산봉우리를 노루봉이라고 했단다."

　칠남은 가슴이 벅차면서 두근두근 설레었다. 아버지에게서 들은 신선 이야기, 이것은 횡재였다.

　아버지는 이야기를 마치고 나서 "그리고, 그 노루가 잠을 잔 논을 노루배미라고 불렀는디, 그 노루배미가 아마 저기쯤에 있을 듯싶구나" 하고 슬픈 목소리로 말하고 손가락으로 푸른 물의 한 지점을 가리켰다.

　서늘한 바람이 댐의 청람색 물너울 쪽에서 날아왔고, 아버지는 얼굴을 일그러뜨리면서, 안경을 벗고, 손등으로 눈시울을 훔쳤다. 칠남에게 아버지 김오현의 삶이 그 사향노루처럼 하얀 신화로 읽히고 있었다. 그는 흥분된 목소리로 "아버지, 그 이야기, 그것 그대로 한 편의 아름다운 시네요" 하고 나서 "또 이야기해주세요…… 그 어떤 이야기든지요. 그러면 그것이 저의 시가 되고 소설이 될 거예요. 아버지 속에 들어 있는 모든 말씀들은, 아버지가 저에게 물려주는 유형무형의 유산이어요. 그런 의미에서 저는 세상에서 제일 부자여요" 하고 말했다.

　흰 얼굴 살갗에 주름살이 깊어지고, 암자주색의 저승꽃들이 피어난 아버지는 묽은 보라색 안경을 콧등 위로 밀어올리고 댐의 물너울을 내려다보고만 있었다.

　이런 경우에는 술이 필요하다고 김칠남은 생각했다. 아버지에게 술을 대접하고, 아버지가 취한 다음 살아온 이야기들을 모두 털어놓게 하고 싶었다.

"아버지, 어차피 오늘은 못 올라가니까 읍내로 들어가 모텔방 하나 잡아 주무시고 내일 올라가시지요."

아버지를 모시고 탐진강변의 한 식당으로 가서 우럭 매운탕을 시켜 저녁을 먹었다. 소주 한 병을 터서 권하자 아버지는 석 잔이나 거듭 마셨다.

근처의 모텔방 한 칸을 잡아 들어간 다음에야 아버지는 색안경을 벗었다. 김칠남은 소주 두 병과 맥주 세 병과 사과와 귤과 땅콩 두 봉지를 사왔다.

아버지는 아들이 권하는 대로 말없이 맥주잔을 들고 목을 축이듯이 조금씩 마셨다. 물론 그도 마셨다. 아버지의 취기가 도는 듯싶었을 때 그는 아버지에게 말했다.

"아버지께서 증조할아버지 모시고 사시면서 고등학교에 다니시다가 어머니하고 만나신 다음 농사짓고 살아오시던…… 제가 모르는 이야기들 있지 않아요? 아까 댐 앞에서 하신 것 같은 그런 이야기들이랑…… 좌우간에 다 천천히 들려주셔요."

아버지는 맥주가 심심하다며, 소주 한 잔을 맥주잔에 따라 마셨다. 술기가 오르자, 눈살을 찌푸린 채 눈을 가늘게 뜨고 생각에 잠겼다. 문득 "느그 증조부님이" 하고 입을 열었다. "비가 오는 날에는 사랑방에서 가끔 난초를 치셨어야."

할아버지의 난초

　김오현의 짙은 안개 속에 잠긴 음화 같은 의식 속에서는, 늘 할아버지가 신문지나 하얀 종이를 방바닥에 펴놓고 난초를 치고 있었다. 농사꾼인 할아버지는 머리와 턱수염과 코밑수염과 구레나룻이 반백이었고 주름살이 깊었고, 살갗에 저승꽃이 지천으로 피어 있었다. 밤이면 벽을 향해, 반가부좌를 한 채 눈을 감고 윗몸을 양옆으로 천천히 저으며, 낭랑한 목소리로 무엇인가를 암송하곤 했다. 훗날 철이 들었을 때 그것이 『논어』와 『맹자』라는 것을 알았다.

　비 오는 날이면 우비를 걸치고 논밭을 살피고 들어와서 점심밥을 먹고, 초등학생인 오현에게 바람벽을 향한 채 앉아 『명심보감』을 소리내서 외우라고 명한 다음 난초를 쳤다. 오현은 『명심보감』을 외우다가 고개를 돌리고 할아버지가 난초 치는 것을 구경하곤 했다.

　할아버지는 신문지를 펼쳐놓고, 벼루에 물을 조금 붓고 오랫동안 천천히 먹을 갈았다. 먹이 진하게 갈아지면 몇 차례 심호흡을 하고 나서 마른 붓에 먹물을 묻혔다. 종이를 응시하며 손목과 손과 붓끝에 기를 모았다. 붓끝이 미세하게 떨렸고, 응시하는 눈빛은 날카롭고 매서웠다.

　신문지의 왼쪽 밑부분의 모서리에 닿은 붓끝은 대각선으로 천천히 나아가다가 무엇엔가 부딪혀 한 번 주춤거리며 힘을 모아서 고개를 쳐든 채 다시 나아가고, 무슨 장애를 만난 듯 멈칫하면서 약간 휘어지는 듯했다가 줄기차게 허공을 향해 나아가 뾰쪽한 비수 같은 잎사귀의 끝을 만들었다. 할아버지는 하늘을 찌른 비수 같은 잎사귀를 이리

34

저리 뜯어보다가 왼쪽 하단의 밑뿌리 부분에서 꽃대 하나를 우뚝 솟아오르게 치고 나서 끝에 봉황의 눈 같은 꽃 한 송이를 치고, 밑뿌리 부분에 끝이 무딘 자잘한 잎사귀 여남은 개를 쳤는데 그것들은 그냥 분위기를 조성해줄 뿐이었다. 그것을 한동안 내려다보고 있다가 종이 전체를 두 손으로 구겨버렸다.

어떤 때는 하얀 종이를 바르게 펼쳐놓고 네 귀퉁이를 조약돌로 눌러두고, 오래 기를 모은 다음 한 개의 키 큰 비수 같은 잎사귀를 친 다음 꽃대와 꽃 한 송이를 치고, 뿌리 옆에 자잘한 잎사귀들을 쳤다가 구겨버리기를 거듭했다. 할아버지가 간직해놓은 난초 친 종이는 한 장도 없었다. 거듭 구겨버린 것들을 할아버지는 뒷간에 갈 때 휴지로 사용하거나 불쏘시개로 썼다.

할아버지는 왜 그렇게 오직 잎사귀 하나만을 하늘을 찌를 듯이 치고, 다른 여남은 개의 잎사귀들은 자잘하게 치고 꽃을 한 송이만 치는 것일까. 오현은 할아버지에게 그 까닭을 물어보지 못했다. 그 의문은 필름의 음화 같은 사건과 맞닿아지곤 했다. 그 기억 속에는, 그가 할아버지의 등에 업히기도 하고 자박자박 걷기도 하면서 먼길을 지나온 아스라한 영상이 들어 있었다.

아주 오랫동안 그는 깜깜한 골방 안에 갇혀 지냈었다. 다섯 살 적의 어느 날, 외할머니는 그를 부엌 속의 골방 안에 가두었다. 외가는 우람한 제암산을 앞에 둔 산협에 있었다. 사간 겹집의 부엌문을 열고 들어가면 안쪽에 있는 골방에는 곡식 가마니들과 메주가 쌓여 있었는데 퀴퀴한 냄새가 났고 음습했다. 문을 닫아버리면 깜깜한 공간이 되었다. 쥐를 방지하기 위해 양철판으로 덧댄 문짝의 틈새로 미세하고 보얀 빛살이 스며들 뿐이었다. 외할머니는 방짜요강을 넣어주면서 오줌과 똥을 거기에 싸라고 했다. 끼니때에는 국에 만 밥을 들고 들어와 그에게 먹여주었다. 왜 이렇게 그를 가두는 것인지 알 수가 없었다. 그는 거기에 갇힌 채 우두커니 앉아 있거나 문틈으로 날아든 빛살을 응시하거나 요를 덮고 잠을 잤다.

그 골방에서 풀려난 것은, 헤아릴 수 없는 많은 밤과 낮의 긴긴 시간이 흘러간 뒤였다. 어느 날 반백인 노인이 문을 열고 외할머니와 함께 들어와서 그를 안고 밖으로 나갔다. 할아버지였다. 할아버지는 그를 등에 업은 채 외갓집 대문간을 나섰다. 그를 보내면서 외할머니는 까만 치맛자락 한쪽 귀를 잡아다가 눈물과 콧물을 훔치면서 울었다.

할아버지는 그를 업고 가다가 길바닥에 내리고, 그의 손을 잡은 채 걸었다. 얼마쯤 가다보면 다리가 아팠는데, 할아버지는 "우리 오현이 다리 아프지야?" 하고는 그의 앞에 등을 대고 앉으며 "업혀라" 하고 명했고, 그가 업히면 두 손으로 깍지를 끼어 엉덩이를 받치고 걸어갔다.

서산마루 위로 붉은 노을이 타올랐고 곧이어 땅거미가 내렸다. 사방이 어두워지자 그는 무서웠다. 등뒤에서 달이 떠올랐는데, 할아버지는 달을 등진 채 어둠을 헤치고 나아갔고 그는 까무룩 잠이 들었다. 유치 학산마을의 텅 빈 집에 당도했을 때 달이 사립 밖의 미루나무에 걸려 있었다.

놋쇠화로

김오현은 머리가 희어져 있는 요즘도 가끔 꿈에, 그 옛날 할아버지가 담배대통으로 놋쇠화로 두들기는 소리를 듣곤 한다. "챙 챈 챙챙." 초등학교에 다닐 적에는 할아버지하고 사랑방에서 함께 잠을 자곤 했는데, 자다가 놋쇠화로 두들기는 소리에 놀라 잠을 깨곤 했다. 눈을 떠보면 깜깜한 어둠 속에서 오뚝이처럼 앉아 있는 할아버지의 검은 그림자가 보였다. 오른손에 기다란 담뱃대를 들고 있는 그 그림자의 배경은 보얀 서창이었다. 서창의 문창살은 촘촘한 ㅃ 자 문양이었다.

놋쇠화로는 할아버지에게 없어서는 안 되는 보물이었다. 할아버지는 늘 그 화로를 옆에 놓고 살았다. 할아버지는 밥을 짓거나 쇠죽솥에 불을 지피고는 알불을 그 화로에 담은 다음 몽근 재를 조금 덮어놓았다. 그 놋쇠화로는 집안의 불씨를 이어주는 기구였다. 등잔불에 불을 켤 때는, 벼룻집 속에 소중하게 간직한, 유황을 녹여 끝에 묻힌 가느다란 댓개비 한 개씩을 꺼내 놋쇠화로의 알불에 대 붙여 파르스름한 불을 일으켰다. 부엌 아궁이에 불을 지필 때는 화로의 알불 하나를 집어가지고 가서 마찬가지로 유황 묻힌 곳을 이용하여 불을 일으켰다. 할아버지는 사철 내내 화로 속의 알불을 꺼뜨리지 않았다. 이웃집에서 할아버지에게로 알불을 얻으러 오곤 했다. 할아버지는 한겨울 긴긴 밤이면 그것을 보듬은 채 등잔불 심지를 돋우고 돋보기를 콧등에 얹은 채 책을 읽었다.

그 놋쇠화로는 할아버지가 울화를 푸는 대상이었다. 심기가 불편할 때는 큰 소리로 어험 하고 목을 가다듬고, 담배대통으로 그것의 시울을 두들겼다. 손자를 꾸짖을 때에도 그것을 두들겼다. 낮에 보면 할아버지의 담배대통 시울이 일그러져 있었다.

어둠 속에서 할아버지는 긴 한숨을 거듭 내쉬고 어험, 어험 하고 헛기침을 했다. 손자인 어린 김오현은 어둠이 무섭고, 할아버지의 거무스레한 그림자가 두려웠다. 할아버지는 고개를 떨어뜨린 채 두 손으로 무언가를 만지작거렸는데, 부시럭거리는 소리가 방안을 울렸다. 담배대통에 담뱃가루를 다져넣는 소리였다. 잠에서 깬 오현은 일어나 윗목 구석에 있는 방짜요강을 타고 앉아 오줌을 누고 다시 이불 속에 몸을 묻었다.

김오현이 중학교에 들어간 그날부터, 할아버지는 그를 안채의 큰방에서 혼자 자라고 명했다. "앞으로 네가 우리 집안의 주인이 될 것인께 안방에서 거처해야 한다." 그것은 손자를 독립시키려는 것이었다. 아니, 어쩌면 밤에 혼자 자면서 마음놓고 놋쇠화로를 두들기려고 그랬는지도 몰랐다.

중학교 일학년인 오현은 휑하게 넓은 안방이 무서웠으므로, 공부를 하다가 등잔불을 끄고 나서는 이불을 머리 위까지 뒤집어쓰고 자곤 했다. 그는 챙 챈 챙챙 하는 놋쇠화로 두들기는 소리에 잠을 깨곤 했다. 그 소리는 어둠에 잠겨 있는 집안을 흔들었다. 어험, 어험 하는 할아버지의 헛기침 소리가 잇따라 들려왔다. 놋쇠화로 두들기는 소리와 헛기침 소리는 동시에 손자 오현의 가슴을 흔들어놓곤 했다. 그것은 집안 여기저기에 똬리를 틀고 있는 무거운 어둠의 뿌리가 내는 소리 같았다. 그 어둠의 뿌리는 할아버지의 몸 어딘가에 도사리고 있는 알 수 없는 응어리하고 연결되어 있었다. 김오현은 모로 돌아누워 몸을 새우처럼 웅크리고 진저리를 쳤다.

결혼

김오현은 고등학교 이학년 이학기 10월 10일 오후의 일을 잊을 수 없었다. 그때 그는 열여덟 살이었고, 볼과 턱과 이마 여기저기에 여드름 몇 개가 꽃처럼 피어나 있었다. 밤이면 몽정으로 인해 팬티를 망치고, 할아버지 몰래 마을 앞 강의 조약돌밭으로 달려가서 그것을 빨아 입곤 하던 무렵이었다.

국어시간에 '시적(詩的) 변용에 대하여'를 배우고, 쉬는 시간에 변소에 갔다가 교실로 들어가기 위해 복도로 들어섰다. 도수 높은 검은 테 안경잡이인 얼굴 가무잡잡한 국어선생이 침을 튀기면서 읽은 글귀들이 머리에 남아 있었다.

"……핏속에서 자라난 파란 꽃 빨간 꽃 혹은 험하게 생긴 독이, 이것들은 그가 자라난 흙과 하늘과 기후를 이야기하려 하지 않는다…… 시인은 변종을 만들어내는 원예가, 하느님 다음가는 창조자이다. 그는 실로 교묘하게 배합하여 새 꽃을 만들어낸다…… 그가 뿌리를 땅에 박고 광야에 서서 대기를 호흡하는 나무로 있을 때에만 그의 가지에서는 생명의 꽃이 핀다……"

나도 화려한 변종의 꽃을 만들어내는 원예가, 하느님 다음가는 창조자 같은 시인이 될까. 김오현은 늘 막연한 알 수 없는 동경이나 슬픔과 두려움에 빠져 있곤 했다. 가슴속에 짙푸른 가을하늘이 빠져 있는 호수가 들어 있었다. 그 푸름에 빠져들면 시 한 편을 외곤 했다. 며칠 전 점심시간에, 짝이 연애편지를 쓰면서 꺼내서 베끼는 『소월시집』을 훔쳐 읽었다. 그 시들 중에서 가슴을 서늘하게 찌르는 것 한 편을 국어공책 뒤편에 베꼈다.

　그립다 말을 할까 하니 그리워, 그냥 갈까 그래도 다시 더 한번, 저 산에도 까마귀, 들에 까마귀, 서산에는 해진다고 지저귑니다, 앞강물 뒷강물 흐르는 물은, 어서 따라오라고 따라가자고, 흘러도 연달아 흐릅디다려.

　이 시를 외면 귓가와 앙가슴과 겨드랑이와 정수리 한복판에 알 수 없는 푸른 바람 한줄기가 가슴 시리게 지나갔다. 그 시를 머리에 굴리며 복도로 들어서는데, 키 후리후리한 할아버지가 교실 출입문 앞에서 서성대고 있었다. 빨래하여 다리미질한 지 오래인, 허름한 두루마기를 걸치고, 테 한쪽에 너덜너덜한 흠집이 조금 있는 까만 갓을 쓰고, 검은 갓끈으로 턱밑을 조여 묶고, 길이가 세 뼘쯤 되는 긴 담뱃대를 오른손에 들고 있는 할아버지를 보는 순간 그는 감전된 듯 진저리를 쳤다.

　할아버지가 이날 학교에 오신 까닭을 알고 있었다. 할아버지는 오래 전부터 그의 운명 길을 당신의 뜻대로 바꾸어놓으려고 음모를 꾸미고 있었다. 할아버지는 그를 발견하자마자 성큼성큼 다가왔고, 담뱃대 들지 않은 손을 내밀어 그의 오른손을 붙잡았다. 놓치면 달아날지도 모르는 가축의 고삐를 끌듯이 그의 손을 이끌고 교무실로 들어갔다.

　할아버지가 담배대통을 쥔 손을 앞뒤로 저을 때마다 담배대통이 창문에서 날아오는 해거름의 노릇노릇한 비낀 빛을 되쏘았다. 할아버지에게 손을 잡힌 그는 가슴이 우둔거렸고, 얼굴 살갗이 근질거렸다. 그의 가슴속에 알 수 없는 구덩이 하나가 크게 패어 있고 거기에 멍처럼 푸르뎅뎅한 어둠이 담겨 있었다. 할아버지 가슴에도 그러한 구덩이가 패어 있을 듯싶었다. 그의 가슴이 서늘해지면 할아버지의 가슴에 팬 그 구덩이도 동시에 서늘해지는지 모른다. 할아버지는 오래전부터 그의 가슴과 당신 가슴의 그 구덩이를 메울 궁리를 하여오고 있었다.

오래전부터 김오현은 주체가 아니곤 했다. 알 수 없는 음모를 가지고 있는 타자(他者), 할아버지라든지 선생님이라든지 친구라든지, 어떤 분위기에 의해서 무력하게 이끌리곤 했다. 그를 둘러싸고 있는 세상 속에서 그는 늘 소극적이고 소심하고 비굴하게 고개를 숙이고 타협하곤 했다. 그 타협은 그와 할아버지가 가슴에 각기 공유하고 있는 푸르뎅뎅한 어둠 구덩이를 메우는 일을 하려는 할아버지의 의지를 저버릴 수 없어 슬프게 이루어지고 있었다.

아침에 그가 학교에 갈 때 할아버지는 "오늘 내가 점심 묵은 뒤에 학교 가서 느그 선생님한테 허락을 받아야겄다" 하고 말했었다.

키 작달막한데다 호리호리한, 서른한 살의 노총각인 담임선생은 할아버지와 그를 나란히 걸상에 앉혀놓고 마주앉았다. 할아버지는 농사꾼 유학자답게 근엄한 얼굴로, 늙은 염소라는 별명을 가진 턱이 뾰쪽하고 입이 오목하게 들어간 담임선생을 건너다보았다.

담임선생은 김오현네 가정의 비사를 대략적으로 파악하고 있었다. 할머니, 아버지, 어머니, 형들 넷이 모두 육이오전쟁통에 비명횡사하고, 할아버지와 그가 단둘이 그 비극이 일어난 흉가에서 살고 있다는 것.

담임선생은 긴장한 채 뾰쪽한 턱을 치켜들고, 할아버지를 응시하며 염소가 여물을 씹는 듯한 입놀림으로 물었다.

"오현이 할아버지께서 어인 일로……?"

할아버지는 어험, 어험 하고 헛기침부터 했다. 그것은 계획한 일을 자기의 의도대로 천천히 밀고 나아가려는 단단한 의지의 한 표현이었다.

"내일이, 우리 손자놈이 장가를 가야 하는 날이구만이라우."

할아버지가 내뱉은 말에, 담임선생은 눈을 크게 뜨고 할아버지를 보며 "네?" 하고 되물었다. 김오현은 고개를 떨어뜨렸다. 가슴이 두근거리고, 속에 들어 있는 어둠 구덩이가 꿈틀거렸다. 할아버지는 태연스럽게 말을 이었다.

"내일은 장가를 가서 처가에서 첫날밤을 보내야 하고, 모레는 신부를 집으로 데리고 와야 하고, 그다음날은 처가에 인사를 다녀와야 하니께 사흘간은 결석을 해야 할 것이니 양해를 해주세야 하겠구만이라우."

담임선생은 할아버지의 얼굴을 정시하며 "네?" 하고 다시 반문했다. 얼떨떨해하는 담임선생의 심사를 김오현은 넉넉히 이해할 수 있었다. 그 반문은 아직 열여덟 살밖에 안 된 학생을 장가보내는 것이 과연 합당한 처사냐는 물음인 것이었다.

할아버지는 짜증을 내지 않고 같은 말을 반복했고, 담임선생이 얼굴을 붉히면서 말했다.

"우리 학교 교칙에, 고등학교 이학년 학생이 장가를 가도 되는 것인지, 그게 교칙 위반 아닌지, 일단 교장선생님한테 여쭈어보고……"

할아버지는 어험, 어험 하고 나서, 말 한마디 한마디에 알심을 박아가면서 느릿느릿 말했다.

"일본놈들 제국 세상에도 우리 아들은 장가를 가서 아들 다섯을 줄줄이 낳아놓고 웃학교를 다니고 일본 유학도 문제없이 갔다가 왔소…… 담임선생님이 곤란하다면 내가 교장선생님한테 직접 말을 해야겠소."

할아버지는 몸을 일으켰다. 담임선생이 교장실을 향해 앞장서서 갔고, 할아버지는 김오현의 손을 이끌고 뒤따랐다.

몸이 비대하고 이마가 번들거리고 뱁새눈이인 교장은 들어서는 담임선생과 할아버지와 김오현을 번갈아보았고, 할아버지와 그를 소파에 앉혔다. 담임선생이 사태를 설명하려고 하는데, 할아버지가 먼저 말을 꺼냈다.

"이 아이 담임선생님이 무얼 모르는 것 같아서 지가 직접 교장선생님을 만나 뵐라고 들어왔구만이라우."

교장이 할아버지에게 다소 무뚝뚝하게 말했다.

"어여 말씀해보십시오."

할아버지는 곧장 말을 하려 하지 않고, 담배쌈지를 꺼내더니 속에서 담뱃가루 한줌을 집어 담배대통 속에 넣고 다졌다. 그 손이 하늘거렸다. 수전증 때문이었다. 담배대통의 까맣게 그은 시울은 강한 물리적인 충격들에 의해서 찌그러졌고, 모가지는 살짝 모로 굽어 있었다.

담임선생이 얼른 교장에게 힌트를 주었다. "전에 한번 말씀드린 적이 있는데, 김오현군은 혼자 유치 학산마을에서 자전거 통학을 하는 학생이고, 이 어르신은 김군과 단둘이 사시면서 김군을 뒷바라지하는 할아버지십니다."

교장은 눈을 크게 벌려 뜨면서 "아이고, 연세도 많으신데, 손자 가르치시느라 고생이 아주 많으시겠군요" 하고 마른 입술에 침을 발랐다. 우파인 교장의 얼굴에는 몰락한 좌파 집안 사람들에 대한 경계심이 나타나고 있었다. 교장은 멸공과 북진통일을 주장하는 이승만 대통령을 존경하고 있었다.

김오현은 고개를 떨어뜨렸다. 교장의 머리에 일어나고 있는 알 수 없는 생각들이 무서웠고, 할아버지의 한쪽으로 찌그러져 있는 담배대통이 부끄러웠다. 담배대통이 그렇게 찌그러진 내력을 담임선생과 교장선생이 알까 두려웠다.

할아버지는 손자 오현 하나를 살려내려고, 보성 최씨들의 집집들을 찾아다니며 마당 한가운데서 무릎을 꿇고 엎드려 머리를 땅에 조아리면서 빌었었다. "불쌍한 내 손자 오현이 이 새끼 하나만은 절대로 손대지 말고 살려주시오."

그의 아버지 김동수는 남로당 유치면 총책을 맡아 하다가 인민군이 밀고 내려오자 유치면 인민위원장을 했다. 아버지가 맨 처음 벌인 일은 일제 때 고등계 형사를 지낸 최종식을 잡아다가 강변의 자갈밭에서 인민재판에 부친 것이었다. 최종식은 학산마을 부잣집의 셋째 아들이었는데 해방이 되자 장흥경찰서 고등계 형사과장을 하면서 남로당원들을 색출해서 장작 쪽으로 두들겨패곤 했었다. 한데 최종식은 섬으로 퇴각하는 경찰들의 배를 타지 못한 채 학산마을의 큰댁 마구간의 더그매에 숨어 있다가, 그 집에서 수년 동안 머슴살이를 한 얼금

뱅이의 손가락질로 붙잡혀 끌려나온 것이었다. 장터 한복판에서 수백 명이 운집한 가운데 열린 인민재판에서 하얀 한복을 입은, 초췌한 얼굴에 수염이 부스스하게 자란 최종식은 땅바닥에 무릎을 꿇고 얼굴을 찡그린 채 앉아 있었다. 빨간 별 그려진 완장을 두르고 허리에 칼을 찬 세포위원들이 군중을 에워쌌다. 김동수가 최종식의 죄상을 읽어내렸다. "악질반동 최종식은 장흥 관내의 독립운동자들을 잡아들이고, 그 운동원이 잡히지 않을 경우에는 그 집의 식구들을 잡아다가 숨어 있는 곳을 대라고 주리를 틀고, 물고문을 하고 전기고문도 했다. 해방 뒤에는 남로당원들을 그렇게 색출해서 물고를 내곤 했다……"

군중 속에서 누군가가 "민족반역자 최종식을 때려 죽입시다!" 하고 외쳤고, 그 소리가 투명한 하늘을 울리고, 강 건너 산줄기를 울렸다. 다시 누군가가 소리쳤다. "최종식이를 죽이자!" 한여름의 하얀 햇살이 깨진 유리 조각들처럼 쏟아지고 있었다. 여기저기에서 "최종식을 쳐 죽여라!" 하는 소리가 날아들었다. 군중이 동요하기 시작했고, 크고 작은 돌멩이들이 최종식을 향해 날아들었다. 누가 어떻게 말릴 새도 없이, 주먹만한 돌덩이가 소낙비처럼 쏟아졌다. 최종식은 그 돌멩이들에 맞아 머리가 깨져 죽었다. 최종식의 몸은 사람들이 던진 돌무더기 속에 묻혀 있었다. 최씨들은 피투성이가 된 최종식의 시신을 강 건너에 있는 그들의 선산발치에 묻었다.

그해 초가을 인민군이 퇴각을 하자 섬으로 피했던 경찰이 밀려들어 왔고, 보안서원들과 인민위원회에 가입한 사람들과 남로당원들은 인민군들을 따라가지 못하고 모두 유치 암챙이골짜기로 들어갔다.

빨치산 활동을 하던 그들이 토벌군에 의해 소탕되자마자, 최씨 문

중의 청년들은 총과 칼과 낫과 괭이와 몽둥이를 든 채 김동수의 집을 부수고, 김동수의 아내와 어머니와 아버지와 자식들을 모두 몽둥이와 괭이와 쇠스랑으로 두들겨패고 찍어 죽였다. 설맞은 오현의 할아버지가 죽은 듯이 쓰러져 있다가 간신히 살아났고, 장동 만년의 외가에 가 있던 아들 오현이 하나만 무사했다. 오현의 할아버지는 산에서 며칠 동안 숨어 있다가 내려와서, 죽은 가족의 시신들을 강 건너에 있는 밭 위쪽의 선산발치에 묻고, 최씨들의 집집들을 돌아다니면서 하나 남은 막냇손자 오현이 하나만은 살려달라고 빌었다.

교장이 라이터를 켜서, 할아버지의 담배대통에 불을 붙여주었고, 할아버지는 양쪽 볼이 우묵우묵 들어가도록 담뱃대 물부리를 거듭 빨았다. 할아버지가 뿜은 담배연기 덩어리가 교장실 천장으로 올라갔다가 안개처럼 퍼졌다. 할아버지는 어험 하고 목을 가다듬고 나서 말했다.

"내일은 지 손자놈이 장가를 가는 날이구만이라우. 처가에서 첫날밤을 보내야 하고, 모레는……"

교장은 난처해하는 눈빛으로 오현의 앳된 얼굴을 흘긋 살피고 나서, 할아버지를 향해 "김군이 장가를 가기에는 아직은 너무 어리지 않습니까?" 하고 말했다. 할아버지는 얼굴을 일그러뜨리면서 통명스럽게 말했다. "아, 그것이사 각자 가정 형편상 그리할 수도 있고, 저리할 수도 있는 것인께 교장선상님이 상관할 일이 아니지라우."

할아버지의 말로 인해 교장이 무르춤해 있는데, 담임선생이 교장을 향해 말했다. "고등학교 이학년생이 결혼을 하는 것…… 교칙에 위반되지 않을까요?"

할아버지가 단호하게 목청을 높여 말했다. "교칙은 무슨 교칙! 일본놈들 제국 세상에도 모두들 약관도 못 되어서 결혼들을 하고 학교에도 다니고 유학도 가고 그랬소!"

교장은 빨간 혀를 내둘러 마른 입술에 침을 바르고 눈을 끔벅거리다가 말했다. "일단 교직원회의를 해본 다음에 가타부타 말씀을 드리도록 하겠습니다."

할아버지는 교장의 우유부단함에 실망하고, 과감하게 선언하듯이 말했다. "만약 학교에서 우리 손자를, 결혼한다는 이유로 퇴학을 시킨다고 할지라도 어찌할 수 없이 결혼을 시킬 수밖에 없소. 부디 그런 일이 일어나지 않게 해주시오."

할아버지는 담뱃대 물부리를 빨기도 하고, 어험, 어험 헛기침을 하기도 하면서, 집으로 가는 막차를 놓치지 않으려고 서둘러 돌아갔다.

교장이 그날 방과후에 교직원회의를 열었고, 그의 결혼에 대하여 논의를 했다고, 김오현은 훗날 들었다. 교칙에, 학생들은 반드시 총각 처녀 신분이어야만 입학하여 학습할 권리를 가진다는 조항이 없으므로 김오현을 퇴학시킬 수는 없다는 의견이 있었다. 그러한 조항이 없을지라도 학생들이 모두 처녀와 총각 들이어야 한다는 것은 불문율이므로, 김오현이 결혼을 하고 나면 퇴학을 시켜야 한다는 의견도 있었다. 그를 퇴학시켜야 한다는 주장을 편 선생들은, 신성한 학습의 도장에 밤마다 여체를 탐한 남학생을 용납해서는 안 된다, 다른 학생들이 김오현을 부러워하여 여자의 몸을 희롱하려고 할 경우 막을 도리가 없다는, 규율 지도상 심각한 타격이 예상된다는 것이었다.

교직원회의는 저녁 여덟시가 가까워지도록 결론을 내지 못했는데, 교감선생이 그 문제를 교장선생의 재량에 따라 처리하기로 하자는 의견을 내놓았고, 얼른 집으로 돌아가고 싶어한 선생들이 그 의견에 동의했으므로 어정쩡하게 끝이 났다.

교장은 그날 밤 교육청 장학사에게 전화로 자문을 구했는데, 장학사가 묘안 하나를 제시했다. "그냥 암묵적으로 허락을 해버리고 조용히 넘어가버리시오."

교장은 김오현이 장가를 가느라고 학교에 등교하지 않은 날 아침 교직원회의에서 말했다.

"김오현군의 결혼 문제를 다음과 같이 처리하겠습니다. '우리 학교에서는 김오현군의 결혼을 허락한 바가 없다. 김오현군의 할아버지가 손자 김오현을 결혼시켰는지 어쨌는지 학교로서는 모르는 일이다.' 담임선생은 김오현군의 사흘 동안의 결석을 그냥 병결로 처리해주십시오."

신행길

남풍이 불었고, 강은 물뱀의 비늘 같은 물결로 찬란한 햇빛을 되쏘고 있었다. 강변에는 두루미와 해오라기가 물고기 사냥을 하고 있었고, 갈대숲이 종달새 새끼 같은 앙증스러운 꽃들을 피워올리고 있었고, 개개비들은 짝을 지어 둥지를 틀고 알을 낳고 새끼를 치고 살면서 개개, 개개개 하고 사랑의 말들을 어지럽게 짖어대고 있었다.

김오현은 명주 바지저고리에 조끼를 입고, 그 위에 가는베로 지은 두루마기를 걸치고 중절모를 쓰고 검정구두를 신고 신부의 집이 있는 대릿골까지 십 리 길을 걸어서 장가를 갔다.

이웃집의 키 작달막하고 얼굴 가무잡잡하고, 입이 양옆으로 길게 찢어진 지씨가 까만 함을 지고 앞장섰다. 메기라는 별명으로 불리는 지씨는 흰 바지저고리에 두루마기를 걸쳐입었는데, 양반집의 아랫것들이 흔히 하듯이 두루마기 자락을 걷어 여며 허리춤에 찌른 채, 하얀 베의 멜빵으로 함을 짊어졌다. 지씨의 뒤를 신랑인 오현이 따랐고, 그뒤를 하얀 두루마기 차림에 갓을 쓰고 오른손에 담뱃대를 든 할아버지가 상객으로 따랐다. 할아버지는 근엄한 표정으로 겅중겅중 걸었다. 그 표정에는 챙 챈 챙챙 하는 놋쇠화로의 시울 두들기는 소리가 서려 있었다.

논에는 바야흐로 벼가 노랗게 익어가고, 밭에는 수수가 익어가고 있었다. 논둑 밭둑에는 억새풀들이 자주 색깔의 꽃을 피워올리고 있었다. 질푸른 하늘에 토끼 같은 구름장, 강아지 같은 구름장이 떠갔다. 강줄기를 휘질러온 바람에 벼와 수숫대와 억새풀과, 볏논에 서 있는 허수아비들이 우쭐거렸다. 수수 잎사귀들은 찰랑찰랑 쇠붙이 소리를 냈다. 앞장서 가는 지씨가 질펀한 들판을 가리키며 할아버지를 향해 길게 찢어진 메기입으로 호들갑스럽게 말했다.

"아따 아재! 이 세상 모든 것들이 다 바락바락 춤을 추고 있소, 우리 오현이 도령 신행길을 축하하느라고."

할아버지는 어험, 어험 하고 목을 가다듬기만 했다. 그 헛기침 소리에서 오현은 놋쇠화로 시울 두들기는 소리를 들었다.

오현은 신행길이 얼떨떨했고, 눈앞에 가벼운 어지럼증이 맴을 돌았으므로 자꾸 심호흡을 하여 정신을 가다듬곤 했다. 기왕의 세상에서 알 수 없는 새로운 세상으로 편입되고 있는 듯싶은데, 그 편입이 어색하고 불편했다. 까까머리에 얹어쓴 진한 갈색의 중절모자와 굽이 높은 새 구두와 명주 바지저고리 위에 걸친 가는베 두루마기가 성가시고 거추장스러웠다.

간밤 할아버지는 사랑방 부엌의 바람벽에 초롱불을 걸어놓고, 솥에 물을 붓고 장작불을 지폈다. 물이 뜨겁게 데워졌을 때 그 물을 함지박에 떠놓고, 새 찬물을 묽게 타서 따사롭게 했다. 그를 벌거벗겨 함지박 옆에 세웠다. 음음한 그늘이 드리워 있는 마구간에서 암소가 왕방울 같은 눈을 크게 벌려 뜨고, 벌거벗은 그를 보면서 목에 건 워낭을 저렁저렁 흔들었다.

할아버지는 그의 몸에 따스한 물을 끼었고 비누칠을 한 다음 때를 밀어주었다. 가끔씩 어험, 어험 하고 목을 가다듬었다. 그가 손수 닦겠다고 해도 아랑곳하지 않고, 맨 먼저 사타구니와 생식기와 항문에 비누칠을 한 다음 정성스럽게 닦아주었다. 할아버지는 오현이 초등학생일 때부터 해주던 목욕시켜주는 일을 그가 중학교에 들어가면서 그만두었다. 그런데 이날 밤에는 특별하게 목욕을 시켜주고 있었다. 그의 손이 닿지 않는 등허리의 때를 밀어주었고, 가슴과 배와 다리와 발과 팔은 그에게 혼자 닦으라고 했다.

그가 다 닦고 났을 때, 할아버지는 그를 안방으로 들여보낸 다음 남은 물로 당신 몸을 씻었다. 목욕을 마치고 안방으로 들어온 할아버지는, 새로 사온 내복으로 갈아입은 그를 앞에 앉혀놓고 근엄한 목소리로 말했다.

"너는 애비 에미가 없고 형제 하나도 없는, 이 세상에서 제일로 고독한 사람이다."

그 말이 그의 가슴을 옥죄었고 코를 시큰하고 맵게 했으므로 그는 눈살을 찌푸리며 고개를 떨어뜨렸다. 할아버지는 어험 하고 헛기침을 하고 나서 결연하게 말을 이었다.

"네 애비 김동수라는 놈은 천하에 막되어먹은, 천심을 외면한 놈이다. 지심과 천심을 올바르게 터득해서 화평한 세상을 만드는 사람이 되라고 일본 농과기술학교로 유학을 보냈는디 돌아와 천둥벌거숭이같이 세상을 바꾸려고 들었고, 그 결과 우리 장흥 김문을 파문의 지경에 이르게 한 것이, 니 애비 김동수란 놈이다."

할아버지의 얼굴은 딱딱하게 굳어져 있었다. 할아버지는 한동안 심호흡을 거듭한 다음, 어험 하고 목을 가다듬고 말했다.

"장마철의 곰팡이를 이기는 것은 가뭄이고, 가뭄을 이기는 것은 번개와 우레고, 번개와 우레를 이기는 것은 햇볕이고…… 그 햇볕을 이기는 것은 꽃그늘이고, 꽃그늘을 이기는 것은 밤이고, 밤을 이기는 것은 잠이고, 잠을 이기는 것은 아침이고, 아침을 이기는 것은 지심이고, 천심이라는 것이다."

순간 오현은 할아버지가 비 오는 날이면 하얀 종이에 치곤 한 난초 잎사귀를 떠올렸다. 비수처럼 생긴 난초 잎사귀 끝이 허공을 가르고 나아가는 것이 지심이고 천심일지도 모른다.

할아버지가 말을 이었다.

"니 애비 김동수는 지심 천심을 외면한 나쁜 놈이다. 너는 애비 없이 태어난, 하늘에서 뚝 떨어진 놈이라고 생각해라. 하늘에서 뚝 떨어진 너는 이제 파문의 지경에 이르게 된 우리 장흥 김문의 중시조가 되어야 한다. 우리 장흥 김씨는 너로부터 새로이 시작된다는 것을 명심해라."

뒷산에서 우는 부엉이의 음산하고 굵은 울음소리가 방안을 맴돌았고 할아버지는 말을 멈추었다. 부엉이가 울음을 멈추었을 때 할아버지가 말을 이었다.

"내일은 니가 신행길에 오른다. 신행길이란 것은, 기왕에 걸어온 니 인생길에서 전혀 새로운 길로 접어든다는 것이다…… 신부집 마당에 마련된 초례청에서 예를 마치고 신부를 따라 신방으로 들어가면, 그때 신부는 족두리 쓰고 대례복을 입은 채 앉아 있을 것이다. 그러면 신랑인 니가 족두리하고 울긋불긋한 대례복을 벗겨주어야 한다. 옆에 술상이 준비되어 있을 것인디, 그 술을 합환주라고 한다. 먼저 합환주를 한 잔씩 나누어 마신 다음, 신부의 저고리와 치마를 니 손으로 벗겨주어야 한다."

그의 얼굴은 화끈 뜨거워지고 가슴은 우둔거렸다. 할아버지는 잠시 뜸을 들였다가 말을 이었다.

"지금까지 이 할애비가 말한 것들은 지극히 일반적인 것이니까 혹여 실수를 하더라도 큰 탈은 아니다. 그런디, 이제부터 이야기하는 것들은 명심해서 듣고 반드시 실수 없이 실천해야 한다. 우리가 살고 있는 천지우주에는 음양오행의 원리가 있다. 그것은 공맹(孔孟)의 숭엄한 가르침이다. 남자라는 것은 양이고 하늘이고, 여자라는 것은 음이면서 땅인 것이다. 땅은 반드시 하늘을 향해 누워야 하는 것이고, 하늘은 땅의 몸 위에서 엎드려 끌어안아야 하는 것이다. 신랑과 신부는 첫날밤에 반드시 이성지합을 해야 하는 법이다. 이성지합이란 무엇이냐, 양인 남자의 몸과 음인 여자의 몸이 하나가 되는 것을 말한다. 그렇게 하나가 되어 운우지정을 나누어야 한다. 운우지정은 천지간에 가장 성스러운 원리니까 아주 천천히 성스럽게 행해야 한다. 남자와 여자가 부부가 되어 사는 것은 결국에 그 운우지정을 나누고, 아들딸을 생산하기 위해서이다. 아들딸 생산, 그것은 조상에 대한 가장 큰 효도이고 나라에는 충성을 하는 것이다. 이제 김오현이, 니가 장가를 간다는 것은 조상님들께 크나큰 효도를 하고 나라에 충성을 하기 위한 것이다."

맥주 한잔

트럭이 지나가자 모텔 방바닥이 흔들렸다. 머리가 반백인데다 얼굴 살갗에 저승꽃들이 피어 있는 아버지 김오현은 잠시 말을 끊고 심호흡을 한 다음 맥주잔을 들어 반쯤 마셨다. 아들 김칠남은 숨을 죽인 채 천장에서 파르스름한 빛을 쏟아붓고 있는 형광등을 쳐다보았다. 파르스름한 빛이 미세하게 떨고 있었다.

김칠남은 아버지가 술잔을 쟁반에 놓자, 황금색의 껍질을 벗긴 귤의 반달 모양의 알맹이들을 아버지 김오현 앞으로 밀어놓았다. 아버지는 귤 알맹이 한 개를 입에 넣고 씹었다.

그가 촛불집회에 나갔다가 왔을 때 그의 목을 졸라대던 아버지를 생각했다. 너 하나를 낳지 않은 것으로 해버리겠다고 하던 슬픈 독기 어린 말이 떠올라 그는 눈살을 찌푸렸다.

한국전쟁 전후에 할아버지의 좌익 활동으로 인해 입은 증조할아버지와 아버지 김오현의 정신적인 외상과 가슴속에 검은 동굴같이 뚫려 있는 결핍의 실체가 그의 가슴을 아프게 압박하고 있었다. 증조할아버지는 순간순간 아파오는 외상을 이겨내는 방법으로 놋쇠화로 시울을 담배대통으로 두들기곤 한 것이고, 동굴같이 뚫려 있는 결핍을 채우려고 열여덟 살 난 손자 김오현을 두 살 많은 처녀 한영애에게 장가보낸 것일 터이었다.

그것은 형언할 수 없도록 숭고한 의식이라 생각되었고, 그는 모르는 사이에 아버지 앞에 무릎을 꿇었다. 울음을 터뜨리고 싶을 정도로 슬펐지만 그는 아버지의 이야기를 듣고 있는 것이 가슴 벅차도록 행복했다.

아버지는 얼굴이 불쾌해졌다. "나 담배 한 대 피우자" 하고 나서 아버지는 담배 한 개비를 입에 물고 라이터를 켜 불을 댕겼다. 연기 한 모금을 빨아들이켰다가 뿜어내고 나서 문득 퉁명스럽게 말했다.

"너 이 이야기 들어서 뭣할라고 그렇게 듣고 싶어하나?"

방안을 맴돈 담배연기가 그의 폐부로 들어가고 있었다. 아버지의 폐부를 감돌아나온 연기는 아버지의 결핍으로 인한 피멍처럼 아픈 운명을 말해주고 있었다. 그는 서둘러 말했다.

"아버지 말씀 한마디 한마디가, 문학을 하는 저에게는 몇십억원보다 더 값비싸고 귀중한 유산이어요."

아버지 김오현은 담뱃불을 재떨이에 비벼버리고 말을 이었다. 기왕 이야기해주는 것 시시콜콜 다 이야기해주고 싶었다. 가슴 깊은 곳에 웅어리진 것들이 빠져나가는 듯 시원해지고 있었다.

초례

지씨가 함 속에서 대례복과 검은 뿔 두 개 달린 사모를 꺼냈다. 그에게 쪽색의 대례복을 입힌 다음 각대를 허리에 채워주고, 사모를 머리에 씌워주었다. 장화 모양의 까만 신도 신겼다. 두 손에, 자루가 달린 검은 천으로 된 부채를 잡혀주면서 메기입의 지씨가 속삭이듯 말했다.

"이 부채로는, 얼굴을 가리는 시늉만 하면 되네."

지씨는 검은 망사로 지은 허름한 겉옷을 걸쳤다. 〈춘향전〉 영화에 등장하는 방자 모습이 되었다. 지씨는 함에서 기러기를 꺼내서 두 손으로 정중하게 들고 방문 밖으로 나갔다.

마당 한가운데 서 있는 말의 등에는 빨간색 천으로 된 안장이 얹혀 있었다. 흰 바지저고리 바람인 마부가 말고삐를 잡고 기다렸고, 지씨가 기러기를 잠시 내려놓고, 두 손을 땅에 짚고 무릎을 꿇고 엎드렸다. 할아버지가 오현에게 지씨의 등을 밟고 말 위에 오르라고 말했다. 그가 지씨의 등을 한 발로 디뎠을 때, 마부가 그의 왼발을 끌어다가 말의 등자에 걸어주고, 두 팔로 그의 허리와 허벅다리를 보듬어 말잔등 위에 올려주었다. 마부는 오른쪽으로 돌아가서 그의 오른발을 등자 속에 끼워주고 말했다.

"등자에 넣은 양쪽 발에 힘을 주고, 두 무릎으로 말 등을 꽉 조이면서 허리를 똑바로 펴고 고개를 들고, 땅 밑은 보지 말고, 말 머리 너머로 앞을 보시오."

마부가 시키는 대로 하니, 약간 어지럽기는 하지만 마음이 편안해졌다. 그는 말을 탄 이몽룡을 떠올렸다. 말은 그의 몸무게가 거북한 듯 옆걸음질을 쳤다. 마부가 고삐를 잡고 말의 목을 쓸어주며 진정시켰다. 그는 한 손에 부채를 들고, 다른 한 손으로 안장을 잡았다. 마부가 고삐를 잡아당기며 이끌었고, 말이 주점의 사립 밖으로 걸어나갔다. 말이 걸을 때마다 말의 등은 굼실거렸고, 그 위에 얹힌 그의 엉덩이와 사타구니와 항문과 불알이 시큰거리며 저렸다. 마치 사람의 등을 올라타고 있는 듯싶었다. 가슴이 심하게 우둔거렸다.

뒷산 위로 펼쳐진 파란 하늘에 흰 구름이 흘러갔다. 말을 타고 신부 집의 사립으로 들어섰다. 일반 여염집의 측간만큼 자그마한 오두막집과 비좁은 마당과 채마밭은 신부집의 가난을 드러내주고 있었다. 마당에 초례청이 마련되어 있었다. 초례청 안에 모인 모든 사람들의 눈길이 신랑인 오현의 얼굴로 날아들었다.

나중에 안 일인데, 학산마을의 부자인 할아버지는 대릿골의 그 가난한 집의 복스럽게 생긴 스무 살짜리 규수를 돈으로 사오다시피 한 것이었다. 이부자리, 신부 옷감, 예단 따위를 장만하라고 미리 돈과 곡식 몇 섬을, 중매쟁이인 지씨 내외를 통해 건네준 것이었다.

말이 초례청 앞에 멈추어 섰을 때, 지씨는 말의 옆구리 아래로 엎드렸고, 오현은 한쪽 다리를 뻗어 지씨의 등을 발로 디뎠고, 마부가 그의 허리를 안아 땅으로 내려주었다.

초례청의 우중충한 회색 차일 속에 병풍이 쳐져 있고, 그 앞뒤에는 간소한 음식상이 놓여 있었다. 병풍에는 한 쌍의 송학이 있고, 암탉과 수탉이 있고, 원앙 한 쌍이 있고, 모란꽃과 호랑나비가 있고, 포도 덩굴에 포도가 주렁주렁 달려 있고, 잉어 한 쌍이 놀고 있었다. 지씨는 들고 온 기러기를 음식상 안쪽에 놓았다.

홀기를 든 주례 노인이 지씨에게, 기러기의 머리가 북쪽으로 향하게 놓으라고 명했다. 북쪽을 향해 앉은 기러기가 눈을 동그랗게 뜨고 허공을 쳐다보았다. 기러기에게서 알 수 없는 신성이 느껴졌다. 그는 기러기가 바라보는 허공의 끝을 바라보았다. 허공 끝에 알 수 없는 음음한 움직거림이 있었다.

주례 노인이 신랑인 오현에게 먼저 천지신명께 절을 한 번 하라고 명했고, 지씨는, 오현이 두 손을 멍석바닥에 짚고 절을 하도록 유도했다. 절을 하는데 머리에 쓴 사모가 벗겨져 멍석바닥에 떨어져 뒹굴었다. 드러난 그의 까까머리를 본 구경꾼들이 와르르 웃었다. 누군가가 "신랑이 애기구만!" 하고 말했고, 다시 누군가가 "그래도 익을 것은 다 익었다네" 하고 받았다. 지씨가 서둘러 그의 머리에 사모를 씌워주었다.

주례 노인의 홀기에 따라, 족두리를 쓰고 활옷을 입고 얼굴에 연지곤지를 찍은 신부가 수모(手母)의 부축을 받아 초례청으로 나왔다. 얼굴이 박꽃처럼 희고 갸름하면서 탐스러웠다. 그의 가슴이 수런거렸다. 그에게 신부를 선보이지 않고, 할아버지 혼자서 결정한

것이었다. 뒤에 안 일인데, 신부 쪽에서는 그의 죽은 아버지가 남로
당 우두머리였다는 것, 할머니, 어머니, 그리고 형들 넷이 비명에 간
것을 알고 그를 사위로 삼으려 하지 않았다고 했다. 그렇지만 그가
고등학교에 다니는 건강한 남자이며 얼굴이 훤하다는 것, 할아버지
가 유치 일대에서는 소문난 알부자라는 것 때문에 혼인을 승낙한 것
이었다.

주례 노인은 신부에게, 신랑을 향해 두 번의 절을 하라고 명했다.
신부는 곧게 편 두 손끝을 이마에 붙이고 주저앉으면서 머리를 숙이
며 큰절을 했다. 주례는 합환주를 나누라고 명했다. 지씨가 표주박에
술을 따라 그의 입술에 대주었고 그는 한 모금 마셨다. 새콤달콤하면
서 쌉쌀했다. 지씨는 그가 입술을 댄 표주박을 신부의 수모에게 넘겨
주었고, 신부의 수모가 그것을 신부의 입에 대주었다. 지씨는 하얗게
깎은 밤톨 하나를 그의 입속에 넣어주었다. 구경꾼 속에서 누군가가
말했다.

"우둑 소리가 나게 힘껏 씹어라."

오현은 그것을 씹었다. 우둑 소리가 나자 굿을 보던 누구인가가
"아따, 첫아들 낳겠네" 하고 말했다.

신부가 다시 두 차례의 절을 했고, 그가 답례로 절을 했다. 주례가,
천지신명의 호혜로 인해 성스러운 이성지합의 혼례가 성립되었음을
말하고 나서 "검은 머리 파뿌리 되도록 아들딸 많이 낳고 백년해로
하라"라는 덕담을 한 다음 예식을 파했다.

초례청은 술기운 같은 어지러운 그늘에 젖어들었다. 서쪽 하늘에
황혼이 타오르고 있었다. 그는 부끄러움을 주체 못하는 신부의 손을

잡은 채 신방으로 들어갔다.

초례청의 민화 병풍이 방안으로 들어왔다. 신방 한가운데에 병풍이 가로막혔고, 신부는 병풍 뒤쪽에 앉고, 앞쪽에는 신랑인 오현이 앉았다. 동서와 처남 들이 몰려와 그를 둘러쌌다. 키 작달막하고 눈 부리 부리한 먼 일가의 손위 동서가 그에게 말했다.

"인제 우리 동서와 처남들이 신랑을 시험해야 하네. 우리 처제는 노래를 아주 잘하는디, 신랑의 노래 솜씨가 시원치 않으면 장가드는 것을 허락할 수 없네."

얼굴 거무튀튀한 처남이 나섰다.

"노래를 못하면 벌주 석 잔을 마셔야 쓰네."

그는 벌주가 싫어 떨리는 목소리로 노래를 불렀다. 학교에서 음악 선생한테 배운 〈부용산〉이었다. 음악선생은 교과서에 있지 않은 그 노래를 가르치면서 "이 노래, 죽게 된 사람을 살린 노래다" 하고 말했었다. 유치 산골짝에서 앳되고 예쁜 처녀가 빨치산 활동을 하다가 토벌대에게 사로잡혔는데, 토벌대장이 총살을 시키기 직전에 "소원이 있으면 말해라" 하자, 처녀 빨치산은 노래를 한 자리 부르고 죽겠다고 했고, 토벌대장은 "그래, 노래나 한 자리 하고 죽어라" 하고 말했다. "부용산 오릿길에 잔디만 푸르러 푸르러 솔밭 사이사이로 회오리 바람 타고 간다는 말 한마디 없이 너는 가고 말았구나, 피어나지 못한 채 병든 장미는 시들어지고 부용산 오릿길에 하늘만 푸르러 푸르러" 그 처녀가 얼마나 애달프고 처량하게 그 노래를 불렀던지, 토벌대장이 "오늘 내 손에 죽기에는 너무 아깝다" 하며 석방시켜주었다는 것이었다.

오현이 부른 〈부용산〉 노래를 듣고 난 방안의 사람들과 툇마루에
앉은 사람들 모두가 박수를 쳤다. 병풍 뒤에서 신부의 수모가 "아이
고, 우리 신부가 우네" 하고 말했고, 먼 일가의 처남이 "아따, 우리 신
랑 무지하게 노래를 잘하네" 하고 치켜세웠다. 눈 부리부리한 동서가
그에게 술잔을 내밀고 말했다. "신부가 울도록 노래를 잘 불렀으니
상으로 술 한 잔을 마셔야 하네." 술 한 잔을 마시고 나자 동서가 말했
다. "오늘 저녁에는 신랑이 노래 두 자리를 거푸 불러야 하네. 다시 노
래 한 자리를 할 텐가 벌주 석 잔을 마실 텐가?"

그는 술이 두려워 노래를 했다. "연분홍 치마가 봄바람에 휘날리더
라……" 노래를 마치자 처남이 상 술을 먹였다. 술기운이 눈앞을 어
지럽게 했다. 그들은 신부에게 권주가를 부르게 했다. 신부가 노래를
불렀다. "보리밭 사잇길로 걸어가면 뉘 부르는 소리 있어 발을 멈춘
다……" 신부의 노래로 인해 그의 가슴과 겨드랑이와 정수리에서 전
율이 일었다. '뉘 부르는 소리'가 무엇일까.

신부의 노래가 끝나자 박수가 쏟아졌다.

얼근한 취기에다가 흥이 난 동서는 자청해서 목청 높여 노래를 불
렀다. "너영 나영 두리둥실 놉시다" 방안의 모든 사람들이 따라 불렀
다. "……낮에 낮에나 밤에 밤에나 쌍사랑이로구나. 아침에 우는 새
는 배가 고파서 울고요 저녁에 우는 새는 임이 그리워 운다. 너영 나
영 두리둥실 놉시다 낮에 낮에나 밤에 밤에나 쌍사랑이로구나……"

동서는 처남하고 귀엣말을 하더니 병풍을 치우고, 그가 족두리 쓰고

대례복을 입은 신부를 끌어안는 자세를 취하도록 강압했다. 처남과 동서가 합세하여, 그의 윗몸을 신부의 윗몸에 밀착시킨 다음 그의 한 팔로 신부의 등허리를 감고 다른 한 팔로 목을 휘감도록 만들었다. 처남과 동서는 길고 긴 무명베 가닥으로 그와 신부를 친친 동여 묶었다.

모든 사람들이 다 함께 자리를 떴다. 키 작달막하고 얼굴이 기름한 말상인 장모는 합환주 주전자와 술잔이 놓인 소반을 그와 신부 옆에 놓아두고 대오리문을 열고 밖으로 나가버렸다. 소반 윗목 구석에 두 자루의 촛불이 타고 있었다.

신부는 오현에게 안긴 자세로 꽁꽁 묶인 채 눈을 내리깔고 다소곳이 앉아 있었다. 오현은 사방을 둘러 살폈다. 아랫목 구석에는 꽃방석과 꽃무늬가 수놓인 요와 봉황이불과 합방용 기다란 베개들이 포개져 있었다. 조금 전에 닫힌 대오리문 밖에서는 사람들의 발소리와 바스락거리는 소리와 숨결 소리와 킥킥거리는 웃음소리가 날아들었다. 대오리문의 창호지에 창구멍이 세 개나 뚫려 있는데, 한쪽 가장자리에 다시 하나가 바야흐로 뚫리고 있었다. 바깥의 누구인가가 손가락에 침을 묻혀가지고 소리나지 않게 창구멍을 뚫고 있었다. 그 까만 창구멍들에 검은 눈동자들이 반짝거리고 있었다. 한데 엉긴 채 무명베 자락에 친친 동여 묶인 신랑 신부가 어떻게 그것을 푸는지, 첫날밤 행사를 어떻게 치르는지 훔쳐보려는 것이었다.

그는 그와 신부의 몸에 동여져 있는 흰 천을 살폈다. 어찌해야 할지 막막해하고 있는데, 신부가 천 가닥 하나를 그의 손에 잡혀주었다. 그 천은 묶인 베의 고였다. 그는 그 천을 이쪽저쪽으로 젖히면서 풀어냈다. 천이 완전히 풀렸을 때 그는 할아버지의 당부 말씀을 생각했다. '……남자는 하늘이고 여자는 땅이다.' 그 말이 생각나자 술이 말끔하게 깨고, 가슴이 수런거렸다.

이때 신부가 몸을 일으키더니 그를 향해 바로 섰다. 반듯하게 편 두 손끝을 이마에 십자로 대 붙이더니, 천천히 방바닥에 엉덩이를 붙이고 주저앉은 다음 허리를 숙여 큰절을 했다. 그는 신부가 큰절을 마칠 때까지 얼떨떨해하고만 있었다. 그 모습을 본 문밖 사람들이 킥킥거렸다.

신부는 절을 마치자마자, 몸을 일으키더니 구석에 기대놓은 병풍을 들어다가 구멍 뚫린 대오리문 앞을 가렸다. 병풍과 신부 치맛자락의 움직임으로 인해 촛불이 춤을 추는데, 방문 밖에 잔잔한 소란이 있었다.

"가리지 말어!"

"아따, 신부 의뭉한 거!"

그는 병풍으로 방문 앞을 가린 신부가 고맙기 이를 데 없었다. 신부는 합환주 놓인 소반을 그의 앞에 끌어다놓았다. 신부가 그에게 술 한 잔을 따라주었고, 그는 그것을 마셨다. 청주였다. 그도 신부에게 한 잔을 따라주었고, 신부도 마셨다. 신부가 합환주 놓인 소반을 윗목 구석으로 들어다놓고 나서 방 한가운데에 요와 봉황이불을 폈다. 베개 둘을 세로로 잇대어놓은 것만한 합방용 베개를 끌어다가 놓았다.

그는 할아버지의 당부를 생각했다. '남자는 하늘이고 여자는 땅이다.' 가슴이 설레었고, 숨이 가빠졌고, 눈앞이 어질어질했다. 신부는 다소곳이 앉은 채 눈을 내리깔고 있었다. 신부의 옷을 벗겨주어야 한다, 하고 생각하며 신부 옆으로 다가앉았다. 신부가 고개를 모로 외틀었다. 부들부들 떨리는 손으로 족두리를 벗기고 활옷을 벗겼다. 옷고름을 풀고 노랑 겉저고리를 벗겼다. 치맛말을 풀고 다홍색의 겉치마도 벗겼다. 신부의 몸에는 흰 속저고리와 속치마만 남았다. 몸을 돌리고 촛불 옆으로 다가갔다. 첫날밤의 촛불은 입으로 불어 끄지 말고 손가락 둘로 집어서 꺼야 한다고 하던 할아버지의 말을 생각하고 그대로 했다. 손끝으로 불을 죽였다. 손가락 끝이 뜨겁다고 느껴지는 순간 세상이 깜깜해졌다. 그는 더듬거리며 신부 옆으로 다가앉았다. 신부는 오도카니 앉아 있었다. 그는 그의 저고리 고름을 풀고 대님을 풀고 버선을 벗고 저고리와 바지를 벗었다. 알몸이 된 채 신부에게 다가가니 신부는 속치마 속저고리 차림으로 앉아 있었다. 떨리는 손으로 속치마 속저고리를 벗기고 나서 이불을 들쳐주었다. 알몸이 된 신부는 이불을 머리 위까지 쓰고, 두 손 두 다리를 어떻게 어디에 두어야 할 바를 모르고 몸을 웅크린 채 떨면서 숨을 새근새근 가쁘게 쉬고 있었다. 남자는 하늘이고 여자는 땅이라는 할아버지의 당부 말을 생각하며 용기를 내보려고 했다. 가슴 깊은 곳에서 뜨거운 것이 북받쳐올라왔다. 신부의 알몸을 등지고 몸을 웅크린 채 흑 하고 울어버렸다. 울음소리를 들은 신부가 그에게로 돌아눕더니 등뒤에서 그를 끌어안았다. 그를 자기 쪽으로 돌아눕히고 그의 손 하나를 끌어다가 자기의 젖가슴에 놓아주었다. 신부의 젖무덤은 고무로 만들어진 연식 정구공처럼 말랑말랑했다. 어머니의 젖무덤이 생각났다. 신부의 가슴에 얼굴을 묻은 채 울어버렸다. 할아버지는 왜 고등학교 이학년생인 열여덟 살의 나를 장가들게 하는 것일까. 그 생각이 더 큰 울음을 촉발시켰다. 그는 어헉어헉 울었다. 그를 안은 신부도 따라 울었다.

신부

신부 한영애는, 생모가 어린 시절에 그녀의 남동생을 낳고 나서 산후가 나빠 죽었으므로 늙은 할머니와 새로 얻은 계모 밑에서 자랐다. 계모가 그녀에게 많은 학대를 가했다고, 그녀는 훗날 훌쩍거리면서 말했다. 이웃 사람들이 보는 자리에서는 그녀의 머리를 쓰다듬기도 하고, 땔나무를 많이 해온다고 칭찬을 하기도 하는데, 아무도 보지 않는 자리에서는 속살을 꼬집어 비틀기도 하고, 머리를 쥐어박기도 하고 꽁보리밥만 한술씩 주고, 겨울에도 홑치마만 입히고 버선도 신기지 않았다고 했다. 속살에는 푸른 멍이 들어 있곤 했다고 했다.

신부는 가마에 오르면서부터 설리 울었다. 돌아가신 어머니 생각이 나서인지, 식구들과 고향 마을과의 이별이 서러워서인지, 계모에게서 학대받던 서러운 생각이 나서인지.

"엄마, 음으으, 응으으……"

흰 두루마기 차림인 신랑 오현이 앞장서서 걸었고, 신부를 태운 가마는 그의 뒤를 따라왔다. 신부는 가마가 마을 밖으로 나왔을 때에야 울음을 그쳤다.

신부 쪽의 손님은 신부의 당숙과 이모와 이불 보따리를 짊어진 처남과 이바지짐을 짊어진 일가의 먼 오빠, 네 사람이었다. 신부의 가마는 갈대숲 무성한 강을 오른쪽에 끼고, 바람에 쇳소리를 내며 흔들거리는 수수밭과 콩밭을 왼쪽에 긴 찻길을 따라 학산마을 쪽으로 나아갔다. 바람은 강 하류 쪽에서 불어왔다. 노랗게 익은 볏논과 개개비들

우짖는 갈대숲과 자주색 꽃을 피워올린 억새숲과 키 큰 수숫대들이 춤을 추었다. 강의 물너울에는 은색 비늘 같은 잔물결이 일었다. 갓 태어난 종달새 새끼 같은 회갈색의 꽃을 우듬지에 매단 갈대숲은 왕거미 줄 같은 햇빛을 붙잡은 채 몸을 흔들어댔다.

얼마쯤 가던 가마가 멈추었고, 이모가 가마 문을 열었고, 신부가 밖으로 나왔다. 신부가 가마멀미를 한다는 것이었다. 신부는 치맛자락을 잡은 채 고개를 숙이고 걸어갔다. 가마꾼들은 빈 가마만 메고 갔다. 나중에 안 일인데, 아내는 가마꾼들을 힘들지 않게 하려고, 자기가 가마멀미 때문에 내려서 걸어가겠다고 거짓말을 한 것이라 했다. 신부의 집은 가마꾼들의 품삯을 줄 형편이 못 되었으므로 그의 할아버지가 가마꾼들의 품삯까지 다 대주었다고 했다.

일곱 벌의 망자 옷

신랑인 김오현과 신부 한영애가 학산마을 어귀에 들어섰을 때, 신부의 당숙은 가마를 멈추게 하고 신부를 태웠다. 가마가 신랑 김오현의 집을 향해 빠른 속도로 나아갔다.

집에서는 신부를 맞이하는 잔치가 벌어져 있었다. 먼 마을의 일가 아주머니와 아저씨들이 와서 돼지 한 마리를 잡고, 미리 장을 보아다가 갖추갖추 음식을 차렸다. 마당 한가운데에 커다란 차일이 쳐졌고, 차일 옆 노천에 걸린 솥에서는 떡국 끓이는 김과 연기가 뭉게뭉게 피어올랐다. 마을의 최씨 문중 남정네들은 차일 속에서 호들갑을 떨거나 너털거렸고, 의관을 정제한 할아버지는 그들에게 머리와 허리를 굽실거리면서 많이들 잡수시라고 권했다.

신부의 가마가 사립을 들어서자, 대릿골의 늙은 무당이 두 팔을 십자로 벌리면서 가마를 멈추게 했다. 사립문 안쪽에 액막이의 작은 모닥불 하나가 타고 있었다. 모닥불에 목화씨와 희아리고추들이 타면서 매캐한 냄새를 뿜었다. 무당이 신랑을 모닥불 옆에 펼쳐놓은 멍석 위로 올라서게 했다. 까치저고리와 청색 치마를 입은 수모가 가마 문을 열고 신부를 맞이했다. 수모는 먼 일가의 키 작달막한 형수였다.

신부의 이모가 가마 뒤쪽에 싣고 온 하얀 옷 보따리 하나를 꺼냈다. 무당은 신랑 신부를 멍석 위에 나란히 세워놓고, 신부집에서 온 옷 보따리를 풀었다. 비명에 간 그의 집 망자들을 위한, 하얀 가는베로 지은 폐백 옷들이 들어 있었다.

무당은 먼저 할머니의 몫으로 해온 흰 저고리와 치마를 불에 태우면서 비손을 했다. 불에 태운다는 것은 저승의 할머니에게 선물한다는 것이었다. 신랑은 신부와 함께 옷 타는 매캐한 냄새를 맡으며 절을 두 번 했다. 다음은 아버지 몫의 흰 저고리와 바지 한 벌을 불에 태웠고, 이어 어머니 몫의 흰 저고리와 치마 한 벌을 태웠다. 이때도 신랑 신부는 불타는 망자 옷을 향해 절을 두 차례씩 했다. 다음은 큰형 몫의 저고리와 바지, 둘째형 몫의 저고리와 바지, 셋째형 몫의 저고리와 바지, 넷째형 몫의 저고리와 바지를 차례로 불에 태웠다. 신랑 신부는 그때마다 절을 했다.

오현의 머리에, 흰옷을 입은, 눈, 코, 귀, 입이 없는 그림자 같은 귀신들의 모습이 어른거렸다. 할아버지는 딱딱하게 굳어진 얼굴로, 옆에 서서 망자의 옷들이 불에 타는 것과 신랑 신부가 절하는 것을 지켜보았다.

　무당은 신부를 다시 가마에 오르게 했고, 가마꾼들은 가마를 멨다. 무당은 가마가 흰 연기를 풀어내고 있는, 매캐한 냄새가 풍기는 모닥불 위를 지나가게 했다. 가마가 그 모닥불 위에 이르렀을 때, 무당은 가마꾼들을 한동안 멈추어 서 있게 한 다음 징을 두들기면서 비손을 했다. 비손이 끝나자 가마는 안채의 방문 앞으로 향했다. 메기입의 지씨는 오현을 안방 툇마루로 데리고 갔다. 가마 머리가 툇마루 앞의 댓돌에 닿자, 수모가 가마 문을 열었고, 신부를 툇마루 위로 올라서게 했다. 지씨가 그에게 신부를 맞이하라고 시켰다. 그는 신부의 손을 이끌고 안방으로 들어갔다. 그때 마당 한가운데 서 있던 할아버지는 웅기중기 서 있거나 멍석에 앉아서 신부 맞이하는 것을 보고 있는 마을 사람들을 향해 큰절을 하고 나서 무릎을 꿇은 채 떨리는 목소리로 말했다.
　"여러 어르신들, 오늘날 이 경사가 성사되도록 너그러이 보살펴준 여러 어르신들의 은혜는 절대로 잊지 않겠습니다. 제 손자인 신랑 김오현이나, 신부인 손자며느리 한영애도 절대로 그 은혜를 잊지 않을 것이고, 그 말 이르고 잘살 것입니다. 음식은 얼마든지 준비해놓았은게 많이들 잡수십시오."

할아버지의 유언

　서산 너머에서 새빨간 핏빛 노을이 타올랐다. 신부를 따라온 상객들이 대릿골로 돌아들 간 다음 학산마을의 아낙들과 처녀들은 신부의 노래 〈보리밭〉을 들어보고 나서 돌아들 갔다. 마지막으로 지씨가 술에 취하여 메기입을 크게 벌리고 "너영 나영 두리둥실 놉시다 낮에 낮에나 밤에 밤에나 쌍사랑이로구나" 하고 보릿대춤을 추며 자기 아내와 함께 돌아갔다. 먼 마을에서 온 일가 아주머니 둘은 지씨의 아내를 따라갔다.

　할아버지는 일가의 나이 지긋한 조카 둘을 데리고 안방으로 들어왔다. 신랑 신부를 윗목에 나란히 세워놓고 아랫목에 좌정한 다음, 큰절을 하라고 명했다. 그들의 절을 받고 난 할아버지는 깊이 잠긴 목소리로 말을 뺐다.

　"첫날밤은 잘 보냈겠지야?"

　오현은 첫날밤에 신부의 품에 얼굴을 묻고 울던 생각이 났고, 다시 울음이 북받쳤다. 잠시 침묵이 흘렀다. 할아버지는 비장한 목소리로 말했다.

　"지금부터는 내가 한 말을 깊이 새겨듣고 반드시 그대로 실천하도록 해라. 칠십이 넘은 내가 언제까지 느그들 사는 것을 볼지…… 시방 내가 이야기하는 것은 이 할애비의 유언이고, 이 옆에 앉은 느그 당숙들은 내 말을 기억하고 증명해줄 증인이다."

　할아버지는 잠시 두 눈을 끔벅거리며 뜸을 들이고 있다가 말을 이었다.

68

"첫째는 너희들 둘이가 한사코 금슬 좋게 살아야 헌다. 금슬이란 거문고와 비파란 말이다. 남편과 아내가 서로 마음과 몸을 한사코 부드럽게, 노래하고 춤추듯이 화목하게 섞는 것이여. 남편 목소리가 높아지면 아내가 목소리를 낮추어 달래고, 아내가 외로워하면 남편이 보듬어 사랑하고, 이해하고 협조하고…… 그것이 금슬인 것이여. 금슬이 좋아야 아들딸을 잘 낳을 수 있고, 화평하게 살 수 있고, 살림살이를 잘해나갈 수 있어. 가화만사성이 바로 그것이다. 으흠, 으흠."

할아버지의 목소리는 술기운으로 인해 격해 있었다. 얼굴이 세모꼴인 당숙이 "아암, 그렇고말고라우" 하고 맞장구를 쳤고, 머리가 반백인 당숙이 덩달아 "그래, 한사코 금슬이 좋아야 쓰지라우" 하고 말했다.

할아버지는 눈을 감고 고개를 숙인 채 비장함과 격정을 가라앉히고 말을 이었다.

"둘째로, 너희들은 이제부터 자식을 낳아야 헌다."

여기서부터 할아버지의 목소리는 냉엄해졌다.

"낳을 수 있는 힘이 있는 데까지 부지런히 낳아서 키워야 혀. 정부에서 산아제한을 하라고 하지마는, 우리 집안에는 그런 것 절대로, 절대로 그런 것 없어야 헌다. 아들도 좋고 딸도 좋다. 기왕이면 아들을 낳아라. 느그 둘이 낳은 자식들이 이 세상 안에 가득찰 때까지 낳고, 낳고 또 낳아라. 농사를 짓고 살든지, 누구한테 대항을 하든지, 거친 세상하고 싸움질을 하든지 좌우간에 아들 수가 많아야 혀. 손자며느리, 한영애, 너는 이 할아부지 모시는 문제는 걱정할 필요가 없다. 오직 느그 남편 건강만 잘 챙겨주고 낳을 수 있는 데까지 자식을 낳기만 해라. 자식은 낳는 족족 내가 다 키워주께. 알겠냐? ……이 할애비가 유언으로 남기고픈 말은 오직 요것뿐이다."

어머니 같은

다음날 그는 어머니처럼 느껴지는 신부와 함께 처가에 인사를 하러 갔다. 지씨가 이바지짐을 짊어지고 갔다. 지씨는 이바지짐을 처가 토방에 내려놓고, 장인어른에게서 술대접을 받은 다음 마당으로 내려서서 오현을 향해, 혀가 약간 굽은 소리로 "나는 술 얼근한 짐에 학산마을까지 지게 목발 두드리고 육자배기 부름스름 갈라니께, 이따가 신랑 자네는 신부하고 둘이서 올 때 손 꽉 잡고 놓치지 말고 해 저물기 전에 오소. 신부 손을 놓치면 도깨비가 신부를 데려간다네" 하고 나서 돌아갔다.

그와 신부는 장인 장모와 신부집의 일가친척들에게 인사를 했고, 장모는 동네 집집에 떡을 돌렸고, 처남과 동서들은 그를 방바닥에 눕혀놓고, 닭을 잡아내라고 방망이로 발바닥을 두들겨팼다. 장인어른이 닭의 모가지를 비틀었고, 장모는 닭죽을 끓였고, 모두에게 술을 곁들여 그것을 대접했다.

그와 어머니처럼 느껴지는 신부는 땅거미 내릴 무렵에 학산마을을 향해 길을 나섰다. 지씨의 당부대로 그들은 손을 잡은 채 나란히 강변길을 걸었다. 강 하류 쪽에서 바람이 불어왔고, 갈대숲과 수숫대들과 억새풀들이 춤을 추었다.

집에 이르렀을 때는 처마와 마당에 어둠이 담겨 있었다. 사랑방 부억에서 불빛이 일렁대고 있었다. 할아버지가 사랑방 부엌에서 쇠죽을 쑤고 있었다. 그들은 할아버지에게 귀가 인사를 했고, 서둘러 할아버지의 저녁상을 보아드린 다음 요기를 했고, 안방에 자리를 펴고 서로를 끌어안은 채 단잠을 잤다.

이튿날 아침 아내는 다홍치마에 노랑저고리를 입고 외씨 모양의 하얀 버선을 신고, 흰 앞치마를 두른 채 밥을 지었다. 그는 세수를 하고, 서둘러 학교에 갈 차비를 했다. 장가가서 아내를 데려오고, 처가에 인사 다녀오느라고 사흘 동안이나 결석을 했으므로 학교에 가는 일이 생소했다. 시간표대로 책과 공책 들을 챙겼다. 사흘 동안이나 수업을 듣지 못해 뒤떨어진 부분을 어떻게 보충할까. 책보자기를 꾸려놓고 밥상 들어오기를 기다렸다. 부엌의 아내는 그릇 달그락거리는 소리만 낼 뿐 얼른 밥상을 들이려 하지 않았다. 밥상이 들어왔을 때는 일곱시 반이었다. 밥을 국에 말아 후루룩후루룩 목구멍 너머로 넘겼다. 오늘 하루만 지각을 하자. 결혼식의 복잡한 절차로 말미암은 내 특별한 사정을 담임선생이 이해해줄 것이다. 밥상을 밀어내고 결혼기념으로 받은 시계를 팔목에 찼다. 시곗줄은 하얗게 반짝거렸다. 그 시계로 인해 그는 전혀 다른 사람이 된 듯싶었다.

책보자기를 들고 나서는데, 아내가 "서방님," 하고 그를 불렀다. 아내 스스로도 어색해하는 말투였다. 그는 아내를 마주보기 부끄러워 눈을 내리깔고, 다홍치맛자락 밑으로 살짝 모습을 내미는 외씨 모양의 흰 버선의 앞부리를 내려다보는데, 아내가 그를 향해 큰절을 했다. 그는 당황한 채 우뚝 선 자세로 그 절을 받았다. 그의 머리에 간밤의 이성지합이 떠올랐다.

아내는 그보다 먼저 등잔불을 끈 다음 이불 속으로 들어갔다. 서창이 환했고 그 환함이 방안을 어렴풋이 비추고 있었다. 그는 한참 동안 우두커니 앉아 있다가 아내 옆으로 들어가 누웠다. 천장을 향해 반듯하게 누운 아내가 속삭이듯이 말했다. "할아버지는 우리가 얼른 아기 낳기를 바라고 계셔라우." 아내는 첫날밤처럼 떨고 있지 않았고 그는 울지 않았다. 그녀는 그의 손을 끌어다가 자기의 젖가슴에 대주었다. 맨살의 달콤함보다 할아버지에게 효도를 하고 있다는 생각이 그를 안도하게 했다. 그녀가 한숨 어린 목소리로 속삭였다. "친정아부지가 그러셨어라우. 우리 시할아부지가 저를 손자며느리로 들인 것은 김씨 집안을 번성하게 해달라는 것이라고……" 그 말을 들으면서 그는 어머니처럼 느껴지는 아내의 내부에 무지개 색깔의 슬픈 어지럼을 투사했다. 그랬는데, 새벽녘에 밥을 지으려고 일어난 아내가 소동을 일으켰다. 곤히 자고 있는 그를 요의 밖으로 밀어내고, 요의 홑청을 벗겨낸 것이었다. 하얀 홑청은 빨간 선혈로 젖어 있었다.

그가 책보자기를 들고 출입문을 밀고 나서자 아내가 다가와서 꼬깃꼬깃 접은 종이돈을 호주머니 속에 넣어주고 속삭였다.

"학교 동무들한테 뭣을 조끔씩 사줘야 쓸 것잉만이라우. 중국집 짜장면 같은 것이든지 호떡이든지 빵이든지……"

시집오면서 가져온 돈인 모양이었다. 잘사는 여염집의 측간만한 오두막에서 가난하게 살다가 시집온 아내에게 무슨 돈이 있단 말인가. 우리 할아버지가 돈으로 아내를 사오다시피 했다는데, 이 돈도 결국

72

은 할아버지의 것 아닐까. 마당으로 나오자 사랑채의 할아버지가 어험, 어험 하고 나오면서 종이돈 두 장을 내밀었다.

"인제 너는 지어미를 거느린 한 사람의 어른인께, 친구들한테 궁한 모습 보이지 않도록 해라."

그는 돈을 받아 호주머니에 넣었다. 반 친구들 전체를 데리고 중국집에 가서 짜장면을 사주고, 읍내의 바닥쇠와 똘마니들은 따로 더 대접해야 한다고 생각했다. 바닥쇠와 똘마니들은 유치면, 대덕면, 관산면, 장평면, 강진에서 온 만만한 아이들을 중국집이나 빵집으로 끌고 가서 벗겨먹곤 했다. 그들은 장가를 간 그를 벗겨먹으려고 단단히 벼르고 있을 것이다. 아직 총각인 담임선생에게는 어떻게 할까. 담임선생 집으로 무슨 선물인가를 사들고 가야 하지 않을까.

자전거를 타고 달렸다. 책보자기는 자전거 뒤편 짐받이에 실어 묶었다. 자전거는 자잘한 자갈이 깔려 울퉁불퉁한데다 군데군데 움푹 파인 찻길을 뜀박질하며 나아갔다. 자전거가 뜀박질을 할 때마다, 간밤 사랑을 투사할 때 새콤달콤한 전율이 일던 항문과 생식기 사이가 얼얼했다. 트럭 한 대가 먼지를 뿜으면서 달려왔다. 두려워서 갓길에 멈추어 섰다. 먼지가 흘러가기를 기다렸다가 다시 페달을 밟았다. 다홍치마에 노랑저고리를 입은 아내의 하얗고 소담스러운 갸름한 얼굴이 눈앞에 아롱거렸다. 사랑을 투사하던 순간의 슬픈 환혹이 눈앞을 어질어질하게 했다.

아내와 함께 부부생활을 하면서 학교 공부를 계속할 수 있을까. 책을 들여다보거나 공책에 적은 것을 읽을 때면 글자들 사이사이에 자꾸 아내의 얼굴이 떠오르곤 하면 어찌할까. 선생님의 수업을 듣다가 아내와 사랑하던 생각이 문득 나곤 하면 어찌할까. 그로 인해 학습의 진도를 제대로 따라가지 못하여, 선생님들이나 반 아이들의 놀림감이 되어버리는 것 아닐까. 바닥쇠와 똘마니들이 짓궂게 괴롭히면 어찌할까. 최수길의 얼굴이 떠올랐다. 온몸에 소름이 돋았다. 바닥쇠의 똘마니인 최수길은 인민재판을 받고 죽은 최종식의 조카이다. 최수길이 앞장서서 나를 희롱하고 괴롭힐 것이다. 학교를 그만 다녀버릴까. 할아버지가 나에게 부여한 짐은 아내와 더불어 아들딸 많이 낳아 집안을 일으키라는 것 아닌가. 그렇게 살아가는 데 고등학교 졸업장이 무슨 필요 있겠는가.

갈대철학

첫 교시의 수업이 진행되고 있는 학교 안은 조용했다. 운동장 한쪽에 자전거 보관소가 있었다. 자전거에 자물통을 채워놓고, 이학년 교실 문 앞으로 달려갔다. 교실 안에서는 윤리도덕 수업이 진행되고 있었다. 뒷문을 열고 들어서자 학생들의 눈길이 모두 김오현에게로 날아왔다. 박수를 치며 와아아 하고 환호했다. 그들의 눈길을 흡수한 그의 얼굴은 수십 마리의 하루살이가 엉기어 물어뜯어대는 것처럼 아프고 화끈거렸다.

키 작달막하고 오동통한 윤리도덕선생은 무골호인이었다. 일학기 첫 시간에, "생각한다, 그러므로 나는 존재한다"라는 말을, 자라처럼 턱을 목 속에 묻은 채 서너 번이나 나지막한 소리로 되뇌고, "인간은

74

연약한 갈대다. 자연은 물 한 방울로써 갈대를 죽일 수도 있지만, 그러나 인간은 생각하는 갈대다"라는 말을 몇 차례든지 강조했으므로 별명이 '갈대철학 선생'이었다.

장돌뱅이 바닥쇠의 똘마니인 최수길이 손을 번쩍 들고 일어서서 갈대철학 선생에게 말했다. "선생님, 우리 학생들에게는 궁금한 것이 아주 많습니다. 특히 사랑하는 남녀가 밤에 단둘이서 육체적으로 만났을 때 어떻게 해야 하는 것인지……"

반 아이들이 발을 구르고 박수를 치면서 환호성을 질렀다. 권투도장에 다녔고 초등학교 다닐 적에 웅변을 했다는 호리호리한 최수길은 아이들의 환호성에 용기백배하여 두 주먹을 불끈 쥐어 보인 다음 웅변하는 투로 말을 이었다.

"선생님께서 아시다시피, 바야흐로 우리 앞에 등장한, 우리들의 사랑하는 친구 김오현군은 아리따운 처녀에게 장가를 갔고, 지금은 그 처녀를 집에 데려다놓고 사흘 만에 학교에 나온 새신랑입니다. 우리는 우리들의 사랑하는 친구 김오현군의 첫날밤 경험담 듣기를 간절히 원하는 바입니다. 존경하는 윤리도덕선생님께서는 김오현군에게 그 가슴 저리는 첫날밤의 경험담을 친구들에게 말하도록 기회를 주십시오."

최수길의 말이 끝나자마자 아이들은 "옳소!" 하기도 하고 "최수길군을 국회로 보냅시다" 하고 박수를 치며 발을 구르기도 했다. 갈대철학 선생은 어찌할 수 없다는 듯 고개를 끄덕거리고 나서, 오현에게 교탁 앞으로 나와서, 친구들의 궁금증을 풀어주라고 말했다. 오현은 얼굴이 빨개졌고 가슴이 우둔거렸다. 교실 안이 기우뚱거리는 듯한 어지럼을 주체하지 못한 채 앞으로 나갔다. 나가면서 호주머니 속에 들어 있는, 아내와 할아버지가 준 돈을 떨리는 손으로 주물럭거렸다. 그 돈이 자신감을 일으켜주었다. 잠시 고개를 떨어뜨리고 있다가, 학생들에게 허리 굽혀 절을 한 다음 떨리는 목소리로 말했다.

"그, 그렇잖아도 여러분들을 오늘 방과후에 중국집으로 모시고 가서 한턱을 내려고 생각하고 있습니다. 그때 모든 것을 여러분들께 말씀드리겠습니다. 지, 지금은 신성한 수업시간이므로……"

중국성

거무스레한 산그늘이 내린 탐진강 여울목에 해오라기 두 마리가 물음표처럼 선 채 은어와 피라미 사냥을 하고 있었다. 강변에는 갈대들이 무성했다. 갈대들은 갓 깬 메추리 새끼 같은 암갈색의 꽃들을 피워올리고 있었다.

강의 드넓은 너비를 가로지른 시멘트 다리 옆의 중국성에 반 아이들 스무 명이 앉았다. 땅딸막하지만 강단진 바닥쇠 장철진을 등에 업은 최수길이 앞장서서 아이들을 그리로 이끌고 갔다. 반 전체 학생들은 예순 명이었지만 최수길이, 있어도 무방하고 없어도 무방한 '존재 없는' 아이들을 추려 따돌렸다. 모여든 스무 명은 모두 바닥쇠의 영향권에 들어 있는 똘마니들이었다.

바닥쇠 장철진은 장흥 읍내에서 노는 형님들을 등에 업고 있었다.

노는 형님들은 극장의 기도, 권투도장이나 태권도장 운영, 버스 차장, 화물차 조수, 정류소의 승차권 검사하는 일 들을 모두 맡고 있었다. 읍내 동동리의 긴 골목 끝에는 검찰청과 법원과 경찰서가 있었으므로, 관할인 해남, 강진, 완도의 내로라하는 건달과 불량배 들이 재판 때문에 읍사무소 앞의 칠거리를 지나다녔다. 노는 형들은 그들을 노렸다가 붙잡아 요릿집으로 끌고 가서 벗겨먹기도 하고 돈을 갈취하기도 했다. 노는 형들의 줄기와 덩굴은 고등학교와 중학교까지 뻗어 있었다. 그 형들의 한줄기인 바닥쇠 장철진은 유도와 권투와 태권도를 모두 했다.

고등학교의 선생님들은 이학기로 들어서면서, 장철진을 규율부장으로 임명했는데, 삼학년 선배들도 그를 함부로 하지 못했다. 키가 땅딸막하지만 어깨가 넓게 벌어지고 배에 임금 왕(王) 자가 그려지고, 얼굴에 여드름이 많은 장철진의 위세는 대단했다. 학생들은 생활주임 선생이나 교내지도 선생, 교외지도 선생의 말보다 장철진의 말을 더 무서워했다. 교내지도 선생들은 아침 등교시간이면 장철진과 그의 똘마니들 몇의 팔뚝에 '규율'이라는 완장을 채워 교문에 세워놓았다. 그들이 교문을 지키고 있는 한 전교 학생들 중 단 한 사람도 교칙을 위반하지 않았고 지각도 하지 않았다. 위반을 하면 가죽장갑을 낀 완장들에게 기합을 받았다. 엎드려뻗쳐, 귀 잡고 토끼뜀 뛰기가 기본이었다. 그들의 눈에 건방져 보이는 학생에게는 "배에 힘주어!" 하고 나서 가죽장갑 낀 주먹으로 훅을 먹이기도 했다.

맞닿아 있는 두 개의 방 가운데에 달린 미닫이문을 떼어내자 길쭉

한 직사각형의 방이 되었다. 방 한가운데에 탁자 다섯 개가 세로로 놓였다. 장철진이 안쪽 상석에 앉고 양쪽에 열 사람씩 줄지어 앉았다. 오현은 장철진을 마주보는 출입문 옆에 앉아 있었다.

주방에서는 진즉부터 주방장이 짜장면 면발을 뽑기 위해 밀가루를 이겨 쫘당쫘당 메치고 있었다. 사람 수는 오현을 포함하여 스물한 명인데, 최수길은 마흔두 명분 짜장면과 배갈 스물한 병을 시켰다. 오현은 가슴에 조바심이 일었다. 호주머니에 들어 있는 돈으로 짜장면과 배갈 값을 해결할 수 있을까. 아무래도 돈이 부족할 듯싶었다. 조마조마해하다가 팔목에 찬 결혼기념 시계를 생각했다. 일단 부족한 것을 외상으로 달아놓자고 해보고, 안 되면 시계를 맡기는 것이다. 그리고 내일 학교에 오면서, 할아버지와 아내에게 사정을 말하고 돈을 타다가 갚으면 될 것이다.

짜장면과 배갈이 들어왔다. 최수길이 턱을 목 속으로 끌어당기며 좌중을 향해 늙은 이승만 대통령의 말투로 말했다.

"친애하는 구웅민 여러분, 모두 한 사람이 짜장면 두 그릇씩을 차지하고 먹도록 하십시오."

장철진이 음산한 목소리로 명령하듯이 말했다. "배갈은 독주다. 어떻게 마시냐 하면은, 우리들의 장가 선배 김오현군이 시범을 보이면 그대로 따라 한다. 알겠지?"

늘어앉은 학생들이 머리를 깊이 숙여주었다. 오현의 가슴이 덜그럭 소리를 냈다. 최수길이가 오현을 향해 명령하듯이 말했다. "한 잔을 단숨에 쭈욱 마셔!"

알코올 도수가 사십 도나 되는 독한 술 한 잔을 어떻게 단숨에 마신

단 말인가. 장철진이 말했다. "먼저 짜장면을 한입 먹고 나서 한 잔을 단숨에 다 마시면 된다!"

오현은 짜장면을 한입 먹고 나서, 잔에 배갈병을 기울여 따라 마셨다. 입천장과 목이 불타는 듯하여 겨우 한 모금만 마시고 술잔을 내려놓았다. 장철진이 얼굴을 일그러뜨리고 나서 불쾌한 목소리로 "김오현군은, 배갈 한 잔을 한입에 모두 마시는 시범을 보이지 못한 것에 대한 벌이 기다리고 있다는 것을 알아라" 하고 나서 "김오현군 대신 우리들의 개고기가 시범을 보이겠다" 하고 말했다.

'개고기'란, 어떤 자리에서건, 잘난 체하고 독설하기를 좋아할 뿐 아니라, 언제 어느 때든지 좌중의 화제를 독차지하여 걸쭉하게 떠벌리고, 자기보다 힘이 센 사람일지라도 머리를 들이밀고 개기는 사람을 말하는 것이었다. 장철진은 최수길을 '우리들의 개고기'라고 부르고 있는데, 최수길은 자기가 그렇게 불리는 것을 영광스럽게 생각하고 있었다.

최수길은 먼저 짜장면을 한입 먹고 나더니, 배갈 병마개를 따고 한 잔을 따라 입에 털어붓듯이 모두 마셔버렸다. 장철진이 박수를 쳤고, 다른 아이들이 모두 따라 쳤다. 장철진은 좌중에게 말했다.

"우리들의 사랑해마지않는 개고기가 한 것처럼 먼저 짜장면 한입씩을 먹고 나서 건배를 하도록 하자."

아이들이 모두 짜장면 한입씩을 먹고 나자, 장철진도 짜장면 한입을 먹고 나서 술 한 잔을 따라 들고 "자, 우리들의 장가 선배 김오현군의 결혼을 진심으로 축하한다, 건배!" 하고 소리쳤다. 아이들은 모두 장철진이 하듯이 "건배!" 하고 소리쳤다. 모두가 술을 단숨에 마셨다.

오현도 그렇게 마셨다. 혀와 입술과 목구멍이 활활 불타는 것 같았다. 불타는 듯한 아픈 자극을 가시게 하기 위하여, 짜장면을 씹는 듯 마는 듯해서 목구멍 너머로 넘겼다. 아이들은 모두 게걸스럽게 짜장면을 먹었다. 흥분한 최수길은 거듭 건배 제의를 했고, 아이들은 그 제의를 따라 건배라고 소리친 다음 단숨에 마셨다.

오현은 술 한 병을 모두 마시고 나자 속이 메스꺼우면서 술기운으로 눈앞이 어질어질했다. 아이들은 모두 순식간에 짜장면 한 그릇을 다 비우고 옆에 놓여 있는 또 한 그릇을 먹었다.

최수길은 몸을 일으키더니 오현을 향해 "어이, 모스크바 크레믈린 동무!" 하고 불렀다.

오현은 얼굴이 화끈 달아올랐다. 가슴 깊이 감추어진 상처에서 전율이 일어났다. 최수길이 말한 '모스크바'는, 육이오전쟁 직후에 빨치산 본부가 있었던 유치의 암챙이골짝을 뜻하는 것이고, '크레믈린 동무'는, 인민위원장을 거쳐 빨치산 활동을 하다가 죽어간 그의 아버지 김동수를 이르는 것이었다. 그는 후들거리는 가슴을 주체할 수 없어 고개를 숙였다. 최수길이 이승만 대통령의 말투를 흉내내어 말을 이었다.

"사랑하는 크레믈린 도옹무, 아직까지 보들보들한 여성 동무의 맨살을 만져보지 못한 불행한 친구들을 위해서, 위로의 노래를 한 곡조 불러주시지 않겠는가? 가능하면 자네가 첫날밤에 신부 앞에서 부른 것으로!"

아이들이 박수를 쳤다. 아이들은 모두 술에 취해 있었다. 그는 일어서서, 아내와의 첫날밤에 부른 그 노래를 불렀다. "부용산 오릿길에 잔디만 푸르러 푸르러……"

그의 노래가 끝나자마자, 술에 취한 장철진이 벌떡 일어서더니 "베사메 무초 고요한 그날 밤 리라꽃 지던 밤에"를 부르면서 트위스트 춤을 추었고, 몇몇 아이들이 일어나 따라 추었다. 한동안 춤을 추던 장철진이 최수길에게 귀엣말을 했다. 최수길이 빙긋 웃으면서 고개를 끄덕거렸다. 최수길이 이승만 대통령의 말투를 흉내내어 말했다.

"우리들의 사랑하는 장가 선배 김오현군에게는 우리를 위로해주지 못한 죄가 있습니다. 이제 김오현군은 그 죄를 국민 여러분으로부터 용서받기 위하여 국민 여러분들의 질문에 진실로 응하기 바랍니다."

그 말이 떨어지기 바쁘게 얼굴에 여드름 자국이 새빨간 규율부 부부장 길영식이 그를 향해 물었다. "형용사와 부사 하나도 붙이지 말고 이실직고해라. 첫날밤에 각시하고 한 그대로를!"

아이들이 상을 두들기면서 "대답해라" "이실직고해라" 하고 소리쳐댔다. 오현은 깊이 잠긴 목소리로 "그냥 울기만 하다가 잤습니다" 하고 말했다. 최수길이 장철진에게 귀엣말을 하고 나서 좌중의 소란을 가라앉힌 다음 이승만 대통령의 말투로 말했다.

"조옷습네다. 우리들의 장가 선배 김오현군은 수줍음을 많이 타고 있고, 안타깝게도 사나이로서의 양기가 많이 부족한 모양입니다. 우리들의 사랑하는 김오현군이 장가를 들기는 들었지만, 나이가 나이인지라, 아마 그것이 제대로 성장하지 못했을 것이라 짐작이 되고, 그래서 첫날밤에 제대로 성사를 못한 듯싶습니다. 그 책임을 우리 친구들은 통감해야 합니다. 그러니까 우리는 지금부터 김오현군의 은밀한 숲에다가 거름을 해서 양기를 넉넉하게 북돋워주어야 합니다."

오현은 정수리를 한 대 얻어맞은 듯 멍해졌다. '은밀한 숲'이란 생식기의 거웃을 말하는 것이었다. 그는 전신이 오그라드는 것 같았다. 그들이 자기에게 무슨 짓을 하려 한다는 것을 알아차렸다. 자기도 모르는 사이에 반사적으로 두 손으로 아랫배와 사타구니를 가리며 몸을 새우처럼 웅크렸다.

최수길이 "제 말에 찬성하는 사람은 박수를 쳐주십시오" 하고 말하자, 아이들은 모두 박수를 치면서 몸을 일으켰고, 바람벽에 등을 붙이고 늘어섰다. 짜장면 그릇들이 놓여 있는 상들을 한쪽으로 밀쳤다. 몇몇 건장한 아이들이 넓어진 공간으로 오현을 밀어내놓고 덤벼들어 덮쳤다. 새우처럼 웅크리고 있는 오현의 몸을 강제로 펴 늘여 큰대자로 만든 다음 두 팔 두 다리를 억눌렀다. 최수길이 오현의 허리띠를 풀고 팬티를 끌어내렸다. 오현이 죽을힘을 다해 발버둥을 쳤지만 짐승처럼 우악스러운 그들의 힘을 당할 수 없었다. 그의 생식기가 드러나자 누군가는 진한 갈색의 짜장 국물과 면발의 찌꺼기를 집어다가 거웃과 성기에 문질러주고, 또 누군가는 단무지를 끼었어주고, 다시 또 누군가는 배갈 남은 것을 거웃에 부어주었다. 실컷 희롱을 한 다음 그를 풀어주고 하나씩 둘씩 문밖으로 나가면서 허허허 하하하 하고 웃어댔다.

혼자 방안에 남은 오현은 이를 갈았다. 장철진과 최수길을 죽여야 한다고 생각했다. 내일 학교에 올 때 책보자기 속에 식칼을 넣어가지고 와서 하나씩 등허리를 찔러 죽여야 한다. 그는 젖은 사타구니와 속옷 때문에 어기적거리며 밖으로 나갔다. 음식값을 치르기에는 돈이 부족했다. 비대한 대머리인 중국성의 주인에게 다음날 가져다주겠다고 했지만, 주인은 도리질을 했다. 팔목에 찬 시계를 풀어 맡겼지만, 주인은 그의 학년과 성명과 담임선생의 이름을 적어놓고서야 보내주었다.

수모를 당하고 더럽혀진 사타구니 때문에 자전거를 타지 않고 핸들을 잡고 밀면서 유치를 향해 걸었다. 땅거미가 내리고 있었다. 자동차들은 먼지바람을 그에게 끼얹으며 달려갔다. 이 더러워진 몸으로 어떻게 아내에게 돌아간단 말인가. 참담하게 희롱을 당한 몸으로 어떻게 다시 아내의 그 깨끗하고 성스러운 몸을 사랑한단 말인가.

깜깜한 어둠이 온 세상을 덮었다. 가파른 고갯길을 넘어 유치 땅으로 들어섰다. 산굽이를 돌자 길 왼편 골짜기 아래로 질펀하게 강이 펼쳐졌다. 자전거를 갓길에 세워놓고, 강변의 조약돌밭으로 내려섰다. 강물은 조용히 흐르고 있었다. 하늘의 총총한 별들이 물로 내려와 일렁일렁 춤을 추고 있었다. 바지를 벗고, 음식물 찌꺼기로 인해 더럽혀진 팬티를 벗어 강물로 던졌다. 물속에 아랫도리를 담갔다. 별빛 어린 물이 섬뜩 차가웠다. 진저리를 치면서 사타구니와 거웃과 생식기를 씻었다. 뽀도독 소리가 나도록 이를 갈면서 씻고 또 씻었다. 그가 아내 모르게 부엌의 식칼을 책보자기 속에 넣어가지고 학교에 가서 장철진과 최수길의 등 한복판을 찔러 죽이는 모습이 머릿속에 그려지고 있었다. 그들의 등허리에서 쏟아지는 새빨간 피와 그들이 거꾸러지는 모습이 보였다. 그 생각이 무서웠고, 몸이 부들부들 떨렸다. 바지를 꿰어입으며, '아니다' 하고 도리질을 했다. 그 자식들을 죽인다면 나는 살인자가 되어 감옥에 갇히고, 그리고 죽게 된다. 나 하나를 바라보고 사는 할아버지와 어여쁘고 탐스럽고 향기롭고 사랑스러운 아내를 어찌하고, 살인자가 되어 감옥에서 죽어간단 말인가. 허리띠를 채우면서, 참아야 한다, 하고 생각했다. 할아버지는 할머니와 어머니와 내 위의 형들 넷이 몽둥이에 맞아 죽거나 용소에 수장된 것을 보고도 참고, 또 참으면서, 오히려 죽인 자들에게 엎드려 빌고, 손자 하나 남은 것만은 살려달라고 통사정하며 살아가고 있지 않은가. 이 악물고 참아야 한다. 한차례의 악몽을 꾸었다고 생각하고 잊어버리자.

그러나 속에서 치솟는 분노의 불길을 막을 수 없었다. 그는 주먹으로 강물을 치면서 으악 하고 악을 썼다. 주위의 어둠이 악쓰는 그의 목소리를 따라 부르르 몸을 떨었다. 울분이 별빛 어린 강물 자락에 풀리고 있었고, 차가운 강물이 그의 속으로 흘러들고 있었다. 그가 차가운 강물이 되고 있었다. 그의 속에 어떤 알 수 없는 시꺼먼 힘이 흘러들었고, 그것이 '그래, 참으면서 사는 거야' 하고 말하고 있었다. 혀를 깨물면서 자전거를 밀고 갔다. 그의 의식은 검은 도깨비처럼, 산골짜기의 어둠처럼 거대해지고 있었다.

흔들리는 모텔 방바닥

모텔 방바닥이 미세하게 흔들렸다. 자동차 한 대가 지나가고 있었다. 동무들에게서 당한 성적인 수모, 그것을 속속들이 아들 칠남에게 말하면서 아버지 김오현은 이를 악물며 진저리를 쳤다. 그는 울분 어린 목소리로 말했다.

"칠남아, 잘 들어라. 내가 어쩌자고 이 창피스러운 이야기들을 아들인 너한테 시시콜콜 다 말하는지 아냐? 내가 그 험난한 세상을 어떻게 건너서 여기까지 왔는가를, 네 증조부의 높고 깊은 뜻이 내 삶 속에 어떻게 밑받침되어 있었는지를 말해주려는 것이다."

형광등 불빛은 미세하게 떨고 있었다. 떠는 빛의 결과 무늬에 따라 모텔방의 허공은 잔주름이 잡히고 있었다. 김오현은 맥주 한 모금을 마시고 나서 말을 이었다.

"그런디, 사람은 그렇게 남을 짓밟으면서 악질적으로 세상을 살면 안 된다. 나를 그렇게 잔인하게 짓밟은 그 바닥쇠는 이십대 중반에 칼을 맞아 죽었고, 최수길이란 친구는 사십대에 간암으로 죽었다."

칠남은 김오현 앞에 머리를 조아리며 "아버지, 그렇게 꿋꿋이 살아와주셔서 감사합니다" 하고 말했다. 그의 목소리는 울음에 젖어 있었다.

아버지 김오현은 다시 맥주를 한 모금 들이켜고 얼굴을 일그러뜨린 채 말을 이었다.

"술에 취한 나는 자전거를 그냥 밀면서 갔다. 유치까지…… 그런데, 아따, 노랗고 불그스레하고 파란 별들이 밤하늘에 주렁주렁…… 꼭 무슨 열매같이, 아니, 살아 있는 무슨 벌레같이 수런거리더라."

모텔 앞의 강변길을 지나가는 자동차들의 엔진 소리가 들려오곤 했다.

챙 챈 챙챙

하늘에는 노란 별, 푸른 별, 붉은 별 들이 초롱초롱 수런거렸다. 별빛 머금은 검푸른 어둠 자락이 눈앞에서 어른거렸다. 오현은 시꺼먼 산도깨비의 무리 같은 어둠을 휘감은 채 유치 산골을 향해 가고 있었다. 길은 산모퉁이를 휘돌면서 흘러온 강의 가장자리를 따라 오불꼬불 뻗어 있었다. 길 양옆으로 검은 산봉우리들이 늘어서 있었다. 기다란 작대기를 걸쳐놓을 수 있도록 봉우리와 봉우리 사이가 가까웠다.

경찰이 빨치산들을 소탕시킨 지 아홉 해밖에 되지 않았다. 경찰과의 싸움에서 죽은 빨치산들의 시체가 거적때기에 덮여 있곤 하던 길이었다. 빨치산들 가운데서 마지막으로 죽은 것이 아버지 김동수였는데, 아버지의 시신은 용반리의 외딴집 뒤란 땅바닥에서 거적때기를 덮어쓰고 누워 있었다. 할아버지는 먼 데 사는 일가 당숙들과 함께 용반리 외딴집에서 머리에 총상을 입고 죽어 있는 아버지의 시신을 수습하여 학산마을 건너편 선산에 묻었다. 당숙들은 거적에 싼 아버지의 시신을 바지게에 얹고, 땀을 뻘뻘 흘리면서 번갈아 짊어지고 갔는데, 바지게의 한쪽 끝에 삐져나온 푸르딩딩하게 부풀어난 피 묻은 맨발 하나가 거적 밖으로 내다보였다. 초등학생인 오현이 그 뒤를 따랐는데, 눈앞에 벌어지는 일들이 현실 같지 않았고, 슬프지도 두렵지도 않았다. 아버지의 시신을 매장한 날 밤 할아버지는 사랑방에서 손자 오현을 이불 속에 묻어놓고, 잠을 이루지 못하고 놋쇠화로의 시울을 '챙 챈 쳉챙' 두들겨대곤 했다.

식은땀을 흘리며 자전거를 밀고 걸어가는 오현의 눈앞에 아버지의 피 묻은 맨발이 어른거렸고, 할아버지가 담배대통으로 놋쇠화로 두들기는 소리가 들렸다. 산기슭에서 잠자리를 마련하고 있던 꿩과 멧새들이 그의 발소리에 놀라 푸드덕 소리를 내며, 별들 수런거리는 가지

색깔의 밤하늘을 향해 솟구쳐 날아가곤 했다. 그것들이 날아오를 때마다 그의 가슴은 거듭 깨지고 있었다. 새들이 날아간 검푸른 어둠 자락으로 별빛이 우수수 쏟아져내렸다.

유치면사무소 쪽에서 남자의 외침 소리가 아련히 들려왔다. 그 소리가 메아리가 되어 맴돌았다. "오아아!" 할아버지가 그를 마중나온 모양이었다. 발걸음을 빨리했다. 산굽이 하나를 돌고 나자 외침 소리가 선명해졌다. "오현아아!" 할아버지가 그를 부르고 있었다. 메아리가 그 소리를 흉내냈다. 메아리 소리에 그는 산에 사는 산도깨비의 존재를 생각했다. 그는 깊이 잠겨 있는 목소리로 "예에!" 하고 대답했다. 메아리가 '예에에에' 하고 흉내냈다. 산에 사는 빨치산의 원혼이 그 소리들을 흉내내는 듯싶었다. 깜깜한 밤에 할아버지를 마중나오게 하다니, 죄송스러웠다. 내리막길이 시작되었으므로, 자전거를 타고 페달을 밟았다. 어두움 묻어 끈적거리는 바람을 가르며 나아갔다. 그의 목소리를 들은 할아버지가 다시 그를 불렀고, 메아리가 흉내를 냈다. 그가 대답했고 메아리가 또 흉내를 냈다. 그는 자전거 페달을 더욱 힘차게 밟았고 자전거는 뜀박질을 하며 나아갔다.

여울물 소리가 들리는 길목에서 할아버지와 그가 마주쳤다. 그가 자전거에서 내렸다. 할아버지는 오열하면서 그를 부둥켜안았다. 할아버지는 자기 품속에 들어 있는 그를 풀어놓으려 하지 않았다. 할아버지는 떨고 있었다. 그는 어헉어헉 하고 오열했다. 짜장면과 배갈을 먹고 난 최수길과 바닥쇠의 똘마니들에게 당한 수모가 떠올랐다.

"사흘 동안 결석했다고 벌섰냐?" 하고 할아버지가 물었을 때에야 그는 대답했다. "동무들한테 중국집에서 짜장면 한 그릇씩을 사줬어요.

술도 한잔하고 노래 부르고 놀다가 캄캄해서 출발했어요. 진즉 왔을 텐데 술을 한잔 마셨더니 자전거를 탈 수 없어갖고 밀고 오느라고요."

할아버지는 말없이 걷기만 하다가 "오늘 땅금이 내리면서부터 지금까지 내내 못된 상상을 했다" 하고 고백을 했다. "보성 최씨들 가운데 누구인가의 사주를 받은 어떤 패거리한테 니가 몰매를 맞고 쓰러져 죽었기 때문에 밤늦게까지 오지 않고 있는지도 모른다는……"

유치면사무소 앞의 어둠 수런거리는 거리로 들어섰다. 잡화상점 주인이 문을 닫고 있었다. 잡화상점 주인은 최수길의 둘째 큰아버지였다. 최수길의 아버지는 읍내 예양리에서 양품점을 하고 있었다. 그는 최수길이 왜 오늘 자기를 그렇게 희롱했는지 알고 있었다. 최수길의 큰아버지는 인민재판으로 인해 죽은 최종식이고, 그 인민재판을 주도한 사람이 그의 아버지인 것이었다.

경찰파출소 앞에, 총을 어깨에 걸친 전투복 차림의 보초가 서 있었다. 그와 할아버지는 그 앞을 지나갔다. 나주 쪽에서 달려온 트럭 한 대가 샛노란 두 눈을 부릅뜬 채 그들 옆을 스쳐지나갔다. 트럭이 뿜은 먼지가 코와 목을 컬컬하게 했다. 졸졸졸 물 흐르는 소리가 올라오는 시멘트 다리를 건너자, 길이 양쪽으로 갈렸다. 오른쪽으로 휘도는 길은 보림사로 가는 길이고, 왼쪽으로 뻗어간 길은 학산마을을 거쳐 나주로 가는 길이었다. 그와 할아버지는 어두움을 뚫고 나주 방향으로 걸었다. 하늘에는 푸른 별, 노란 별, 붉은 별 들이 초롱초롱 밝았다.

마을의 안쪽 골목길로 들어서려는데 불그레한 물체 하나가 반딧불만한 초롱을 들고 왔다. 초롱 빛에 노랑저고리와 다홍치마가 드러났

다. 초롱불빛에 음영 짙은 아내 한영애의 얼굴이 보였다. 할아버지는
그와 아내의 만남을 위해 앞장서서 사립 안으로 들어가버렸다. 아내
는 초롱불을 든 두 손을 가지런히 앞에 모으고, 어둠 속의 그를 향해
허리와 머리를 깊이 숙여 절을 했다. 그의 가슴에서는 뜨거운 울음이
목구멍으로 올라왔다. 그는 말없이 사립문을 향해 자전거를 밀면서
걸었고, 아내는 발걸음을 빨리하여 앞장서서 가며 그의 앞길을 초롱
불로 비췄다. 할아버지가 사랑방으로 들어서면서 말했다. "어서 저녁
차려주어라." "예에" 하는 아내의 해맑은 목소리가 진한 어둠 머금은
집안을 울렸다.

자전거를 처마밑에 세우면서 초롱불을 들고 있는 아내에게 "밥은
먹고 왔어요" 하고 말했다. 아내는 그에게서 책보자기를 받아들었다.
아내의 향긋한 체취가 물씬 풍겼다. 아내는 책보자기를 윗목 앉은뱅
이책상 옆에 놓고, "따순물 받아놨은께 씻으십시오" 하고 말하면서
등잔불에 불을 붙였다. 그는 아내를 등지고 돌아서서 재빠르게 교복
아랫도리를 벗었다. 팬티를 입고 있지 않은 것을 아내에게 들키지 않
으려고 잠옷바지를 꿰어입었다.

아내가 초롱을 든 채 밖으로 나갔고, 잠옷 차림인 그가 뒤따라나갔
다. 아내가 세숫대야에 따뜻한 물을 떠다주었다. 얼굴을 씻은 다음 발
을 씻었다. 아내는 초롱을 댓돌에 놓고, 그에게 수건을 건네주었다.
윗목에 보아놓은 밥상을 끌어다놓고, 아랫목 이불 밑에 묻어놓은 밥
그릇을 꺼내 밥상 위에 놓으며 "먼길 걸어오시면서 배 다 꺼졌을 텐
께……" 하고 말했다. 그는 등잔불에 비친 아내의 얼굴을 똑바로 볼
수 없었다. 읍내 중국집에서 짜장면을 먹은 터이지만, 유치까지 걸어

오는 동안 다 소화된 모양으로 출출했으므로 그는 밥그릇을 다 비웠다. 아내는 그가 물린 밥상을 들고 나가서 설거지를 하고 들어왔다. 그동안 그는 우두커니 앉아 있었다. 중국집에서 당했던 일들이 머릿속에서 맴돌았다.

아내가 침울한 그의 모습을 훔쳐보며 "무슨 하실 말씀 있어요?" 하고 물었지만, 그는 "아니" 하고 도리질을 했다. 아내는 요와 이불을 폈고, 맨 위쪽에 부부가 함께 머리를 맞대고 벨 수 있는 기다란 베개를 놓았다. 수학 숙제가 있었고, 복습을 해야 했지만, 그는 그냥 이불 속에 몸을 묻고 베개 한쪽 끝을 베었다. 아내가 등잔불을 끄고 그의 옆에 누웠다. 그는 참담한 치욕을 당한 그의 남성을 생각했다. 어떻게 다시 아내와 사랑을 할 수 있을까. 아내에게 등을 돌린 채 모로 누우면서 눈을 감았다. 아내는 그러한 그의 등에 얼굴을 묻었다. 아내의 다사로운 콧바람이 등의 살갗으로 스며들었다.

까무룩 잠이 들었는가 싶었는데, 챙 챈 챙챙 하는 소리가 들려왔다. 잠에서 깼다. 할아버지가 담뱃대의 대통으로 놋쇠화로 시울을 두들기는 것이었다. 그것은, 몸속에 잠재해 있다가 불끈 일어서는 참담한 분노와 울화와 원한과 복수심을 삭이려는 몸부림이었다. 그는 그 소리에 가슴이 쓰라렸다. 저 분노와 울화와 원한과 복수심을 무엇으로 삭게 해드릴까. 증손자를 얼른 낳아드리는 것이라고 생각하였고, 그는 아내에게 돌아누웠다.

아내도 그 소리에 잠이 깨어 있었다. 아내를 끌어안았다. 아내는 그의 가슴에 얼굴을 묻었다. 또다시 할아버지의 방에서 날카로운 챙 챈 챙챙 소리가 들려왔다. 아내가 진저리를 치면서 깊이 잠긴 떨리는 목소리로 속삭였다. "……다 좋은디, 저 소리가 무서워죽겠어라우." 아내의 눈물이 그의 가슴을 적셨다. 그가 속삭였다. "나도 무서워……" 그는 이를 악물면서, 읍내 중국집에서 치욕스럽게 당한 아랫도리를 생각했다. 바닥쇠와 최수길을 죽이자는 생각을 잘 접었다고 생각했다. 뒷산에서 부엉이 우는 소리가 들렸다. 양식 없다 부엉, 걱정 마라 부엉, 꿔다 먹지 부엉. 부엉이 소리가 그의 가슴속으로 스며들었다.

트라우마와 결핍

증조할아버지와 아버지의 트라우마와 결핍이 독가스처럼 칠남의 영혼을 어두운 심연 속으로 가라앉히고 있었다. 모텔 방바닥과 바람벽이 흔들렸다. 트럭 한 대가 지나가고 있었다. 맥주잔을 손에 든 아버지 김오현의 눈시울이 젖어 있었다. 칠남은 무릎을 꿇고 고개를 깊이 떨어뜨린 채 아버지의 이야기를 들었다. 아버지가 친구들에게 참담한 수모를 당하고 집에 돌아온 밤에 어머니와 사랑을 나누는 이야기가 칠남의 가슴을 쓰라리게 옥죄고 있었다. 아버지를 끌어안고 울어주고 싶었다.

정신분석을 강의하던 교수의 말이 떠올랐다. 살인을 한 자는 여관방에서 여자와 몸을 섞다가 붙잡히는 경우가 많다. 트라우마는 결핍의 공간을 한없이 넓히고 깊어지게 하기 때문에 그것을 속에 품은 자는 조용히 혼자 견디며 해소시킬 수 없다. 그것을 해소시킬 수 있는 것은 성행위뿐인 것이다. 남자가 여성의 자궁 속에 자기를 투사하는 것은 한차례 죽는 것이고, 동시에 거듭나는 것이다.

아버지 김오현은 당신의 할아버지의 트라우마와 결핍까지도 해소시켜주지 않으면 안 되는 위치에 우뚝 서 있었다. 칠남의 증조할아버지는 자기의 트라우마와 결핍을 열여덟 살의 손자 김오현과 손부 한영애를 통해 해소시키고 채우려고 들었다. 아버지 김오현의 평생은 일관되게 그 트라우마와 결핍을 해소시키고 채우는 일에 바쳐진 것인지도 모른다.

촛불집회에 나갔다가 온 그의 목을 졸라대던 아버지를 이해할 수 있을 듯싶었다.

아버지는 휴지 한 장을 빼다가 젖은 눈시울을 찍어내고 나서 "느그 증조할아버지는 다음날 아침 일찍이," 하고 말을 빼더니 허공을 쳐다보며 울음을 삼켰다.

몸보신

김오현은 닭장 안의 닭들이 요란하게 푸드득거리고 꼬꼬댁거리는 소리에 잠에서 깼다. 할아버지가 닭을 잡고 있었다. 날갯죽지를 잡힌 닭 한 마리가 단말마의 비명을 질렀다. 방안은 아직 어둑어둑했다. 새벽녘에 몸을 섞은 그와 아내는 깊은 잠에 떨어져 있었다. 잠에서 깬 아내가 소스라쳐 몸을 일으켰다. 서둘러 치마저고리를 걸치고 부엌으로 나갔다. 그도 옷을 입고 뒤따라나갔다.

마당에는 푸른 새벽빛이 강물처럼 괴어 있었다. 할아버지가 우물가에서 황토색 암탉의 모가지를 비틀어젖혀 날갯죽지 속에 밀어넣은 채 움켜잡고 털을 뜯기 시작했다. 숨이 막혔을 뿐 아직 살아 심장이 뛰고 있는 닭은 사력을 다해 발길질을 하고 있었다. 부엌으로 나간 아내는 독에서 쌀을 퍼서 바가지에 담았다.

"아침에 무슨 닭을 잡으시요?"

오현이 묻자 할아버지는 "그냥 우리 식구들이 다 함께 묵자고 잡는다" 하고 나서 부엌을 향해 "새악아, 밥 짓지 마라, 오늘 아침밥은 닭죽으로 대신하자" 하고 말했다. 그러고는 우두커니 서 있는 그를 향해 "너는 들어가서 더 자거라. 밤늦게 먼길 걸어오느라고 피곤할 것이다. 닭죽이 다 되면 깨우마" 하고 말했다.

그는 찬물을 떠서 세수를 하고, 들어가 불을 밝히고 수학 숙제를 했다. 수학선생은 대학을 갓 졸업한 스물다섯 살의 체구 작달막한 처녀였다. 볼과 콧등에 선명한 주근깨들을 감추려고 화장을 진하게 하곤 하지만 잘 감추어지지 않았다. 은테 안경을 낀 수학선생은 쌀쌀맞고 표독스러운 데가 있었다. 숙제를 해오지 않으면 삼십 센티미터 자로 손바닥을, '짝!' 하는 파열음이 터지도록 모질게 때렸다.

선잠을 깬데다, 아내와 진한 사랑을 한 오현의 머리는 하얀 박 속처럼 멍멍했고, 문제가 쉬 풀리지 않았다. 몸은 무겁게 땅 밑 쪽으로 가라앉았고 나른했다. 따사로운 이불 속이 그를 유혹했다. 부엌에서는 노구솥 걸린 아궁이에 불 지피는 소리가 들려왔다. 하품이 나왔다. 자로 손바닥 맞을 각오를 하고 이불 속으로 들어가 눈을 감았다. 이불 속에는 아내의 향긋한 체취와 후끈한 온기가 남아 있었다. 아내와 사랑하고 살면서 학교에 계속 다닐 수 있을까. 숙제를 하지 않은 나를 수학선생은 어떻게 꾸짖을까. 숙제는 않고 각시와 사랑만 했느냐고 아이들이 놀리지 않을까. 학교를 그만 다녀야 하지 않을까. 내 운명은 진즉부터, 할아버지를 모시고 농사지으며, 아내와 더불어 아이들을 많이 낳아 키우도록 정해진 것 아닐까.

혼곤한 잠 속으로 빠져들었다가, 아내가 흔들어 깨워서야 일어났다. 닭죽 한 그릇이 놓인 밥상이 방 한가운데 놓여 있었다.

"어서 드시씨요. 할아버지가 닭죽을 손수 떠주셨어라우. 자전거 타고 먼길 다니면서 공부하려면 몸이 건강해야 한다고…… 할아버지, 당신 몸보신해주려고 닭을 잡으신 것이어라우."

오현은 아내가 손에 잡혀준 닭다리를 뜯었다. 아내는 고기를 먹지 않고 쌀죽만 먹었다. 할아버지가 왜 나의 몸보신을 시키려고 애쓰는가. 코가 시큰해지면서 눈물이 핑 돌았다. 눈물 어린 두 눈을 끔벅거리면서 아귀아귀 먹었다.

아내가 그의 몸에 교복 윗도리를 입혀주었다. 팔목에 시계가 없는 것을 알아차린 아내가 말했다.

"당신 시계를 안 차셨구만이라우."

그는 솔직하게 중국집에 시계 잡힌 사건을 말했다. 아내는 농 안에 감추어둔 돈을 꺼내 호주머니에 넣어주며 말했다.

"이것으로 시계 찾아오시오."

아내는 도시락과 책보자기를 들고 나서려는 그를 향해 큰절을 했다. 그는 전날 당한 수모가 생각났고, 바보 같은 그를 높이 받드는 아내가 가엾고 민망해 견딜 수 없었다. 절을 하는 아내를 향해 차갑고

무뚝뚝하게 말했다.

"당신, 그 절, 다음부터는 하지 마시오."

아내는 사립 밖에까지 따라나왔다. 자전거를 밀고 가다가 돌아보니 아내는 그의 뒷모습을 바라보며 서 있었다. 얼굴이 보송보송 탐스럽고, 다홍치마 앞에 두른 하얀 앞치마가 예뻤다. 앞치마에는 'sweet home'이란 글자들이 파란색 실로 수놓여 있었다. 자전거에 올라타고 페달을 밟았다. 울퉁불퉁한 찻길을 달렸다.

맑은 옥색의 물안개 속에서 물뱀의 비늘 같은 강의 물결이 치자 색깔의 아침햇살 옷을 걸치고 있었다. 반짝거리는 빛살이 눈을 부시게 했다. 수학 숙제를 하지 않은 것이 마음에 걸렸다. 무어라고 변명을 할까. 학교 공부를 그만 접어버리자. 대학 진학을 할 바도 아니고, 공무원 시험을 볼 것도 아니고, 할아버지가 짓던 농사를 물려받아 지으며 아내와 더불어 아들딸 낳고 살아가기만 할 것 아닌가. 아들딸 낳아 키우고 사는 데에 고등학교 졸업장 그게 무슨 소용이란 말인가.

수학시간

수학선생 지화수는 학생들의 인사를 받자마자 숙제 검사부터 했다. 이날 수학선생은 흰 저고리에 검정 주름치마를 입고 있었다. 치맛자락 끝이 무릎과 발목 사이의 정강이에서 찰랑거렸다. 하얀 다리가 초가을의 여린 열무 같았다.

학생들은 수학책 옆에 공책을 펼쳐놓고 기다렸다. 수학선생은 오른손에 대쪽으로 만든 삼십 센티미터 자를 든 채 통로로 걸어다니면서 학생들의 공책을 일일이 왼손으로 펼쳐 누르고, 은테 안경알 너머로 매섭게 확인하곤 했다. 손가락이 삘기처럼 희고 부드러워 보였다.

숙제를 하지 않은 것이 들통난 학생은 두 손바닥을 나란히 펴 들었다. 수학선생은 자를 높이 치켜들었다가 손바닥을 내리쳤다. '딱!' 하거나 '짝!' 하는 소리는 교실 안의 공기를 매섭게 찢었다. 몸을 외틀면서 엄살을 부리는 학생이 있는가 하면, 늠름하게 맞기만 하는 학생도 있고, 한번 더 때려달라고 능청을 떠는 학생도 있었다.

오현의 자리는 뒤편 창가에 있었다. 수학선생이 그의 옆으로 다가왔을 때, 주변 아이들이 그와 수학선생을 번갈아보았다. 그는 공책을 펴 보이지도 않고, 고개를 수그린 채 두 손바닥을 나란히 펴 내밀고 있었다. 수학선생에게서 분향 어린 아릿한 체취가 날아왔다. 동시에 노랑저고리와 다홍치마에 하얀 앞치마 두른 아내의 얼굴이 머리에 떠올랐다.

수학선생은 그의 얼굴을 살피려 하지도 않고 자를 추켜올렸다. 수학선생이 자로 내려치려 하는 순간 누군가가 "선생님, 김오현이 일주일 전에 장가를 간 어른 학생입니다" 하고 말했고, 다른 누구인가가 "모스크바 크레믈린 궁에서 신혼생활을 한답니다" 하고 말했고, 이어 최수길이 "밤이면 사랑을 해야 하기 때문에 숙제할 틈이 없답니다" 하고 악담을 했고, 다른 학생들이 옆 아이하고 무슨 이야기인가를 해놓고 킥킥하고 웃었다.

수학선생의 얼굴이 빨개졌고, 오현의 얼굴이 뜨거워졌다. 무엄한 생각 하나가 머리를 스쳤다. 수학선생도 옷을 벗는다면 아내의 몸과 비슷할 것이다. 그는 무엄한 생각을 하는 그를 벌하기 위해 혀를 아프게 깨물었다. 수학선생은 추켜올렸던 자를 내리고 오현의 얼굴을 흘긋 살폈다. 모든 학생들의 눈이 수학선생에게로 몰려들었다. 수학선생은 붉어진 얼굴을 일그러뜨리고 매서운 눈초리로 희롱하는 학생들을 한 바퀴 둘러보면서 이를 악물었다. 그녀는 오현의 얼굴을 노려보면서 뱉듯이 말했다.

"한 지어미의 지아비 노릇을 하는 사람이므로 더 열심히 공부해야지요! 안 그래요?"

수학선생이 '열심히 공부해야지요, 안 그래요?'라고 경어를 쓰는 바람에 오현은 속에서 울컥 뜨거운 것이 북받치는 것을 느꼈고, 그도 모르는 사이에 눈물 그렁그렁해진 눈을 내리뜨며 "죄송합니다!" 하고 말했다. 수학선생은 다시 자를 치켜들더니 한 차례 때리고, 다시 한 차례 때리고, 다시 또 한 차례 때렸다. 손바닥에 불이 붙은 듯 따가웠다. 다른 학생들은 한 차례만 때렸는데 그에게는 세 차례나, 자가 휘파람 소리를 내도록 세차게 때린 것이었다. 그때 그는 수학선생의 치맛자락이 출렁거리는 것을 보았고, 흥분한 그녀의 숨결이 새근거리는 소리를 들었다.

운동장 다섯 바퀴

수학선생에게서 맞은 매의 충격은 목총을 들고 수업을 받는 교련시간까지도 가시지 않았다. 그것은 영혼의 척추에 몽혼주사를 놓은 듯

정신을 순간적으로 멍하게 했고, 어질어질하게 했다.

전날 중국집에서 성적인 수모를 당한데다, 수학시간에 대나무 잣대로 혹독하게 맞은 오현은 자기를 둘러싼 세상이 무서워지기 시작했다. 주눅이 들어 있었고, 자꾸 실수를 했다. "좌향앞으로가"라는 구령에 우향 앞으로 갔고, "뒤로돌아가"라는 구령에 한 발 더 가서 돌다가 앞사람과 부딪치는 실수를 했다. 한 번의 실수는 또다른 실수를 불러왔고, 그는 점차 바보 머저리가 되어갔다. "우로어깨총"이라는 구령에 좌로어깨총을 했고, "받들어총"을 할 때 방아쇠가 몸 쪽으로 향하게 하는 실수를 했다. 거듭 실수를 해대는 자기를 이해할 수 없었다.

푸른 제복에, 계급장 반짝거리는 챙이 긴 모자를 쓴 교련선생은 호리호리하고 작달막했고 가느다란 목소리에 쟁하는 쇠붙이 소리가 들어 있었다. 교련선생은 "저기, 뒷줄 왼쪽에서 세번째 학생, 앞으로 나와!" 하고 소리쳤다. 오현은 앞에총을 한 채 교련선생 앞으로 달려나갔다. 학생들 중 누구인가가 "선생님, 그 학생 엊그저께 장가간 어른 학생입니다" 하고 말했다. 교련선생이 "뭐야?" 하고 소리치더니, 그의 정수리를 지휘봉으로 한 대 때리면서 "이놈아, 교련시간이면 동작 하나하나에 정신을 집중해야지, 학교에 와서도 각시 생각을 하고 있는 거야?" 하고 꾸짖었다. 학생들이 와하하 하고 웃었다. 교련선생은 그에게 "정신이 해이해 있는 까닭이야!" 하고 말한 다음 "앞에총 하고, 구보로, 운동장 다섯 바퀴 돌고 왓!" 하고 명령했다.

그는 앞에총을 한 채 구보로 운동장의 트랙 가장자리를 돌았다. 집에 아내를 두고 있는 처지에 학생들의 웃음거리가 되고 있다는 생각을 하자, 학교가 싫어지기 시작했다. 당장 총을 내던지고 책가방을 들고 집으로 가버리고 싶은 생각이 굴뚝처럼 일어서고 있었다. 그렇지만 자기의 어찌할 수 없는, 장가든 학생으로서의 운명 줄을 한 땀 한 땀 떠가듯이 굴욕적인 구보를 했다. 눈앞에 아내의 얼굴이 어른거렸다. 할아버지에게 효도를 하고, 사랑스러운 아내를 지키기 위해서 참고 이겨내야 한다고 그는 이를 악물었다.

이웃집 노총각

일주일간의 농번기 방학을 했다. 할아버지와 아내와 더불어 나락을 베러 강 건너편의 논으로 나갔다. 그가 장가갈 때 도움을 준 지씨 부부가 벼를 베어주러 왔다.

지씨 내외는 그의 집 두엄을 져내주기도 하고, 뒷간의 합수를 퍼주기도 하고, 논밭을 갈아주기도 하고 못자리와 모내기를 해주기도 했다. 할아버지가 그때마다 적의한 품삯을 지씨의 집에 건네주곤 하는 것이었다.

오현의 집 논은 여덟 마지기였다. 밭도 스물두 마지기나 있었다. 밭에는 여름철에 고구마, 수수, 콩 따위를 심고, 가을에 보리를 갈았다.

나락은 노랗게 익어 있었다. 그의 집은 유치 산골 학산마을 안에서는 제일 부유했다. 할아버지는 일흔 살을 넘기기는 했지만 튼실한 농사꾼 유학자였다. 젊은 그보다 낫질, 삽질, 괭이질, 지게질, 쟁기질을 더 잘했다.

이날 나락을 베는 논은 산기슭을 돌아온 강의 서편 언덕에 있었는데 두 마지기짜리 노루배미였다.

오전 새참 때가 가까웠을 때, 아내는 새참을 가져오기 위해 집으로 들어갔다. 아내는 하늘색 통치마에 노랑저고리를 입고 꽃수 놓인 하얀 앞치마를 두르고 흰 수건을 머리에 쓰고 있었다. 할아버지는 오현에게 다가와 귀엣말을 했다.

"너, 새아기 뒤따라가서 같이 새참 들고 나오너라."

그는 지씨 부부의 얼굴을 흘긋 살폈다. 지씨 부부가, 어린것이 제 각시의 꽁무니만 졸졸 따라다닌다고 흉을 볼까 두려웠다. 할아버지는 눈살을 찌푸리고, 새아기를 따라가라는 고갯짓을 했다. 할아버지가 그의 아내를 혼자 집에 보내지 않으려 하는 것이라고 그는 직감했다.

농번기라, 모두들 들판에 나가 일들을 하므로 마을의 집들은 텅텅 비어 있었다. 그런데 그의 집과 이웃해 있는 최씨네 집에 노총각 한 사람이 들어 있었다. 대학을 삼학년까지 다니다가 몇 년째 휴학을 하고 집에서 빈둥거리는 최학수였다. 고등고시에 거듭 낙방한 청년 최학수의 집과 그의 집은 늙은 감나무 한 그루와 별로 높지도 튼실하지도 않은 싸리 울타리와 허름한 닭장을 사이에 두고 있었다. 감나무는 그의 집 소유이지만, 최학수네 집 쪽 가지에 열리는 것은 최학수네가 따먹고, 그의 집 쪽 가지에 열리는 것은 그의 식구가 따먹었다. 싸리 울타리는 마음만 먹는다면 넘어다닐 수 있도록 낮고 허술했다.

최학수는 그의 집 마당이나 뒤란에서 훤히 보이는 모퉁이 방에 기거하는데, 네모난 대오리 창문이 그의 집 마당 쪽으로 나 있었다. 최학수는 이따금 큰 소리로 노래를 하기도 하고, 책을 크게 소리내어 읽기도 했다.

그는 최학수가 그의 아내를 넘볼지도 모른다는 생각을 하며 빠른 걸음으로 아내를 뒤따라갔다. 집에 도착한 아내는 마당으로 들어서자마자 사랑채의 외양간에 붙어 있는 측간부터 다녀왔고, 우물에서 물을 떠 손을 씻었다. 그때 그는 이웃집 마당의 감나무 그늘에서 어정거리는, 호리호리하고 하이칼라 머리털 부스스한 최학수를 보았다. 최와 그의 눈길이 마주쳤다. 가슴이 선뜩했고, 머리끝이 곤두섰으므로 재빨리 눈길을 피해버렸다. 최학수의 눈길은 분명 아내의 치마저고리 차림새와 하얗고 탐스러운 얼굴을 훔쳐보고 있었다.

최학수는 오현의 중고등학교 칠 년 선배였다. 최는 보림사에서 요사의 방 한 칸을 얻어 오랫동안 공부를 하다가 집으로 들어왔다는 소문이 나 있었다. 이후로는 공부를 하는지 안 하는지, 그냥저냥 빈둥거렸다. 주막에서 혼자 죽치고 앉아 술을 마시거나 화투 패를 떼곤 했다. 낮이면, 취하여 비틀거리며 들판이나 자기네 선산 주변의 숲이나 강변을 헤매다가 들어오기도 했다. 달이 밝을 때나, 별빛만 총총할 때, 들판 농로와 강변의 자갈밭을 도깨비처럼 어슬렁거린다고 소문이 나 있었다. 마을 사람들은 밤에 최학수를 마주치곤 하는데, 그때는 그가 장승이나 도깨비처럼 우뚝 멈추어 선 채 상대방이 지나가기를 기다리고 있다고 했다. 어느 누구든지 밤에 최학수를 만나면 머리끝이 하늘로 올라가고 온몸에 소름이 돋는다고 했다.

오현의 할아버지가 치는 닭들은 여덟 마리였다. 그것들은 외양간 앞마당의 양지바른 땅에서 모래목욕을 하기도 하고, 모이를 쪼기도 했다. 무지개 색깔이 감도는 깃털 옷에 새빨간 관을 쓴 수탉은 가끔 두 다리를 앙바틈하게 벌리고 날개를 타타타 치고 나서, 하늘을 향해 고개를 길게 빼 늘이고 꼬끼오 하고 울고, 그러다가 암탉의 꽁지를 물고 등에 올라타고 교미를 하곤 했다. 할아버지는 매년 봄이면 병아리 열대여섯 마리를 깨서 키웠다. 할아버지는 그의 결혼식 때 닭 두 마리를 잡아 없앴고, 그의 몸보신을 위해 또 한 마리를 목 비틀어 없앴다.

아내는 치마허리 한가운데를 띠로 졸라매고, 치맛자락 끝이 발에 밟히지 않도록 끌어올려 띠 속에 찔렀는데 흰 속치맛자락 끝이 살짝 내밀렸다. 잰걸음으로 채마밭에 들어가서 부추를 한줌 뽑아왔고, 그것을 우물 앞에서 쪼그리고 앉아 다듬어가지고 부엌으로 들어갔다. 그는 부엌으로 들어가 아내가 하는 일들을 지켜보았다. 아내는 부추를 송송 썰어놓고, 밀가루를 풀고, 달걀 한 개를 깨 넣어 휘저었다. 작은 아궁이에 걸려 있는 국솥 밑바닥에 들기름을 발랐다.

그는 여리게 불을 지펴주었고, 아내는 전을 부쳤다. 요술처럼 만들어지고 있는 전에서 고소한 향기가 번져왔다. 재빠르게 걸어다니는 아내의 치마꼬리는 정강이에서 출렁거리며 휘돌았고, 엉덩이는 아름답고 곱게 굼실거렸다.

아내의 예쁜 얼굴과 굼실거리는 고운 자태를 보면서 그는, 할아버지가 오래전부터 최학수의 존재를 껄끄럽게 여기고, 그의 아내를 가능하면 집안에 혼자 두려 하지 않는 것이라고 생각하였다. 전을 쟁반에 담고 난 아내가 그에게 "당신이 이것 좀 내다드리고 같이 나락 베다가 오실라요? 지는 지금부터 점심을 준비해야겠구만이라우" 하고 말했다.

그는 최학수의 존재를 생각하고 고개를 젓고, 거짓말을 했다. "나 숙제가 있어요. 당신이 내다드리고 오시오." 예상하지 않은 거짓말 때문에 그는 머쓱해져서 눈길을 아내의 검정 고무신 끝으로 떨어뜨렸다. 아내는 "그럼 어서 들어가서 숙제하시오. 이것 내다드리고 들어오게" 하고 나서 쟁반을 머리에 이고, 한 되들이 빈병 하나를 오른손에 들고 사립 밖으로 나가면서, 치마허리에 묶은 띠를 풀어버렸다. 아내의 치맛자락은 펄럭이면서 출렁거렸다. 아내가 골목 저쪽으로 사라졌을 때 그는 옆집으로 고개를 돌렸다. 최학수의 모습이 보이지 않았다. 불길한 예감이 들었다. 아내는 주막에 들러 술 한 병을 사들고 노루배미로 나갈 것이다. 최학수가 그 주막에 가서 아내를 기다리고 있을지도 모른다. 그는 아내를 따라잡기 위해 잰걸음으로 달려갔다. 한길에는 바람이 수런거렸다. 주막으로 들어서는 아내의 치맛자락이 펄럭거렸다. 그는 대여섯 걸음 뒤처진 채 주막 안으로 걸어들어갔다.

볼이 처지고 젖가슴이 거북살스럽게 풍만한 주모가 막걸리를 병에 담아주었다. 예감했던 대로 최학수가 주막 안에 있었다. 오현은 살모사를 보기라도 한 듯 놀랐다. 평상 끝에 걸터앉은 최학수가 뒤따르는 그를 알아채지 못하고, 황홀해하는 눈으로 그의 아내를 바라보며, 탄성 어린 목소리로 말을 걸고 있었다.

"제수씨가 이쪽으로 걸어온께 세상이 훤하고, 내가 그냥 어질어질해지구만이라우."

아내는 부끄러워 고개를 숙였다. 오현의 존재를 알아챈 최학수가 무르춤해지면서 그를 향해 어색하게 농을 걸었다.

"오현이 너 참말로 장가 잘 들었다. 니 각시, 이야기 속에 나오는 우렁각시다!"

이웃집 노총각의 관심과 찬사가 망측하다고 생각한 아내가 얼굴을 붉히며 재빨리 최학수에게 머리를 깊이 숙여주고 술병을 들고 몸을 돌렸다. 불어오는 바람 때문에 아내의 치맛자락이 다시 출렁거렸다. 주모가 돌아서는 아내를 향해 "외상으로 달아놓을까?" 하고 물었고, 당황한 아내는 돌아서면서 "죄송하구만요" 하고 손에 쥐고 있던 종이 돈을 주모에게 건네주었다. 오현은 아내와 더불어 몸을 돌렸다. 그때 최학수의 목소리가 그의 뒤통수를 쳤다.

"오현아, 그렇게 각시 꽁무니만 따라가지 말고, 나하고 술 한잔하자."

오현은 머리가 멍해지면서 눈앞이 어질어질했다. 괭이나 몽둥이를 들고 몰려와서 그의 집을 허물어뜨리고 닥치는 대로 가족들을 쳐죽인 사람들 가운데, 몇 해 전에 결핵으로 피를 쏟고 죽은 최학수의 아버지도 들어 있었다고 들었다.

오현은 최학수와 마주앉기 싫어, 손사래를 치고 말했다. "아니라우. 저는 술 못 마셔라우." 최학수가 꾸짖듯이 강압적으로 "이 사람아, 각시 치마꼬리에만 붙어댕기지 말고, 이리 와" 하고 말했다. 그는 다시 손사래를 치며 "저 술 못 마셔라우" 하고 말했지만, 최학수는 "어허, 이웃집 형님이 무슨 말을 하면, 네, 하고 따르지 않고! 싸게 이리 와. 너한테 꼭 해주어야 할 이야기가 있다" 하고 거연하게 나무라며 달려와서 손을 잡아끌었다.

그는 하릴없이 최학수 옆에 걸터앉았다. 최학수가 평상 위로 올라 앉으며 그에게 편하게 올라앉으라고 말했다. 그는 얼떨떨해하며 최학수의 맞은편에서 두 발을 괴고 앉았다. 최학수가 술을 주문했다.

"아주머니, 술 한 병 주시오. 우리 이웃집 새신랑하고, 결혼 축하주 한잔해야겠소. 바람도 살랑거리고, 술 마시기로는 그야말로 안성맞춤이구만…… 안주는 그냥 오징어 한 마리만 슬쩍 불에다 끄슬러주시오."

허름한 개다리소반에 막걸리 담긴 양은주전자와 하얀 사발 둘과 오징어 한 마리와 고추장 한 접시가 놓였다. 오현은 술잔만 받아놓고 마시지 않으려 하는데 최학수가 억지로 권했다. 최학수의 콧잔등은 납작하고 콧구멍이 타원형으로 까맣게 뚫려 있었고 눈두덩은 부석부석했다. 한 잔을 마시고 난 최학수가 오징어를 찢으며 입을 열었다.

"니 각시, 색이 굉장히 세게 생겼어야. 허리 낭창하고 엉덩이 실팍한 여자가 색이 센 법이다. 오현이 니가 당해내기 힘들겠다."

그는 얼굴이 뜨거워졌고 살갗 여기저기가 근질근질했다. 최학수가 말을 이었다.

"아까, 느그 각시가 얼굴을 살짝 찡그릴 때 보니까 실눈이 되고, 양쪽 볼우물이 깊게 패고, 입술이 검붉으면서 도톰하고, 광대뼈도 살짝 내밀고, 앞가슴은 둥둥하고……"

최학수는 말을 끊고 술 한 잔을 더 들이켜고 나더니 목소리를 낮추어 속삭이듯 말했다.

"그리고 말이다, 볼이 반쯤 익은 사과같이 볼그족족하던데, 그것을 도화살(桃花煞)이라고 한단다. 도화살, 그것 진짜로 자칫 잘못하면 남자 잡는단다. 거기다가 볼우물까지 깊이 패던데, 그런 여자는 대개가 남자를 아주 죽여주는 거여."

오현은 최학수가 피냄새를 맡은 늑대 같다고 생각했다. 눈살을 찌푸린 채 고개를 떨어뜨렸다. 하얀 사발 속의 젖빛 술에 눈길을 밀어넣었다. 이웃에 사는 늑대로부터 아내를 지켜낼 궁리를 했다. 그가 학교에 가고 없고, 할아버지가 들에 나가고 없을 때, 이 늑대가 싸리 울타리를 넘어와서 아내에게 덤벼들지도 모른다. 최학수는 힘이 세고 아내는 연약하다. 그는 가슴이 두근거렸고, 눈앞이 어질어질했고, 숨이 가빠졌다. 아내를 지키려면 학교를 그만두고 늘 옆에 있어야 하지 않을까.

교련 검열

국방부와 교육부의 학교 군사훈련검열단의 내방이 일주일 앞으로 다가온 학교 안은 부산스러웠다. 전교생들은 도시락을 싸들고 등교해서, 오전 오후 수업을 전폐하고 군사훈련에만 몰두했다. 모든 학생들은 얼룩무늬의 교련복을 입고 하얀 각반을 단정하게 차고 목총을 들고 검은 교모를 쓰고, 모자의 까만 턱끈을 턱밑으로 끌어내렸다. 그 차림은 독일 히틀러의 군대나 일제의 군국주의 군인들을 연상시켰다. 일학년 학생들은 제식훈련을 받고, 이학년 학생들은 총검술훈련을 받고, 삼학년 학생들은 각개전투훈련을 받았다. 일학년, 이학년, 삼학년 전체 학생들은 모두 함께 사열식과 분열식 연습을 거듭했다.

이십사 인조 취주악대는 음악실에서 날마다 행진곡을 불어댔고, 가끔 운동장에 나와서 연주를 하며 행진 연습을 하기도 했다. 학생들은 그들이 행진하는 모습을 넋을 잃고 구경했다. 맨 앞에서 요란한 금빛

휘장 달린 제복을 입은 악대장이 지휘봉을 들고 지휘를 하고, 삼인조 트롬본이 앞장서고, 그 뒤를 튜바와 알토호른과 잉글리시호른과 트럼펫과 색소폰과 클라리넷과 사이드드럼과 드럼과 거대한 수자폰과 심벌즈가 따랐다.

오전과 오후 두 차례에 걸쳐 전교생이 사열분열훈련을 할 때는 악대가 행진곡을 불어주었다. 일학년에는 여학생들이 스물다섯 명 있었는데 간호병훈련을 받았다.

나라에서는 만일 남북 간에 전쟁이 일어나면 곧바로 고등학생을 전장에 투입할 수 있도록 군사교육을 시키고 있었다. 늙은 대통령은 '북진통일'을 주장했다.

운동장은 황토색이었다. 가을의 가뭄으로 인해 황색 모래먼지가 날리기 때문에 학생들의 교련복과 모자는 황토색으로 변해 있었다. 얼굴과 손에는 땀과 흙먼지가 얼룩져 있었다.

세상으로부터 주눅이 든 오현은 사열분열식을 하면서 자주 실수를 했다. 그의 의식은 분열되어 있었다. 팔과 다리는 그의 의지를 따라주지 않았다. 오른발을 옮겨야 할 때에 왼발을 옮겨 디뎠고, 오른팔을 내밀어야 할 때 왼팔을 내밀곤 하다가 교련선생에게 누차 지적을 받고 호된 꾸중을 듣곤 했다.

분열식에서 오현은 "너!" 하고 지적을 받았을 때, 학교명과 학년과 성명을 제대로 말하지 못하고 반벙어리처럼 떠듬거렸다. 총검술을 할 때도 실수를 거듭했다.

인격 파산

위층 방에서 물 흘러내리는 소리가 들리고, 옆방에서 남녀의 웅얼 거리는 소리가 들려왔다. 방음이 제대로 되어 있지 않은 모텔이었다.

"왜 그랬을까. 왜 그렇게 멍청했을까."

아버지 김오현은 눈살을 찌푸리면서 앞에 놓인 맥주잔을 들어 몇 모금을 거듭 마시고 "세상이 두려워지면 사람의 인격이란 것도 파산을 하는 것인가보더라……" 하고 중얼거렸다.

칠남은 도리질을 하면서 "아니요" 하고 변호하듯이 말했다. "그것은 인격 파산이 아닐 거예요. 그것은 어쩌면 기계적이고 전체주의적인 세상으로부터 겁박을 받아온 아버지가 한 생명체의 주인으로서 어찌할 수 없는 저항 아닌 저항을 한 것이었을 거예요."

아버지가 말했다.

"너는 바보같이 살아온 아버지를 잘 변호하는구나."

칠남이 말했다.

"그런 아버지이시기 때문에 저 같은 시인 아들을 낳으신 거잖아요."

자동차 지나가는 소리가 들려왔다. 심호흡을 하고 난 김오현이 맞은편 바람벽을 바라보며 말을 이었다.

"김오현이라는 문제아 하나 때문에 교련선생은 많은 고민을 했던 모양이더라. 사열분열은 그야말로 구백 명의 학생이 일사불란해야 하는디, 그래야 검열에서 '양호함'이라는 평가를 받을 수 있을 터인디, 김오현이라는 학생 하나가 하얀 쌀 속의 노란 뉘처럼 툭 불거져 학교 전체의 교련교육을 망치고 있은께…… 육군 중위인 교련선생은 느그 아부지 하나 때문에 많은 고심을 한 끝에 기막힌 수를 썼다. 너, 자투리란 말을 아냐? 원단을 사다가 디자인을 해서 옷감을 베어내고 남은 조각들을 자투리라고 한다. 슬프게도 내가 그 자투리가 되어버렸다. 세상이 나를 그렇게 만든 것이었지.”

칠남은 자투리라는 말을 ‘잉여 인간’이란 말로 풀었다. 잉여 인간이란 무엇인가. ‘기타 인간’ ‘엑스트라’라는 것이다. 그는 쓰라린 가슴을 주체하지 못한 채 고개를 떨어뜨리고 맥주 한 잔을 들이켜고 아버지의 이야기를 경청했다.

자투리 인간

교련선생이 담임선생에게 무슨 말을 했는지, 교련 검열 실시 하루 전날 담임선생이 오현을 불러 말했다.

“내일, 너보고 차라리 결석을 해버리라고 했으면 좋겠는데, 그것은 절대 안 된다. 학생들 출결석도 검열 점수에 포함이 되니까. 교련선생이 좋은 수 하나를 마련해주었다. 너 내일 학교에 올 때 붕대로 한쪽 다리, 무릎에서 발목까지를 친친 감아가지고 오너라. 상이군인들 목발을 하나 줄 테니까 그것을 짚고 걸어나와서, 내빈석 앞에 걸상 하나를 놓고 꼿꼿이 앉아 견학을 해라. 환자의 견학하는 태도도 검열 점수에 포함된단다, 무슨 말인지 알겠지?”

다음날 아침 오현은 자리에서 일어나자마자, 아내에게 붕대로 쓸

수 있는 기다란 천이 있느냐고 물으려는데 아내가 보이지 않았다. 아내는 부엌에도 없었다. 장독대로 가보니, 아내가 뒤란 짚더미에 교묘하게 뚫어놓은 구덩이 속에 머리를 들이민 채 엉덩이를 하늘로 쳐들고 있었다. 다가가서 무얼 하고 있느냐고 물으니, 아내가 짚단 구덩이 속에 처넣은 머리를 빼내자마자, 무얼 깊이 숨기고 있다가 들키기라도 한 듯 당황하여 얼굴을 붉혔다. 그가 짚더미의 구덩이 안을 들여다보려고 하자, 아내가 "할아버지가 술을 좋아하셔서 몰래 술을 담갔어요" 하고 귀엣말을 했다. 짚더미의 구덩이 안에는 암갈색 동이 하나가 들어 있었다. 아내는 짚뭇 두 개로 짚더미의 구덩이를 감쪽같이 막았다.

밀주는 위법이었다. 밀주 단속하러 나온 세무서 직원에게 발각이 되면 많은 벌금을 물게 되는 것이었다.

뒤란에서 장독대를 지나 마당으로 나오며, 싸리 울타리 너머 최학수네 집을 살폈다. 감나무 밑에 있던 최학수가 자기네 마당으로 사라지고 있었다. 최학수는 이때껏 아내가 짚더미 구덩이 속으로 고개를 들이밀고 하는 짓을 곰곰이 넘겨다보았을 듯싶었다. 그렇다면 최학수는 아내가 밀주 담근 사실을 알아챘을지도 모른다. 최학수가 아내의 밀주 숨겨놓은 곳을 세무서원들에게 손가락질해주지 않을까. 그는 도리질을 했다. 설마, 이웃집에 사는 처지인데 그렇게 야박한 짓을 할 리 있는가.

아내는 개짐으로 쓰려고 사다놓은, 하얗고 부드러운 거즈를 꺼내주었고, 그는 그것을 찢어서 무릎에서부터 발목까지를 친친 감았다. 아내는 어디서 다리를 다쳤느냐고 물었다. 그는 그냥 도리질을 하며, 그럴 일이 있어서 그런다고만 말했다.

자전거를 타고 학교에 가자, 담임선생이 목발 하나를 주었다. 오현은 다리를 다친 환자처럼 목발을 짚고 운동장으로 나갔다. 내빈석 앞에 나무 걸상 한 개가 놓여 있었고, 그는 거기에 앉았다.

담임선생은 그에게 당부했다.

"검열이 끝나고 검열관들이 돌아갈 때까지는 내내 환자 노릇을 해야 한다. 변소에 갈 때나 교실로 들어갈 때엔 반드시 목발을 짚고 조금씩 절름거리며 다녀야 한다. 알았지?"

교련 검열이 시작되었다. 맨 먼저, 이십사 인조의 악대가 행진곡을 연주하며 사열대 앞을 통과하고, 이어 삼학년 중대, 이학년 중대, 일학년 중대, 여자간호대순으로 사열대 앞을 통과했다. 사열대 앞에 이르러서는 중대장의 "우로봐!" 구령에 따라 전 부대원이 단상의 검열단장과 교장을 향해 고개를 직각으로 돌려 시선을 집중시키며 행진을 했다. 거대한 한 개의 생명체가 움직이는 듯 일사불란한 대열이었다. 사열식이 끝나자 분열식이 시작되었다. 악대는 부드럽고 잔잔하게 흐르는 강물 같은 음악을 연주했다.

검열관들은 학생 개개인의 정신무장 상태를 점검하느라고, 한 학생씩을 지목한 다음 '부동자세의 목적'이나 '경례의 목적' 따위를 물었고, 지적받은 학생들은 큰 소리로 복창을 하고 나서 대답을 했다. 그 훈련이 진행되는 동안 내내 오현은 걸상에서 석상처럼 얼어붙은 채 꼼짝 않고 있어야 했다.

학생들은 휴식시간에 변소에 갔는데, 어느 누구도 개인행동을 하지 않았다. 세 사람씩 네 사람씩 열을 지어 발을 척척 맞추어 이동했는데, 그들은 모두 걸상에 앉아 있는 오현의 앞을 지나갔다. 그들은 모두 오현이 꾀병 환자라는 것을 알고들 있었다. 오현은 고개를 숙여 그들의 눈길을 피했는데, 그들은 그를 향해 빈정거렸다.

"고문관 나리, 시찰하시는 기분이 어때?"

최수길이 장철진과 함께 지나가면서 말했다.

"아주 아름다운 영부인까지 모시고 와서 시찰을 하시지그래."

오현은 늦은 가을의 추수 끝난 검은 들판 한복판에 서 있는 허수아비처럼 외로웠고 슬펐다. 검은 교복 상의에 흰 바지를 입고 흰 운동화를 신고, 푸른 십자 그려진 하얀 간호 가방의 끈을 대각선으로 멘 여학생들이 지나가면서 속닥거렸다.

"저애가 장가갔다는 이학년 김오현이란다."

"신부가 아주 예쁘다더라."

"신부가 두 살이 더 많단다."

"벌써 아기를 뱄다는 소문이 났더라."

오현은 눈길을 땅으로 떨어뜨렸다. 부끄럽고 슬펐고 외로웠고, 학교가 싫어졌다.

휴식시간이 끝난 다음에는 일학년의 제식훈련, 이학년의 총검술훈련, 삼학년의 각개전투훈련 검사가 차례로 실시되었다. 그러는 동안에도 오현은 마려운 오줌을 참으면서 그 상황들을 지켜보고 앉아 있었다.

밀주

교련 검열이 끝나자마자 그는 양호실에 목발을 돌려주고 붕대를 풀어 호주머니 속에 감추었다. 자전거를 타고 유치를 향해 부지런히 페달을 밟았다. 자잘한 자갈이 깔려 있는 찻길은 강을 오른쪽에 낀 채 서북쪽으로 뻗어 있었다. 강변에는 갈대들이 무성하게 자라 있었다. 해는 산너머로 기울었고, 산골에는 거무스레한 그림자가 내려 있었다.

하루 동안 아내에게 아무 일도 없었을까. 조급한 생각이 들었다. 할아버지가 집에 계실까. 산에서 땔나무를 짊어져 나르느라고 집을 비우지 않았을까. 겨울을 나려면, 쇠죽솥에 불 지피고, 밥 지어 먹고 군불 지필 땔나무를 한 더미는 쌓아놓아야 하는 것이었다.

지난 여름방학 때, 그는 할아버지를 따라 마을 서편 한재산의 도깨비고개로 간벌을 하러 갔었다. 도깨비고개 주변의 산은 그의 고조부가 장만한 것이었다. 톱으로 간벌을 하여 한곳에 쌓아놓으면서 할아버지가 "이 고갯마루를 어째서 도깨비고개라고 하는 줄 아냐?" 하고 묻고 나서 한동안 뜸을 들였다가 그 까닭을 이야기했었다.

"느희 고조할아버지가 해거름에 땔나무를 해서 짊어지고 오다가 이 고갯마루에서 잠시 쉬는디, 키가 장대만하고 몸집이 우람한 시꺼먼 도깨비가 나타나서, '나하고 내기씨름 한번 하자' 하더란다. 무슨 내기를 하자는 것이냐 한께, 도깨비가 '내가 지면 그 땔나무를 너희 집에까지 짊어져다가 주고, 내가 이기면 이 땔나무를 나한테 주는 것이다' 하드란다. 느희 고조할아버지는 장대하고 담력이 세기도 했지만, 도깨비들의 약점을 아는, 지략이 뛰어난 분이었드란다. 세상의 모든 도깨비들은 오른쪽 팔과 오른쪽 다리가 한없이 강한 반면, 왼쪽 다리와 왼쪽 팔이 형편없이 약하단다. 느희 고조할아버지는 '그래, 한번 하자' 하고 나섰고, 둘이는 서로의 허리춤을 잡았단다. 도깨비가 '시작!' 하고 말을 하자마자 느희 고조할아버지는 오른쪽 다리로 도깨비의 왼쪽 다리를 덧걸이로 휘감았단다. 도깨비는 맥을 못 추고 거꾸러졌지. 그러나 그것으로 끝이 아니었단다. 도깨비가 '야, 한판 더 하자!' 하고 나서드란다. 느희 고조할아버지는 어찌할 수 없이 한판 더하기로 하고 다시 씨름손을 잡았단다. 이번에는 느희 고조할아버지가 '시작!' 하고 말을 하기가 바쁘게, 두 손으로 도깨비의 왼다리를 걸어올렸단다. 도깨비는 이번에도 맥없이 거꾸러지면서 '아따, 너 힘이 장사다야!' 하고, 약속한 대로, 땔나무 지게를 집에까지 짊어져다주고는 껑충껑충 어디론가 사라졌단다. 이후 이 고갯마루를 도깨비고개라고 부른단다."

할아버지가 집을 비운 사이에 최학수가 울타리를 넘어오지 않았을까. 그는 조급했다. 유치 산골을 향해 열린 찻길은 울퉁불퉁하고 가팔랐다. 가파름이 심한 길에서는 페달 밟는 다리에 힘이 빠졌고 숨이 가빴다. 힘이 부치면 자전거에서 내려 밀며 걸었다. 트럭 한 대가 먼지바람을 일으키며 나주 쪽으로 달려갔다.

면사무소 근처에 이르렀을 때 서쪽 하늘에서 불그죽죽한 노을이 피어올랐다. 그 노을 빛깔이 불길한 생각을 가져다주었다. 거기서부터는 평지였으므로 자전거를 타고 세차게 달렸다. 학산마을 골목길로 들어서는데 가슴이 쿵쾅거렸다. 사립 안으로 들어서면서 최학수의 집과 그의 집 사이의 싸리 울타리를 보았다. 싸리 울타리 한가운데가 찌그러져 있는 듯싶고, 그게 최학수가 넘어온 흔적인 듯싶었다. 할아버지의 모습도 아내의 모습도 보이지 않았다. 할아버지의 지게가 보이지 않는 것으로 미루어 할아버지가 산에 가신 것이 틀림없었다. 마당으로 들어서는데 어디서인지, 수상스러운 비명 섞인 안간힘 쓰는 소리가 들려왔다. 장독대를 살폈다. 장독대 가장자리에 빈 바가지가 놓여 있었다.

자전거를 처마밑에 세우자마자 장독대로 달려갔다. 수상스러운 소리는 뒤란의 짚더미 쪽에서 들려오고 있었다. 짚더미 앞에는 할아버지가 엮어놓은 이엉들이 늘어서 있고, 그 옆에는 헝클어진 짚뭇들이 있었다. 짚뭇들 사이에 한데 엉키어 꿈틀거리는 두 사람이 있었다. 다홍치마에 노랑저고리를 입은 아내를, 갈색 바지에 파란 남방셔츠를 입은 남자가 안고 뒹굴고 있었다. 치맛자락 밖으로 아내의 하얀 두 다리가 드러나 있었다. 남자는 아내를 겁탈하려 하고 있었고, 아내는 사력을 다해 저항하고 있었다. 오현의 모든 피는 머리로 몰려들었다. 그는 달려들어 남자의 뒷덜미를 힘껏 잡아챘다. 남자는 옆으로 넘어졌고, 아내는 몸을 모로 외틀었다. 오현은 아내의 한쪽 팔을 잡아 일으켰다. 아내는 부들부들 떨면서 헝클어진 머리와 흐트러진 옷매무시를 고쳤다. 남자는 최학수였고, 구릿한 술냄새가 풍겼다. 얼굴이 창백해진 아내는 오현의 가슴에 얼굴을 묻은 채 떨면서 어흑어흑 하고 울었다. 최학수는 그를 향해 "야아! 이 빨갱이 새끼, 너, 도둑이 매를 들었어!" 하고 소리를 지르고 나서 미친듯이 지껄여댔다.

"내가 밀주 담가놓은 현장을 확인하려 하는데, 느그 각시가 나를 밀어붙이고 내 손가락을 비틀었어. 알아? 내가 가만히 있을 줄 아냐? 이 빨갱이 새끼야."

최학수는 미친개처럼 짖어대면서 싸리 울타리를 넘어갔다. 오현은 우는 아내를 부축한 채 앞마당으로 나왔다. 툇마루에 앉혀놓자, 아내는 두 손으로 얼굴을 가린 채 울기만 했다. 아내의 저고리 고름은 뜯겨졌고, 치맛말은 헤쳐지고 폭은 터져 있었다.

최학수는 싸리 울타리 너머의 감나무 밑에 서서 오현의 집을 향해 악을 써댔다.

"나 세무서에다가 느그 각시가 이때까지 밀주 빚어먹은 것 다 고발할 거야. 단단히 각오하고 있어. 느그 집은 인제 살림 다했어. 알겠냐? 이 빨갱이 새끼야."

오현은 아내를 부축하고 방으로 들어갔다. 아내는 오들오들 떨면서 노랑저고리와 다홍치마를 벗어버리고 흰 저고리와 검정 통치마를 입었다.

땅거미가 내려 어둑어둑해졌을 때 산에서 땔나무를 짊어지고 온 할아버지는 밀주 때문에 사단이 난 것을 알고, 아내가 짚더미 속에 감추어놓은 밀주 동이를 들고 강변의 자갈밭으로 가서 두들겨 깨 강물 속으로 내던져버렸다.

최학수는 한밤중까지 미친개처럼 짖어댔다.

동전의 양면

김칠남의 부자가 머무르고 있는 모텔방의 시공은 무겁게 가라앉아 있었다. 아버지 김오현은 숨을 가쁘게 쉬었다. 자기의 아내에게 행패를 부린 최학수를 생각하며 울분 어린 목소리로 말했다.

"그 사람은 짐승 같은 사람이다. 그런 사람이 만일 고시에 합격을 했으면 세상이 어찌되었겠냐! 칠남아, 한사코 정직하게 살아라. 자기보다 못한 사람한테 함부로 하지 말고……"

칠남은 떨리는 손으로 아버지의 유리잔에 술을 따랐다. 밤이 깊어가고 있었다. 자동차 지나가는 소리가 뜸해졌다.

김칠남은 강정마을에 갔을 때 바다를 바라보며 정직함에 대하여 생각한 적이 있었다. 순수한 정직함이란 것은 식물성의 아나키스트적인 시인의 관념 속에만 존재했다.

시인이란 사람은 가령 「귀천」을 쓴 천상병 같은, 박새와 해오라기와 갈매기가 두려워하지 않고 날아와 그의 손바닥과 머리 위에 앉아함께 노는 기심(機心) 없는 사람이다. 남을 이용하여 이익을 보려는 생각이 없는 시인의 눈으로 볼 때, 가장 정직하지 못한 것의 대표적인 것이 국가였다. 동전의 양면처럼 한쪽 얼굴은 정직함을 지향하는 체하고, 다른 한쪽 얼굴은 검은 세력과 내통하고 있었다. 국가를 이끌어가는 정치가들은 수시로 국민을 속였다. 김일성의 군대가 탱크를 앞세우고 밀고 내려왔을 때, 이승만 대통령은 서울을 사수한다고 방송해놓고 부산으로 도망갔고, 세월호가 가라앉을 때 선내방송으로 학생들에게 가만히 있으라고 해놓고 선장은 선원들과 더불어 도망치듯이퇴선해버렸다.

인천에서 제주도로 가던 세월호가 침몰한 사건이란 무엇인가. 그것은 단순히 삼백몇 명의 인명 피해가 난 비극성을 넘어, 한국이란 나라의 구조적(마피아적)인 비굴하고 더러운 모습이다. 정부는 비굴하고 더러운 부분을 도려내려 하지 않고 그것을 덮으려고 하기 때문에 유가족과 건강한 시민들은 깨끗한 해결책을 내놓으라고 저항한다.

제이차세계대전 말기에 일본 군부는 제주도를 최후의 보루로 만들려고 했었다. 일본 전범자들의 그 망령이 아베 총리의 핏속에 흘러들어가 있다. 아베는 일본의 공격적인 침략의 본성을 활성화시키려고 광분한다. 일본은 미국, 중국 다음의 군사 대국이 되어 있다. 여차하면 일본 군대가 한반도에 들어와 총질, 칼질을 할 수도 있게 되어 있다.

지금 한국은 제주도 강정마을 일대를 중국을 겨냥한 군사 항구로 만들려고 한다. 뒤에는 미국과 일본이 있다. 부강해진 중국은 한반도를 향한 동북공정을 노골적으로 펼치면서 미국과 일본과 맞짱을 뜨고, 지구 안의 패권을 잡으려 하는데, 그 대립과 갈등 속에 한국이 들어 있다.

미국과 한국의 지도자들은 북한의 경제활동을 차단하고 압박하면서 그들이 망하기를 바라고 기다리는데, 북한은 사력을 다해 핵무기와 로켓무기를 만들어 저항하며 버틴다. 북한은 철없는 새파란 지도자를 앞세우고, 굶주리는 백성들에게 쌀밥에 고깃국을 배불리 먹게 해주겠다고 선전하면서 핵무기와 로켓무기를 앞세운 불장난 같은 선군정치를 펼치고 있는 것이다. 미국은 북한에 맞설 수 있는 공격과 방어의 무기를 한국에 배치하려고 한다. 한반도가 핵무기 전쟁의 위험에 노출되어 있음에도 불구하고, 한국의 지도자들은 미국과 더불어 전쟁 연습을 함으로써 자꾸 철없는 북한을 자극한다. 탈북자 단체들은 어디에서 생긴 돈으로 그러는지, 북한 체제를 전복시키려는 의도로 전단지를 계속 날리곤 하는데, 한국 지도자들은 표현의 자유를 보장한다는 미명하에 그들을 말리는 척만 할 뿐이다. 식물성 아나키스트로 살아가고 싶은, 남로당원이었던 김동수의 손자인 시인 김칠남은 자꾸 불안하다.

김칠남의 아버지 김오현은 술 한 잔을 마시고 한동안 눈을 감고 있다가 깊은 심호흡을 한 다음 "그때 눈이 억수로 펑펑 내렸다" 하고 말했다.

나주 배

함박꽃 같은 눈송이들이 검은 하늘에서 춤을 추며 내려와 땅과 숲에 쌓이고 있었다. 솜이불처럼 두껍게 쌓였다. 겨울방학이 끝나갈 무렵이었다. 발목이 묻히도록 쌓인 눈길을, 김오현은 자전거를 타고 갈 수 없어, 읍내에서부터 자전거의 핸들을 잡고 밀면서 유치로 향했다. 자전거 뒤쪽의 짐 싣는 판에는 두툼한 꾸러미가 실려 있었다. 그 속에는 남자의 두 주먹을 합쳐놓은 것만한 나주 배 세 개가 담겨 있었다. 아내에게 먹일 배였다.

아내는 한동안 먹은 것을 모두 게워내곤 했는데, 그 입덧이 가시기 시작하는 어느 날 밤에 문득 아이스케이크를 먹고 싶다고 말했다. "육학년 때 내가 장거리달리기를 잘한다고, 이학년 선생님이 읍내 중앙초등학교로 데리고 갔어요. 한여름인디, 왕매미가 귀 시리게 울어대는 느티나무 그늘에 앉아 쉬면서 그 선생님이 아이스케이크 둘을 샀는데, 선생님이 하나를 먹고, 제가 하나를 먹었어요. 그때 그것이 얼마나 시원하고 달콤하고 맛있었는지, 다 먹고 나서 빈 막대기를 버리지 않고 계속 빨았어요." 아내의 목소리는 애처로웠다. 그런데, 이 겨울, 이 산중에 무슨 아이스케이크가 있어 아내에게 사 먹이겠는가. 난감해하는데, 아내가 그의 가슴을 파고들면서 말했다.

"……시원한 배라도 하나 깎아 먹었으면 좋겠다."

그는 아기가 들어 있을 듯한 아내의 아랫배를 어루만졌다. 아랫배 만지는 그의 손을 아내가 두 손으로 덮어 누르면서 말했다. "당신, 내 눈 자세히 보면 왼쪽 눈이 약간 작아 보이지라우? 돌아가신 우리 어머니가 나를 뱄을 때, 개고기가 환장하게 먹고 싶었는디 못 먹고 나를 낳았다대요. 그래서 내 한쪽 눈이 작은 거라는구만이라우." 그 말이 가슴을 아리게 했고, 오현은 이튿날 자전거를 타고 읍내로 배를 사러 간 것이었다. 시장 옆의 한 가게에서 배를 사가지고 나오다가 장돌뱅이 똘마니들을 만났는데, 그들이 그를 붙잡아 중국집으로 끌고 갔다. 아내가 아파서 약을 지으러 왔으므로 얼른 집으로 가야 한다고 뻗댔으나 똘마니들은 아랑곳하지 않고 기어이 장철진과 최수길을 불러냈고, 더불어 탕수육과 짜장면을 시켜 먹으면서 배갈과 맥주를 섞어 마셨다. 황혼이 눈앞을 어질어질하게 하고, 굵은 눈발이 날리기 시작했을 때에야 그들에게서 놓여났다. 그는 또 짜장면과 탕수육과 술값 대신에 결혼기념 시계를 잡혔다. 검은 구름 덮인 서쪽 하늘에서 피어난 황혼이 금방 사라지고, 산과 들에서부터 땅거미가 내리기 시작했다.

아내가 털실로 짜준 장갑을 끼었지만 손이 시렸다. 장갑은 눈 녹은 물에 젖어 축축했다. 날아든 눈송이들이 목도리 사이로 파고들어와 목덜미가 쓰라리게 시렸다. 눈보라가 눈앞을 가렸다. 눈이 쌓이자 찻길과 근처의 논밭이 구분되지 않았다. 눈구덩이에 빠져 허우적거리다 간신히 길로 올라왔는데, 갓길 둑에서 미끄러졌다. 자전거가 자빠지고, 그는 자전거 위로 엎어졌다. 희고 탐스러운 아내의 얼굴과 포근하고 따뜻한 가슴을 떠올리면서 이를 악물고 자전거를 일으켜 길 위로 밀어올렸다. 취기와 땅거미와 눈보라로 인해 눈앞이 어질어질했다. 그는 비틀거리며 자전거를 밀고 나아갔다. 산모퉁이를 돌아가다가 발을 헛디디고 미끄러졌는데, 자전거 짐받이에 실은 배 하나가 데굴데굴 굴러가 눈 속에 파묻혔다. 눈에 젖은 마분지 봉지가 터진 것이었다. 그는 눈구덩이에 박혀 있는 배를 찾아 가슴에 품었다. 목도리를 벗어서 배들을 둘둘 말아 싸가지고 짐받이에 싣고 고무줄로 친친 동였다. 다시 자전거 핸들을 밀고 나아갔다. 자전거의 바퀴는 자꾸 미끄러졌고, 그는 자전거 핸들을 잡은 채 다시 넘어졌다. 넘어질 때마다 목도리로 싸서 짐받이에 실은 배를 확인하곤 했다.

사방이 어두워졌다. 눈에 덮인 들판 저쪽의 희끗희끗하면서 거무스레한 산줄기와 봉우리들이 우중충한 하늘을 떠받치고 있었다. 처가가 있는 대릿골 앞에 이르렀다. 처가에 들어가서 자고 가고 싶었지만, 그는 도리질을 했다. 할아버지와 아내가 기다리고 있을 것이다. 할아버지가 지금 마중을 나오고 있을지도 모른다. 얼른 아내에게 배를 먹여야 한다. 태어날 아기의 한쪽 눈이 작아서는 안 된다. 강을 오른쪽에 끼고 뻗어간 찻길을 비틀거리며 가는데 면사무소 마을 쪽에서 무슨 소리인가가 들려왔다. 눈 쌓인 산골짜기에서 메아리가 울렸다. 아우우우. 늑대 우는 소리 같기도 하고 누군가를 부르는 소리 같기도 했다. 아까의 소리보다 훨씬 가느다란 소리가 들려왔다. 여보오오. 그 소리가 그의 가슴과 정수리와 겨드랑이와 등줄기를 뜨겁게 훑으며 지나갔다. 앞의 것은 할아버지의 목소리이고 뒤의 것은 아내의 목소리라고 직감했다.

멀리 바라다보이는 유치면사무소 마을 어귀에서 검은 물체 둘이 하얀 눈 덮인 길을 나란히 걸어오고 있었다. 그는 발걸음을 빨리하며 자전거를 밀었다. 그 검은 물체들은 할아버지와 아내였다. 할아버지와 아내는 서로의 손을 부축하듯이 잡은 채 걸어오고 있었다.

"이 사람아, 해 저물기 전에 나서지……"

할아버지의 꾸짖음에 그는 "친구들하고 저녁을 함께 먹다가……" 하고 얼버무렸다.

할아버지는 자전거를 미는 그를 앞장세우고, 손자며느리의 손을 부축하면서 따라왔다.

"악아, 미끄럽다, 조심해라. 홀몸도 아닌 사람이 따라나온다고……"

할아버지는 집에 도착하자 곧 사랑방으로 들어갔다. 그는 안방으로 들어가자마자 아내를 위하여 얼음덩이같이 차가운 배를 깎아주었다. 아내는 밥상을 그의 앞에 가져다놓고 배를 아삭아삭 썰어 먹으면서 눈물을 흘렸다. 그가 밥을 먹는 동안, 배 한 개를 다 먹었다.

그날 밤 아내는 이불 속에서 그의 가슴에 얼굴을 묻은 채 속삭였다.

"우리 애기는 한쪽 눈 안 작을 것이요."

새벽녘에 할아버지의 방에서 들려오는 '챙 챈 챙챙' 소리에 잠에서 깬 그는 방 한가운데에 앉아 있는 아내의 모습을 보고 소스라쳐 놀랐다. 방안에는 희부연 눈빛이 흘러들어 있었고, 아내는 방 한가운데서 배를 먹고 있었다. 아삭아삭, 하는 소리가 크지 않게 조심조심 씹고 있었다. 그가 요강에 소피를 보고 나자, 아내는 배 껍질 담긴 쓰레받기를 윗목으로 밀어놓고 이불 속으로 들어오며 어색한 목소리로 말했다.

"잠이 깼는디…… 배가 먹고 싶어서 도저히 잠이 안 와라우…… 나 허천병 든 것 같어라우."

아내가 그의 가슴을 파고들었고, 그녀의 입에서 달콤한 배즙의 향기가 났다.

첫아들

할아버지는 해가 바뀌면서 전보다 얼굴이 거무스레해지고 저승꽃이 늘어나고 주름살들이 깊어졌다. 밤이면 놋쇠화로의 시울 두들기는 소리가 더욱 커졌다. 밥을 겨우 서너 숟가락씩만 먹었다. 늘 숨가빠했고 마른기침을 자주 해서 약을 지어다드렸다. 장작 패는 일, 쇠죽 쒀주는 것을 힘들어했다. 그 일을 하는 기미가 있으면 오현이 재빨리 나가서 대신했다. 사랑방 아궁이에 불을 지피고 나서 알불을 놋쇠화로에 담고 재를 얇게 덮어 가져다드렸다.

할아버지가 오래 살아야 하는데 그렇지 못할 듯싶어 걱정이었다. 할아버지가 없는 세상을 산다는 것은, 한겨울에 벌거벗고 들판에 나서는 것과 한가지일 듯싶었다.

고등학교 삼학년 첫 학기가 시작되었다. 사랑방에서 할아버지의 기침소리가 들려왔다. 심한 기침으로 인해 숨이 꼴깍 넘어가는 듯싶었다. 읍내 약국에서 약을 지어다드렸지만 좋아지지 않았다. 그는 이불 속에서 엎치락뒤치락하며, 삼학년을 마치고 졸업장을 받아야 하나, 그냥 접어야 하나, 하고 고민했다. 할아버지는 오래 살지 못할 듯싶었다. 몸이 무거워진 아내를 지켜주려면 그가 집을 비우지 않아야 할 것 같았고, 할아버지가 하던 농사와 살림살이를 그가 대신해야 한다고 생각했다.

새벽에 쇠죽을 데워 소의 구유에 퍼주고 나서, 사랑방으로 들어가 할아버지 앞에 무릎을 꿇고 앉아, 학교에 그만 다니는 것이 좋겠다고 말했다. 한동안 생각에 잠겨 있던 할아버지는 간신히 기침을 참으면서 한숨을 섞어 말했다.

"아이고, 어쨌으면 좋겠냐…… 그동안 고생 많이 하고 다녔는디 졸업장도 못 받고, 콜록콜록…… 내가 니 뒤를 더 밀어줄 자신이 없다."

이튿날 그는 교장선생과 담임선생 앞으로 편지를 썼다.

교장선생님, 담임선생님께 올립니다. 저는 공부를 하는 것보다는, 지금 당장 가정을 돌보면서 농사를 손수 짓고 효도하지 못하면 후회막급일 수밖에 없는, 늙어 병든 할아버지가 한 분 계십니다. 오늘부터 학교에 다니면서 공부하는 생활을 접기로 했습니다.

그 편지를 면사무소 옆에 있는 우체국으로 가지고 가서 부쳤다.

아내의 배는 알아볼 수 있도록 불러 있었다. 잠자리에 들어 만져

보면 뱃속의 아기가 발길질을 했다. 아침 일찍부터 사래 긴 보리밭에서 종달새가 종달종달 울며 날았다. 보리밭은 강의 서편 언덕에 있었다. 그 밭 앞의 강줄기는 여울목이어서 빠르게 흘렀다. 여울의 물결이 뱀의 비늘처럼 햇빛을 되쏘았다. 할아버지는 숨가빠하면서 보리이랑에 하얀 요소를 뿌려주었다. 그와 아내는 괭이로 북을 주었다. 할아버지는 기침을 계속했고, 그는 할아버지에게 "저희들이 할 테니께 그만 집으로 들어가 누우십시오" 하며 억지로 등을 떠밀었다.

윗몸을 앞으로 굽힌 채 천천히 걷는 할아버지의 기침소리가 여울목의 갈대숲 저쪽으로 멀어져갔다.

다음날 오전에는 들논 원통배미의 초벌갈이를 했다. 왜 원통배미라고 하느냐고 물으니 할아버지가 말했었다.

"너로 치면 칠대조의 당숙은 무척 가난하신 선비였는디, 당숙모는 일과 밥밖에 모르는 여자였던 모양이드라. 그 당숙은 가난한 집안에서 나고 자랐지만 농사일을 전혀 모르고, 오직 글 읽을 줄만 아는 선비였었지. 밤낮으로, 자고 나면 글만 읽고, 또 밥 한술 먹고 나면 글만 읽었지. 삼 년째 가뭄이 들어 모든 농토의 작물들이 말라비틀어졌는디, 그 논밭에 피만 수북하게 자라 열매를 맺었지. 사람들은 그것을 훑어다가 말려서 맷돌에 갈아 피죽을 쑤어 먹었지. 이 두 마지기짜리 논배미에도 피가 수북하게 자랐든 모양이드라. 아침에 피죽을 한 사발 먹고 난 그 당숙은 방에서 글을 읽는디, 당숙모는 전날 훑어온 피를 마당에 편 멍석에 널어놓고, 바구니를 들고 들로 나와 이 논배미에서 피를 훑는구나. 이 논은 당숙모가 시집오면서 친정에서 타가지고 온 논이었지. 그런디, 한낮쯤에, 온 세상이 캄캄해지면서 천둥벼락이

치고 소낙비가 억수로 쏟아졌구나. 당숙모는 자기 남편이 그것도 모른 채 글만 읽고 있을 거라 생각하고, 집으로 달려가보니, 아니나 다를까, 마당에 널어놓았던 피가 모두 떠내려가버렸구나. 당숙모는 마당에서 두 다리를 뻗고 앉아 땅을 치며 울었지. 당신을 따라 살다가는 피죽도 못 먹고 굶어 죽고 말겠소, 하고 당숙모는 시집오면서 가지고 온 이 논배미를 가지고, 자고 나면 일밖에 모르는 홀아비에게 재가를 해버렸구나. 쫄쫄 굶주리면서도 끝까지 글을 읽은 그 당숙은 이듬해에 과거를 보아 장원급제를 했지. 회진의 만호 원님이 된 당숙은, 굶주림으로 인해 한이 맺힌 고향 마을을 둘러보고 싶어 이 강변길을 지나갔더란다. 그해에도 마찬가지로 가뭄이 들어 작물들이 다 시들고 오직 피만 수북하게 자랐지. 만호 원님이 된 그 당숙이 말을 타고 이 길을 지나가는데, 그 당숙모는 이 논바닥에서 예전과 같이 피를 훑고 있었단다. 만호 원님 행차가 지나간 다음 그 사또가 다른 사람이 아닌, 예전의 남편이라는 것을 안 그 당숙모는 땅바닥에 주저앉아 통곡을 했고, 내내 후회를 하고 원통해하다가 병이 나서 죽었는데, 그래서 이 논을 원통배미라고들 부른단다."

초벌갈이하는 방법을 할아버지가 가르쳐주었다. 할아버지는 쟁기의 손잡이를 잡은 채 숨가빠하면서 말했다.

"길이 잘 든 소니께, 쟁기 손잡이를 단단히 잡고 소가 가는 대로 졸졸 따라다니기만 하면 된다. 다만, 쟁기보습을 내려다보지 말고, 먼 앞쪽을 가늠해서, 소의 오른쪽 앞발이 반듯하게 곧바로 나아가도록 고삐를 당겨 오른쪽으로 가게 '이리!' 하거나, 왼쪽으로 가라고 '저리!' 하고 소리치기만 하면 된다…… 남의 속에 들어 있는 글도 배우는디 눈으로 보면서 하는 쟁기질 이것 못하겠냐?"

그는 할아버지가 가르쳐준 대로 쟁기질을 했다. 쟁기질은 자전거 타는 원리와 비슷했다. 자전거를 타는 사람도 고개를 숙이고 자전거의 앞바퀴를 보면 안 되고, 나아갈 먼 앞을 내다보며 페달을 밟아야 하는 것이다.

아내는 검정치마에 흰 저고리를 입고 흰 수건을 머리에 쓴 채 새참을 내왔다. 바람이 불자, 뒤쪽으로 날아가서 펄럭거리는 치맛자락을 앞쪽으로 끌어다가 둥둥하게 부른 배를 덮어 감추었다. 할아버지는 주막에서 술을 받아 오지 않았다고, 아내를 꾸짖었다. 밀주 사건이 있은 뒤 아내는 술을 담그려 하지 않았고, 돈을 절약한다고 주막집에서 술을 받아 오지 않았다.

"얼른 가서 술 한 됫병 받아 오너라. 쟁기질 이것, 보통으로 힘든 노동이 아니다. 쟁기질은 술기운이 약간 있을 때 해야 한다."

아내는 부른 배를 치맛자락으로 감추면서 주막으로 가서 막걸리 한 됫병을 받아 왔다. 할아버지는 쟁기질을 멈추게 하고, 그에게 새참을 먹였다. 소에게는 고구마덩굴 말린 것을 주었다. 그에게 술을 권하면서 말했다.

"잘만 마시면, 술, 이것 참 좋은 음식이다. 고된 노동을 할 때만 한두 잔씩 알맞게 마셔라."

모내기 철에 아내는 배가 부른 채로 이 집 저 집의 모내기 품앗이를 했고, 논 여덟 마지기의 모내기를 다해놓고 몸을 풀었다. 지씨 아내가, 요즘 젊은 여자들은 모두들 병원으로 가서 낳는데, 대리댁도 그래야 하지 않겠느냐고 했지만, 아내는 헛돈을 쓸 것 없다고, 혼자서 안방에 들어가서 몸을 풀었다. 지씨 아내가 산파 노릇을 해주었다.

아내는 지혜로웠다. 몸을 풀기 전에 미리 읍장에서 기저귓감을 떠오고, 아기 키울 포대기와 배내옷과 앙증스러운 아기 버선을 지어놓고, 탯줄 자를 가위와 탯줄 끊을 때 바를 요오드팅크와 걸음마를 시작하면 신길 고무신까지 준비해놓았다.

할아버지는 기침으로 인해 숨을 가쁘게 쉬면서 안방 아궁이에 불을 지피고, 닭 한 마리를 잡고, 미역국을 손수 끓였다. 아내는 진통이 심함에도 불구하고 비명 한 번 지르지 않았다. 다만 산파의 안타까워하는 소리만 들렸다.

"대리댁, 힘 있는 대로 써! 젖 묵을 때 힘까지 모두 써! 쪼금만 더! 아이고, 됐네! 양수 터졌네. 아이고오, 머리 나왔네, 조금만 더 힘을 줘, 조금만 더…… 그래! 젖 묵을 때 힘까지 다 써!"

산파의 말이 들려올 때마다 오현은 가슴이 조였다.

"아이고오! 나온다! 더 힘을 주소, 그래! 나온다, 나왔다! 어따, 어메! 내 새끼야!" 하는 탄성 어린 소리가 들리더니, 이어 "아야, 대리댁아, 고추 달렸다야!" 하는 말이 들렸다. 툇마루 끝에 걸터앉아 있던 할아버지는 두 손바닥을 마주대고 하늘을 향해 울음 섞인 소리로 "아이고, 한울님, 부처님, 조상님! 감사합니다" 하고 나서, 데워놓은 물을 통에 담아 안으로 들여주라고 오현에게 명했다.

산파가 아기를 목욕시켜 마른자리에 가려 눕혀놓았다고 하자, 할아버지는 손을 깨끗이 씻고, 미역국을 손수 떠 그의 손에 잡혀주면서 말했다.

"네가 들고 들어가서 마시라고 권해라. 나는 슬쩍 뒤따라 들어가서 우리 꽃손자 얼굴이나 잠깐 보고 나올란다."

오현이 미역국을 들고 들어갔다. 아내는 하얀 속저고리와 속치마 바람이었고, 머리를 풀어헤치고 있었다. 금방 목욕을 하고 난 것처럼 얼굴에 땀방울들이 송송 맺혀 있었다. 그의 뒤를 따라 들어온 할아버지는 손자며느리를 향해 말했다.

"아이고, 우리 손부, 고생 많이 했다! 참말로 감사하고 오달지다. 악아, 이놈 이름, 내가 벌써부터 일남이라고 지었다."

아내는 몸 둘 바를 몰라 하며 고개를 외틀었다. 그러한 아내를 향해 할아버지는 "오냐오냐, 괜찮다. 어려워 말고 미역국이나 많이 묵어라" 하고 아기를 보며, "아이고, 우리 일남이 얼굴이 훤하다" 하고 탄성을 질렀고, 격앙된 목소리로 말했다.

"나 이제사 말한다만, 이놈 태몽이 참말로 기막히게 좋았느니라. 하늘에서 새빨간 꽃비가 펄펄 쏟아지는디 우리 손부가 그 꽃비를 치마폭으로 담뿍 받아 담고 있더라…… 앞으로 두고 보아라. 우리 일남이가 장차 하늘을 잡고 뙤기를 칠 것이다. 이놈, 하늘이 낸 자식이다 잉. 한사코 잘 길러라!"

할아버지는 주먹으로 눈물을 훔치며 문을 열고 나갔다. 마당으로 내려선 할아버지는 하늘을 향해 "아이고, 한울님네, 부처님네, 조상님네 감사하고 또 감사합니다!" 하고 나서 "어허허허……" 하고 웃으며 사랑채로 건너갔다.

삼칠일 아침 일찍이 할아버지는 찹쌀밥을 짓고, 미역국을 오현의 손에 들려주고, 안방으로 따라 들어와서 그와 아내를 나란히 앉혀놓고 말했다.

"새악아, 내 말 잘 들어라. 일남이, 이남이, 삼남이, 사남이, 오남이, 육남이, 칠남이, 팔남이…… 이렇게 두 살 터울이나 세 살 터울로, 아주 십남이까지 한탯줄에 쑥 뽑아뿌러라. 이 세상을 살아가려면 한사코 고추 달린 놈 수가 많아야 한다. 딸이 안 좋다는 것은 아니지만, 어지럽고 사나운 세상으로 나가서, 그 세상 맥살을 잡고 싸울라면 아무래도 고추 달린 놈 수가 많아야 헌다."

호떡

여름에 징병검사를 하고 나자, 다음해의 3월에 입영하라는 통지서가 나왔다. 일남이가 두 살 되던 해였다. 저세상으로 돌아가실 시각을 예측할 수 없는 할아버지와 연약한 아내와 어린 아들을 두고 어떻게 삼 년 동안 군대생활을 할까. 가뜩이나 시시때때로 아내를 넘보는 이웃집 최학수가 있다. 최는 보충역으로 빠져 군대에 가지 않는다.

할아버지는 그를 사랑방으로 불러 앉혀놓고 말했다.

"니가 군대에 가 있는 동안 손부가 하늘을 못 보면 어떻게 둘째를 가질 것이냐? 입대하기 전에 기어이 아기를 가지도록 노력을 해라. 남편이 오랫동안 집을 비울 때에는, 반드시 아내가 뱃속에 아기를 담고 있어야 하는 법이다."

새파랗게 젊은 아내를 두고 어찌할 수 없이 집을 비워야 하는 남편이 취해야 할 비방을 그에게 일러주고 난 할아버지는, 그의 양기를 위해, 닭에 인삼을 넣어 고아 먹이는 한편, 일남이의 젖을 억지로 떼도록 하고 사랑방으로 데리고 가서 당신 옆에 재우며, 그와 아내가 신혼부부처럼 밤을 보낼 수 있게 해주었다. 할아버지는 밤에 일남이가 울면 업고 안고 달래면서 맘을 씹어 먹였고, 오줌을 싸면 기저귀를 갈아주었고, 물을 데워 목욕을 시켰다.

아내는 다산성의 여자였다. 초겨울 들어 입덧을 했다. 먹은 것을 울컥 토하곤 했고, 얼굴에 기미가 끼었다. 입덧이 가시었을 때 그는 아내를 즐겁게 해주고 싶었다. 자전거를 끌고 읍내 시장으로 나갔다. 일남이를 뱄을 때처럼 한 구멍가게에서 나주 배 세 개를 구하여 자전거 짐받이에 실었다. 나주 배를 달게 먹는 아내를 머리에 그리며 자전거의 페달을 밟았다. 강을 오른쪽에 낀 채 달리기도 하고, 다리를 건넌 다음 강을 왼쪽에 끼고 달리기도 했다. 강을 낀 산골짜기의 바람은 맵찼다. 강물은 쏟아지는 햇빛을 되쏘며 흘렀다.

그가 부엌에 있는 아내를 이끌고 방으로 들어가 나주 배를 내밀었을 때, 아내는 어색하게 웃으며 도리질을 했다. 배가 먹고 싶지 않다는 것이었다. 그럼 무엇이 먹고 싶으냐고 하자, 아내는 고개를 떨어뜨리고 있기만 했다. 다시 무엇이 먹고 싶으냐고 다그치자 간신히 말했다.

"이번 아기는 이상하게 호떡이 먹고 싶어라우."

그는 곧바로 자전거를 타고 나섰다. 아내가 안타까워하면서 "여보, 나 그것 안 먹어도 돼! 그냥 이 배 먹을게라우" 하고 말렸지만 뿌리치고 읍내를 향해 페달을 밟았다. 중국집으로 가서 호떡을 달라고 했다. 주인은 이즈음에는 호떡 찾는 사람이 없어서 오래전부터 굽지 않는다고 했다. 그는 주인에게 통사정을 했다. 호떡을 먹고 싶어하는 아내 때문에 삼십 리 길을 자전거 타고 달려왔다고, 몇 개만 만들어달라고.

주인이 그의 얼굴을 응시하더니 "시계 맡기고 친구들한테 짜장면 사준 그 학생 맞지?" 하고 나서 만들어주겠다고 고개를 끄덕거렸다. 한 시간이나 기다려서야 호떡 열 개를 살 수 있었다. 호떡을 봉지에 넣어 자전거 짐받이에 싣고, 부지런히 허위허위 페달을 밟았고, 어둑어둑해진 뒤에 집에 도착했다. 아내는 눈물을 글썽이며 호떡을 아귀아귀 먹었다.

춘설이 분분한 날 입대를 했다. 목포에서 집결해서 기차를 타고 논산훈련소로 가 사십구 일 동안 훈련을 받고 창평의 보충대로 갔다가 양평에 있는 사단사령부에 배치되자마자 간단하게 할아버지에게 안부 편지를 올렸다. 보름 만에 아내에게서 답장이 날아왔다. 우둔거리는 가슴을 주체하지 못한 채 편지봉투를 뜯었다. 공책 종이에 연필로 침을 묻혀가면서 꾹꾹 눌러쓴 편지였다. '사랑하는 서방님께,' 눈물이 핑 돌았다. 눈을 끔벅거려 눈물을 말리면서 다음 사연을 내처 읽었다.

멀고먼 북쪽 땅에서 군무에 얼마나 고생이 많으십니까. 저는 지금 따뜻한 방안에서, 당신이 땀 뻘뻘 흘리면서 자전거를 타고 사다가 준 호떡 먹던 생각을 하고 행복한 눈물을 지으면서, 당신을 그리워합니다. 저는 제 뱃속에서 무럭무럭 자라고 있는 아기와 더불어 잘살고 있습니다. 일남이는 할아버지 품에서 건강하게 자랍니다. 뱃속의 아기는 발길질을 하기 시작했습니다. 할아버지는 뱃속의 아기가 아들일

거라고 점을 치시고 이름을 이남이라고 지어주셨습니다. 그런데 이웃집에서 들려오는, 술 취한 남자의 노랫소리, "이 벼락 맞아 죽을 빨갱이 새끼들아!" 하고 악을 쓰는 소리가 괴롭습니다. 한 가지 안타까운 것은, 할아버지가 가끔씩 기침을 하시면서, 제 방문 앞을 서성거리는 것입니다. 뱃속의 이남이가 무럭무럭 자라면서 저는 잠이 많아졌습니다. 깜박 잠이 들었다가 이웃집 남자의 악쓰는 소리에 잠이 깨면 문밖에 사푼사푼 발소리가 들립니다. 할아버지가 일남이를 사랑방 이불 속에 잠재워놓고 나와서 저를 지키는 것입니다. 할아버지는 봄이 되면서 잡수시는 것이 좀 나아졌습니다. 아마, 우리를 위해 하루라도 더 오래 살아주시려고 억지로 잡수시는 것 같아요. 입맛이 없으시면 물을 말아서 다 잡수셔요. 할아버지가 계시는 한 그 남자는 울타리를 넘어오지 않을 것이고, 저는 무탈할 것이니 염려 놓으십시오. 닭이 울었습니다. 다음에 또 편지 써 보낼게요.

　*아 참, 기쁜 소식 두 가지를 전해드리겠습니다. 일남이가 세 살인데, 벌써 천자문을 읽고 씁니다. 할아버지가 한번 가르쳐주고 또 한번 가르쳐주면 외워버리고, 그것들을 당신이 쓰시던 공책에 연필로 그리고, 붓글씨로도 씁니다. 할아버지는 신동이 나왔다고 놀라워합니다. 이놈은 틀림없이 장차 검사나 판사나 경찰서장이 되어서 집안을 보아란듯이 불끈 일으켜놓을 것이라고 껄껄 웃으십니다. 더욱 기쁜 일은, 천자문을 서툰 소리로 줄줄 외곤 하는 일남이를 보듬고 사신 뒤로는 할아버지가 새벽녘에 담뱃대로 놋쇠화로 시울 두들기시는 일이 없어졌다는 것입니다. 둘째 기쁜 소식은, 우리 동네에도 전기가 들어온다고 합니다. 한창 전주를 세우고 전깃줄을 가설합니다. 서방님이

휴가 나오시면 아마 전깃불을 보게 될 것입니다. 5월 3일 밤에, 당신의 사랑하는 아내 한영애가 엎드려 절합니다.

괴소문

아침저녁으로 쌀랑쌀랑한 가을바람이 부는 10월 중순에 지휘소 훈련을 나갔다가 오니 아내의 편지가 와 있었다. 그가 학교에 다닐 때 쓰던 공책 종이 두 장에다, 굵은 연필심에 침을 발라가면서 눌러쓴 사연이 가슴을 뭉클하게 했다.

사랑하는 서방님에게, 날씨가 추워지기 시작하는데 군무에 얼마나 고생이 많으십니까? 보름 전, 9월 15일, 전깃불 아래서 무사히 몸을 풀었습니다. 아기 젖이 아주 많으라우. 아기는 젖을 먹고 자고 또 먹고 잡니다. 살결이 얼마나 희고 탐스러운지, 할아버지는 '아이고, 지 애비를 쏙 빼닮았다'고 하십니다. 할아버지는 몸이 좀 마르기는 하셨어도 잡수시는 것은 그대로입니다. 할아버지는 닭을 스무날 만에 한 마리씩은 잡아 저하고 일남이에게만 줍니다. 봄에 할아버지가 깬 병아리들은 어른 닭들이 다 되었어요. 지난여름에는 채마밭에 심은 참외오이가 주렁주렁 열려서 따먹었습니다. 저는 밥맛이 아주 좋아서 몸에 살이 불기 시작하는지, 수시로 잡니다. 아기한테 젖을 물린 채로도 자고, 아기가 우는 것도 모르고 잡니다. 어떤 때는 할아버지가 문을 두들기면서 '아기한테 젖 좀 물리고 자거라' 하고 말을 할 때도 있습니다. 할아버지는 늘 잠을 사로자며 저를 지키십니다. 이웃집 남자는 자꾸 술에 절어서 우리집을 향해 악을 쓰기도 하고 소리쳐 노래하기도 합니다. 그 사람이 귀신한테 씌었다는 말도 있습니다. 부엌에서 개숫물을 버리려고 뒷간통으로 가면, 자기네 툇마루에 앉아서 싸리울타리 너머로 저를 보고 있곤 합니다. 이 말은 안 하려고 했는데, 하도 어처구니가 없어 말씀을 드립니다. 지씨네 아주머니가 와서 하는 말이, 그 남자가 주막에서 술을 마시면서 주모한테, 우리 일남이하고 이남이 가운데 하나는 자기의 아들이라고 말했답니다. 온몸에 소름이 돋습니다. 그렇지만 걱정은 마십시오. 제 몸과 마음이 깨끗한데 그런 악담이 무슨 소용 있습니까? 제주도 여자들처럼 아기를 구럭에 넣어 메고 가서 논둑에 두고 수건을 구럭 시울에 걸쳐 볕을 가려놓고, 나락을 베는데, 갈대꽃이 많이 피었습니다. 갈대밭에서 우는 개개비 울음소리를 들으니께 '개개비들이 유치 사투리로 운다'라고 하시던 당신 생각이 났습니다. 강변 찻길에 햇빛이 쏟아지는데, 아, 저 길을, 사랑하는 당신이 자전거 타고 배도 사오고 호떡도 사오셨지 하고 생각하니 눈물이 나왔습니다. 사랑하는 당신, 부디 군무에 충실하기만 하십시오. 당신 휴가 나오실 그날을 손꼽아 기다립니다. 그때까지 건강 잘지키고, 군무에 충실하십시오. 9월 30일, 사랑하는 아내가 환한 전깃불 아래서 이 편지를 써 올립니다.

　* 아 참, 이 편지를 다 써놓고 있는데, 지씨 아주머니가 와서 소식 한 가지를 전해주었어요. 이웃집 그 남자가 피똥을 누고 객혈을 한다는 소문이 났답니다. 무던히 착하게 사는 저와 당신을 저주한 죄를 받았는지도 모릅니다. 아이고, 남을 미워하면 내 아들딸한테 해로웁다

는데, 제가 몹쓸 생각을 했습니다. 앞으로는 착한 생각만 할게라우. 여보, 깨끗하고 착한 당신은 한없이 건강하기만 할 것입니다. 당신 군대에 막 가신 뒤부터 저는 꼭두새벽이면 장독대에다 정화수를 떠놓고 당신 무사히 군대생활하시라고 칠성님께 빕니다. 제가 무릎을 꿇고 비손하고 돌아서면 별빛이 정화수에서 반짝 빛나곤 합니다.

휴가

용산에서 밤 아홉시에 출발하는 군용열차를 탔다. 대대 소원수리를 할 때, 늙으신 할아버지와 아내 둘이서 농사를 짓기 때문에 반드시 가을 농번기에 맞추어 휴가 명령을 내려주었으면 좋겠다고 썼었는데 그게 반영된 것이었다. 기차가 레일을 훑으며 달림에 따라 차체가 흔들렸다. 모두들 잠을 잤지만 오현의 눈은 초롱초롱 밝아졌다. 천장에는 희미한 불이 켜져 있고, 차창에는 차 안의 풍경이 영화의 한 장면처럼 비쳐 있었다. 많은 장병들이 잠을 자는데 어디서 많이 본 듯한 군인 한 사람만 꼿꼿이 앉아 있는 풍경.

그의 머리에는 장독대에 정화수를 떠놓고 비손하는 아내의 모습이 그려졌다. 그가 군대생활을 하는 동안 내내, 학산마을에서 꼭두새벽에 장독대에서 정화수를 떠놓고 비손을 하는 아내의 정성이 북두칠성을 통해 양평의 군부대의 그에게로 전해지곤 했을 것이라는 생각이 들었다. 그는 가슴이 설레었다. 내가 불쑥 나타나면 아내와 할아버지가 얼마나 반가워할까. 큰아들 일남이는 어떤 모습으로 자라 있고, 둘째 이남이는 얼마나 탐스러울까.

까무룩 잠이 들었다가 깨자 영산포역이었다. 플랫폼에는 푸르스름한 아침 기운이 돌고 있었다. 역 앞에서 나주 배 한 봉지를 사들고 버스를 탔다. 영암을 거쳐 장흥으로 가는 가파른 고갯길에서 차바퀴가 터졌다. 운전사와 조수는 바퀴를 바꾸었다. 장흥 정류장에서 내려 나주를 경유하여 광주 쪽으로 가는 버스를 타고 갔는데, 집에 도착했을 때는 땅거미가 내리고 있었다. 안방 부엌과 사랑방 부엌에 전깃불이 켜져 있었다. 그 불빛이 마당으로 새어나왔다. 사립으로 들어서면서 그는 큰 소리로 "할아버지!" 하고 불렀다.

사랑방 부엌에서 쇠죽을 쑤던 할아버지가 어린 일남이의 손을 잡은 채 나오고, 안방 부엌에서 아내가 달려나왔다. 아내는 등에 아기를 업고 있었다. 그는 할아버지가 어려워 아내에게 달려가서 얼싸안지 못했다. 할아버지 앞에 꿇어 엎드려 큰절을 하고, 그러고 나서 일남이를 보듬었다. 일남이는 낯가림을 하느라고 두 다리를 뻗대며 그를 떠밀고, 할아버지에게로 가버렸다. 그때 옆집에서 남자의 기침소리가 들렸다.

할아버지는 닭장으로 가서 닭 한 마리를 잡아가지고 나왔다. 제 운명을 예감한 닭이 단말마의 비명소리를 냈다. 아내는 처마끝의 전등불을 밝혔다. 할아버지는 우물가에서 닭의 모가지를 비틀어버렸다. 익숙한 솜씨로 털을 뜯고 짚불을 피워 잔털을 태웠다.

할아버지가 닭 손질을 하는 동안 그는 쇠죽을 소에게 퍼주었다. 예전에 키우던 소가 아니었다. 앳되고 낯선, 약간 왜소한 모습이었다. 할아버지가 웃돈을 받고 앳된 소와 바꾼 모양이었다. 쇠죽을 먹는 소의 콧등을 긁어주었다. 소는 왕방울 같은 눈으로 그를 보았다. 소에게 말했다. "잘 봐라, 내가 네놈의 젊은 주인이다."

밖으로 나오면서 "할아버지, 소를 바꾸었네요?" 하고 물으니, 할아버지가 닭고기 손질을 하면서 말했다. "그놈 참 양순하고 영리하다. 요새, 우리 일남이하고 둘이서, 그놈을 들로 끌고 가서 쟁기질 길을 들이는디 아주 잘한다. 명년 농사 문제없이 지을 수 있을 것이다."

안방에서 모두 둘러앉아 저녁밥을 먹었다. 할아버지는 그에게 "군대생활이 많이 힘들었는지 얼굴이 꺼칠하다, 한사코 많이 묵어라" 하면서 닭다리를 뜯어주었다. 아내는 천장의 전등불 빛에 비친 그의 얼굴을 살피면서 닭죽을 더 퍼주곤 했다. 그가 일남에게 죽을 떠먹여주려고 하는데, 일남은 낯을 가리느라고 그가 주는 것은 먹지 않고 할아버지가 주는 것만 받아먹었다.

아기가 뻗지르고 울자 아내는 얼른 돌아앉아 아기에게 젖을 물렸다. 아내의 젖무덤은 하얗고 풍성했다. 아기는 숨가빠하면서 젖을 먹었다. 젖이 넉넉하게 나오는 모양이었다. 아기는 젖을 먹고 나서 잠들었다. 포대기에 싼 아기를 아랫목에 밀어놓고 아내는 닭죽을 마저 먹었다. 할아버지는 일남을 데리고 사랑방으로 가면서 아내에게 말했다.

"악아, 일남이 애비 먼길 오느라고 피곤할 것이다. 어서 대강 치우고 자거라."

오현은 할아버지를 배웅하고 나서 안방으로 들어왔다. 밥상을 물리려 하는 아내를 끌어안았다. 아내가 그의 가슴에 얼굴을 묻었다. 불어 있는 아내의 젖가슴이 그의 가슴을 압박했고, 그 젖무덤에서 물큰 배릿한 유향이 번져나왔다.

아내는 설거지를 하고 들어와 이부자리를 폈다. 잠자리에 들었다. 아내와 그는 그동안의 그리움을 한데 모아, 사랑을 섞었다. 아내의 둥둥한 젖무덤의 커다란 팥죽덩이 같은 젖꼭지에서 젖이 흘러 그의 가슴을 적셨다.

이튿날 새벽에 최학수 어머니의 울음소리가 들려왔다. "아이고, 불쌍한 우리 새끼, 아이고, 아이고, 금판사 그것이 뭣이라고……" 최학수가 죽은 것이었다. 최학수의 어머니는 결혼도 하지 못하고 씨 하나도 남기지 못하고 죽어간 아들을 한스러워하며 방바닥을 치며 울었다.

마을 사람들과 최씨 문중 사람들은 최학수의 시신을 관에 담아 앞산 최씨 선산으로 메고 갔다. 선산발치에 구덩이를 팠다. 오현도 뒤따라가서 삽질을 하고, 괭이질도 했다. 구덩이가 다 파졌을 때 관을 넣었다. 마을 사람들은 무덤을 만들기 위해 골짜기에서 황토를 퍼날랐다. 오현도 흙을 바지게로 짊어져다가 최학수의 무덤에 붓는 산역을 해주었다. 산역을 하는 동안 오현의 머리에는, 최학수가 뒤란 짚더미 옆의 지푸라기들 위에서 그의 아내를 보듬고 실랑이질하던 모습이 떠오르곤 했다. 그의 아들 일남이와 이남이 가운데 하나는 자기 아들이라고 떠벌리고 다녔다는 터무니없는 악담도 생각났다. 산역을 하는 동안 내내 '늦게까지 살아남은 사람이 최후의 승자이고, 더욱 큰 승자는 자기를 괴롭힌 사람을 착한 마음으로 용서해주는 사람'이라는 생각을 어금니에 놓고 씹고 또 씹었다.

산역을 하고 돌아온 그는 일남의 귀와 눈과 코와 입을 샅샅이 살폈다. 새근새근 자는 이남을 보듬으며 생각했다. '보송보송한 살결, 그린 듯한 눈매, 도도록한 코, 가로로 그어진 입, 타원형의 턱, 움켜쥐고 있는 고사리 같은 꼬막손…… 모두 나를 닮았다.'

한 많은 인생

할아버지는 그가 제대를 하고 돌아온 봄에 돌아가셨다. 그와 아내가 머리맡에 앉아 임종을 지켰다. 머리칼들이 허연데다 얼굴 살갗 여기저기에 거무스레한 저승꽃들이 많이 핀 할아버지의 깡마른 몸은 잠시 단말마의 경련을 한 다음 짚불 사그라지듯이 조용해졌다.

지씨를 불러다가 조언을 들으며 염을 했다. 할아버지의 두 손을 끌어다가 배 위에 올리고 두 개의 엄지를 마주대고 실로 묶었다. 평생 농사만 짓고 살아온 손마디는 나무토막처럼 거칠고 굵었다. 두 다리를 11자가 되도록 펴 늘이고, 두 엄지발가락을 나란히 붙이고 실로 묶었다. 눈두덩은 거멓게 멍이 든 듯했지만 반쯤 열려 있었고, 눈동자는 창문에서 날아오는 빛을 되쏘고 있었다. 거친 세상 속에 외로이 남겨진 손자의 삶을 못 잊어하고 있는 듯싶었다. 손끝으로 할아버지의 눈두덩을 내리누르듯이 쓸어내렸다. 당신의 아내와 아들 부부와 손자들 넷이 비명에 간 것을 두 눈으로 응시하며 살아온 한스러운 삶이 이제 막을 내리고 있었고, 깜깜한 피눈물 어린 역사의 강물 속으로 가라앉고 있었다.

아내가 쑥대를 삶아 향내 어린 쑥물을 만들어주었다. 시신의 옷을 모두 벗기고, 쑥물 묻힌 수건으로 온몸의 살갗을 닦았다. 이마와 눈과 귀와 코와 입을 씻기고, 목과 겨드랑이와 항문과 생식기와 거웃과 사타구니를 씻기고 다리와 발가락들을 씻겼다. 사타구니를 씻길 때 은색의 거웃들이 몇 개 빠졌다. 그것들을 종이에 싸두고 머리를 감겼다. 빠진 흰 머리칼들도 거웃과 함께 싸두었다. 솜으로 항문과 입과 코를 막고 주검 옷을 입혔다. 저고리와 바지를 입히고 버선을 신기고 할아버지가 생전에 입으시던 두루마기를 최후에 입혔다. 두건을 머리와 얼굴 위에 씌우고 나서 새끼줄로 시신을 동여 묶었다. 입관을 했다. 관 속에 쌈지와 담뱃대와 안경을 넣어드렸다. 담뱃대의 대통은 모로 찌그러져 있었다. 새벽녘이면 들려오던 '챙 챈 챙챙' 소리가 그의 귀에서 되살아났다. 난초를 치던 붓과 벼루와 흰 종이들도 넣어드렸다. 관 속에 누운 할아버지를 향해 아내가 통곡을 했다.

아내는 자기가 산후에 떠메어가도 모를 깊은 잠이 들어 있을 때, 자기를 지켜주기 위해 문밖에서 서성거리시던 할아버지의 애틋한 사랑을 생각하고 통곡을 뱉어냈다. 만일 당신이 군대에 가지 않고 집에 있었으면 진즉 돌아가셨을 터인데, 당신 없이 혼자 사는 손부를 지켜주느라고 그렇게 끈질기게 살아주신 것이라고 울음 섞인 말을 했다.

아내는 세번째의 아기로 인해 배가 둥둥하게 불러 있었다. 그가 지난해 여름에 두번째의 열흘 휴가를 얻어 나왔었는데 아내는 그때 아기를 가진 것이었다. 할아버지는 눈을 감기 전에 그와 아내를 옆에 앉혀놓고 유언을 했었다.

"키우기 힘들다고 혹시라도 단산하지 말고, 생기는 대로 낳아라. 한사코 많이 낳는 것이 조상님들께 효도하는 것이다…… 어느 놈이든지 공부 잘하는 놈 하나를 끝까지 가르쳐라. 검사나 판사나 경찰서

장을 만들어라. 일남이 저놈 신동이다. 저놈은 반드시 법과대학을 보내라. 저놈은 검판사 시험에 제꺽 합격을 할 것이다. 집안에 검판사가 반드시 나와야 한다. 저놈을 학교에 보내느라고 힘이 부치면 논을 팔아서라도 뒤를 대라. 여타의 자식들은 가르칠라고 애쓰지 말고 농사일을 시켜라. 검사, 판사 하나만 나오면, 그놈 덕택에 다른 놈들은 면서기도 하고 농협 서기도 하고…… 딸들은 그 덕에 좋은 집안으로 시집가고 그럴 것이다."

그는 할아버지의 시신을 향해 가슴으로 말을 했다.

'할아버지가 소망하신 대로 당신의 손부하고 열심히 살면서 아들딸 많이 낳아 당신 영전에 바칠게라우. 할아버지가 신동이라고 하신 일남이를 기어이 판검사 만들어드릴게라우. 편히 극락세상으로 가십시오.'

할아버지의 관을 향해 절을 했다. 아내도 따라 절을 했다. 그는 이를 악물고 관의 뚜껑을 덮고 망치로 못을 꽈당꽈당 박았다.

유치 산골의 이 산등성이 저 산골짝에는 진달래꽃들이 불처럼 타올랐다. 지씨 부부와 먼 일가친척들과 마을 사람들 여남은 명이 장례를 치러주었다. 대릿골의 장인어른이 처남들을 데리고 와서 도와주었다. 강 서편의 밭 위쪽으로 난 선산의 할머니 무덤 옆에 할아버지 관을 묻었다. 할아버지와 할머니 무덤 위에는 증조부모, 고조부모, 오대조부모 무덤이 있고, 그 밑에는 그의 아버지와 어머니의 무덤이 있고, 그 아래에는 그의 네 형들의 자잘한 무덤들이 있었다. 아내는 그의 손을 잡아다가 할아버지의 무덤을 덮어 누르게 하고, 슬피 울며 말했다.

"아이고, 할아버지, 장독이 터지도록 추운 재작년 겨울철에, 이 못

난 널 지켜주시느라고 밤잠도 안 주무시고 내 방문 앞을 밤새도록 왔다갔다하시고…… 아이고, 불쌍한 우리 할아부지!"

지씨 아주머니가 안타까워하며 "뱃속에 든 자식을 생각해서 이제 그만 울어" 하고 말했다.

아내는 단옷날 몸을 풀었는데, 딸이었다. 그 딸에게는 할아버지의 유언을 따라 일순이란 이름을 지어주었다.

신동

일곱 살짜리 일남이를 학교에 입학시켰다. 학교는 보림사로 가는 길과 나주로 가는 길과 읍내로 가는 길 사이의 삼각지에 있었다. 일남은 할아버지의 품속에 있을 때부터 국어책, 사회책, 도덕책 들을 줄줄 읽었다. 그가 하루 동안 1, 2, 3, 4 따위의 숫자와 십진법과 덧셈, 뺄셈, 곱셈, 나눗셈을 가르쳐주자 산수 문제를 암산으로 술술 풀었다. 시험을 치르면 모두 백 점을 맞곤 했다. 학교에 찾아가니, 교장선생이 유치초등학교에 인물 하나 나왔다고 말했다. 교장선생은 목소리를 낮추어 그만 알아듣도록 말했다.

"다른 놈들이 닭이라면 이놈은 단연 봉이요."

무지개를 타고 하늘을 나는 기분이었다. 이놈이야말로 할아버지의 소망을 풀어줄 놈이다. 그는 아내에게 말했다. "일남이, 이놈은 좋은 대학 보내가지고 판검사가 되게 합시다."

아내가 말했다. "우리 일남이가 고시에 합격하는 날 나 우리집 사립문 앞에다가 국기를 달 것이오." 그가 말했다. "그래 그래, 하늘 높이 국기를 답시다."

특별한 제의

해마다 돌아오는 할아버지의 제사 무렵에는 늘 만발했던 매화꽃이 지면서 이 산 저 산에 진달래꽃이 불처럼 타올랐고 꽃샘바람이 드세었다. 봄의 눈보라가 희끗희끗 날리는 때도 있었다. 그 바람은 대개 밤이 되면서 자곤 했는데, 소쩍새와 지빠귀가 집 주위를 울면서 날았다. 한스럽게 세상을 살다 가신 할아버지의 넋이 찾아오기라도 한 듯.

부부가 자는 안방 윗목에 제사상 둘을 나란히 대 붙여놓고 음식을 차렸다. 할아버지는 살았을 적에, 할머니와 아버지와 어머니와 손자들의 제사를 하룻밤에 모두 간소하게 지내면서 말했었다.

"나 죽은 다음에도, 느희 아버지, 어머니, 할머니, 할애비의 제삿날을 따로 받아 지내지 마라. 우리 조선이란 나라는 선조들의 제사 치레 하다가 망한 나라였느니라. 어느 한날을 받아, 모든 선영들의 제사를 한꺼번에 간소하고 조촐하게 지내도록 해라."

그와 아내는 할아버지의 제삿날을 받아, 오대조부모, 고조부모, 증조부모, 할아버지 할머니, 아버지 어머니, 네 형들의 제사상을 한꺼번에 차리기로 했다.

아내는 버스를 타고 읍내 장에 가서 제사장을 보아왔다. 시루떡을 하고, 닭백숙을 하고, 숭어, 농어, 병어를 굽고, 쪽파나물, 고사리나

물, 도라지나물, 콩나물, 숙주나물 들을 만들었다. 그는 은행을 굽고, 밤을 깎고, 사과와 배와 귤을 올렸다. 생태국도 올렸다. 제사상에 올릴 술은 주막에서 받아가지고 왔다. 제사상에는 열네 분의 신위, 열네 벌의 숟가락과 젓가락을 놓았다. 밥도 열네 그릇, 국도 열네 그릇이었고, 술잔도 열네 개였다.

밤 열시가 가까워졌을 때, 여덟 살의 일남이, 여섯 살의 이남이, 네 살의 일순이, 두 살의 삼남이가 모두 아랫목에서 나란히 자고 있었다.

조상들의 신위 앞에 술잔을 올린 다음 아내와 그는 절을 두 차례씩 했다. 제례가 끝난 다음에는 음복례를 했다. 그도 한 잔, 아내도 한 잔 마셨다. 음복례를 하면 제사를 지내는 후손들이 건강해지고 복을 타 잘산다고 할아버지가 말했었다. 그는 첫날밤에 합환주 마시던 생각을 하며 두 잔이나 더 마셨다. 아내도 그를 따라 마셨다. 술기운으로 인해 눈앞이 어지러웠다.

아내는 조심스럽게 제사상 앞에 부부의 잠자리를 폈다. 요를 펴고, 그 위에 봉황이불을 폈다. 기다란 베개를 놓았다. 그것은 그들 부부만의 특별한 제의였다. 소쩍새가 솥 적다, 솥 적다, 하고 울었다. 지빠귀 소리도 방안으로 들어와 맴을 돌았다. 아내는 저고리를 벗고 치마를 벗고 속옷들도 모두 벗었다. 그도 옷을 벗었다. 제사상에는 촛불이 춤을 추고 있었다. 땅인 아내는 반듯이 누워 하늘인 그를 받아들였다. 조상님들께 보여드리는 부부행위는 그분들에게 바치는 제사의식 중의 일부, 제사의 후렴이었다. 그는 아내의 몸속으로 빠져들어가며 속삭였다. "여보, 우리 지금 효도를 하고 있는 것이요." 숨결이 가빠진 아내가 말했다. "할아버지는 우리 금슬 좋은 것을 늘 흐뭇해하셨어라우." 그가 말했다. "할아버지가 그러셨잖아요. 낳고, 낳고 또 낳으라고!" 그들의 성합은 할아버지의 뜻이었고, 박해를 가하는 세상에 대한 저항이었다. 아내는 안간힘 섞인 소리로 "나, 낳을 수 있는 데까지 힘껏 낳을 것이요" 하고 말했다. 촛불이 그들의 사랑을 따라 일렁거리고 있었다.

두 달 뒤 아내의 몸에는 태기가 있었다. 이번 아이는 오징어를 먹고 싶다고 했으므로, 읍내에까지 자전거를 타고 사러 나가지 않아도 되었다. 오징어는 주막에 있었으므로 세 마리나 사다가 주었고, 아내는 그것들을, 불에 슬쩍 그슬려 찢어서 먹었다.

편애

여름과 가을과 겨울 동안 내내 배가 불러 있던 아내는 이듬해 이른 봄 들어 몸을 풀었다. 아들이었으므로, 할아버지가 지어준 사남이란 이름을 붙여주었다. 사남이는 젖을 많이 타고났고, 먹고 자고 먹고 자고 하면서 탐스럽게 자랐다.

삼학년이 된 일남이는 이남이, 일순이, 삼남이를 데리고 잘 놀았다. 아내는 사남이를 업고 다니면서 부엌일을 하고 들일을 했다.

어느 날 학교에서 일찍 돌아온 일남이가 젖먹이인 사남이를 업고 있었다. 오현은 깜짝 놀라 아기를 빼앗았고, 아내에게 일남이가 사남이를 업어주어서는 안 된다고 말했다. 뼈가 부드러운 까닭으로 일남이의 다리뼈나 허리뼈나 척추가 휘어질 수 있는 것이었다. 할아버지가 신동이라고 한 일남이는 그야말로 몸매 헌칠하고 얼굴 훤하고, 마음에 그늘 드리우지 않게 키워야 하는 것이었다. 아기를 방안에 그냥 눕혀놓고 울리면서 키우자고 했다. 아기가 사지를 허우적거리면서 우는 것은 스스로 하는 운동이니까 제 놈의 건강에도 좋을 거라고 그는 아내를 설득했다.

아기는 방안에서 늘 혼자서 울다가 지쳐 자곤 했다. 아내는 일을 하다가 젖이 많이 불어 방울방울 떨어지면 "아이고, 내 새끼 얼마나 배가 고프다냐" 하면서 방으로 달려들어가 아기에게 젖을 물리곤 했다.

오현은 일남을 편애했다. 일남의 생일에는 장에서 과일이나 고기도 사오고 닭도 잡고 미역국도 끓이지만, 이남이, 일순이, 삼남이의 생일은 농사일을 하느라고 깜빡 잊고 지나치기 일쑤였다.

일남이가 오학년 되는 초봄에 아내는 또 몸을 풀었다. 아들이었으므로, 오남이란 이름을 붙여주었다. 다섯 살인 삼남이가 아직 오줌을 제대로 가리지 못하는데, 세 살인 사남이가 기저귀를 차고 살았고, 갓난아기 오남이도 기저귀를 차고 살았으므로 아내는 기저귀 빨래만 하기에도 고달파했다. 그러면서도 그와 더불어 김을 매고 씨앗을 들이고, 이삭을 거두어들였다.

아이들 키우기와 농사짓기로 인해 지친 부부를 위로해주고 즐겁게 해주는 것은 오학년짜리 일남이의 탁월한 학업성적이었다. 삼학년짜리 이남이는 간신히 한글을 터득하였을 뿐인데, 일남이는 모든 과목에 백 점을 맞았고, 달리기와 씨름도 잘하고 잇따라 반장을 지냈다.

공부 잘하는 아이들이 대개 미술이나 음악이나 체육을 잘 못하기 마련이라는데, 일남이는 모든 것을 다 잘했다. 특히 크레파스로 그림을 잘 그렸으므로, 호남예술제에 나가 최우수상을 받아 왔다. 오현은 상장과 상품을 받아들고 온 일남이를 얼싸안은 채 맴을 돌았다. 아내는 상장을 가슴에 품고 모둠발로 뛰었다. 일남이가 하는 짓들은, 당신의 손자며느리가 하늘에서 쏟아지는 꽃비를 치마로 받았다는 할아버지의 태몽에 걸맞고, 할아버지가 신동이라고 붙여준 별호에 딱 들어맞았다. 그들 부부의 가슴에는 희망이 넘쳐흘렀다. 집안에는 웃음꽃이 늘 가득했다. 삼남이가 바지에 똥을 싸 담아도 그는 너털웃음을 웃었고, 이남이가 산수 시험지에 겨우 10점을 받아 와도 아내는 호호호 웃으면서 이남이를 끌어안고 등을 토닥거려주었다. 다 못할지라도 일남이 하나만 잘한다면 모든 것이 해결된다고 생각한 것이었다.

명태

일남이가 육학년 되는 해 이른 봄에 조상님들의 제사를 지낸 다음 두 달 뒤 아내는 입덧을 했고, 이번에는 명태를 먹고 싶다고 했다. 그가 자전거를 타고 읍내에 나가서 명태 네 마리를 사다가 주니, 아내는 그것을 빨랫돌 위에 놓고 방망이로 두들겨가지고 솜털처럼 찢어서 두 마리를 먹고, 두 마리를 남겨두었다가 밤중에 혼자서 다 먹었다. 일남이가 중학생이 되는 해 1월 초에 몸을 풀었는데 아들이었으므로 육남이란 이름을 붙여주었다.

일남이는 졸업식에서 교육장상을 받아 왔다. 그와 아내는 일남이가 받아온 상장을 들고 춤을 추었다. 중학교, 고등학교를 우수한 성적으로 졸업한 일남이는 서울의 유명한 대학 법과대학에 들어갈 것이고, 학교를 졸업하자마자 사법고시에 합격을 할 것이고, 이십대에 판사나 검사가 될 것이다. 그들 부부의 가슴은 찬란한 무지갯빛에 젖어 있었다. 그는 닭을 잡아 닭죽을 쑤었고, 일남이를 비롯한 자식들에게 한 그릇씩 떠주었고 아내와 더불어 포식을 했다.

일남이는 중학교에 들어가면서부터, 그의 할아버지가 꾼 태몽의 진가를 제대로 발휘했다. 월말고사, 중간고사, 일제고사, 기말고사를 치르면 평균 96점 아니면 97점씩을 맞았다. 늘 일등이었고, 이등과의 격차는 평균 3점쯤이었다. 집에 돌아온 일남이가 말했다. "교장선생님이 여자인데, 저를 교장실로 불러서, '일남이, 네가 하도 공부를 잘하니까, 학교 모든 선생님들이 너희 어머니 아버지가 대관절 어떻게 생겼는지 궁금해하신다' 하고 말했어요. 그리고 교감선생님이 '네 아버지가 고등학교 졸업을 하셨다는데, 밤이면 너를 끼고 가르쳐주시니?' 하고 물어서 제가 그런다고 그랬어요." 그는 우둔거리는 가슴을 어찌하지 못한 채 "왜 거짓말을 했어? 혼자서 공부한다고 그러지?" 하고 원망을 섞어 꾸짖었다.

일남이가 중2 되는 해 5월에 아내는 또 임신을 했다. 이번에는 아내가 짜장면을 먹고 싶다고 하여 그가 자전거를 타고 읍내로 나가서 짜장면을 사가지고 왔는데, 아내는 밀개떡처럼 굳어진 그것을 아귀아귀다 먹어치웠다. 일남이 중학교 삼학년 되는 해 이른 봄에 아내는 딸을 낳았는데 이순이란 이름을 붙여주었다.

그해 여름에 가뭄이 들었고, 쨍쨍 불볕이 쏟아지고 찌는 듯 더운데 오현은 예비군훈련을 받으러 갔다. 소나무숲 그늘 아래서 강사의 강의를 들었다. 그 강의가 끝났을 때, 중대장이 정관수술 할 사람은 나오라고 했다. '둘만 낳아 잘 기르자'는 나라의 가족계획 시책에 따라 정관수술을 자원하는 사람은 앞으로 있을 사격훈련을 면제해주겠다는 것이었다. 삼십 명이 자원을 하고 이십여 명이 남았다.

오현은 나도 이제 단산을 할까, 하는 생각이 들었다. 지난봄에 낳은 딸 이순이까지 합하면 모두 여덟 자식이었다. 이제 단산을 해도 넉넉한 처지였다. 정관수술을 하면 사격훈련을 면제해준다는 조건이 그를 유혹했다. 불볕더위 속에 사격을 하는 것이 죽을 만큼 싫었다. 논산 훈련소에 입소했을 때부터 그는 사격을 싫어했다.

아내 모르게 정관수술을 해버릴까. 아내는 다산성이므로, 그의 정자가 배출되는 한 앞으로도 얼마든지 더 낳을 것이다. 불쑥, 정관수술을 하겠다고 나갈까 하다가 문득 할아버지의 유언을 생각했다. "낳을 수 있는 데까지 낳아라. 이 세상을 너희가 낳은 자식들로 가득 채워라." 그는 고개를 깊이 떨어뜨렸고, 비지땀을 흘리면서 사격장으로 들어갔다. 탄환 여덟 발을 받아 총에 장전을 하고, 사로에 엎드려 표적을 노려보았다. 온몸이 땀에 젖었다. 이마에서 흐른 땀방울이 눈으로 들어갔고, 눈알이 쓰라렸다. 표적이 아물거렸다. 눈을 힘껏 감았다가 다시 뜨면서, 정관수술을 받을 것을 그랬다고 후회했다. 그러나 생긴 대로 모두 낳으라고 하신 할아버지의 당부를 떠올리면서 이를 물었다. 조준을 하고 방아쇠를 당겼다. 사격을 다 하고 났을 때 그의 표적에는 탄착이 한 개도 없었다. 여덟 발을 모두 남의 표적에다 쏜 것이었다.

나비 꿈과 무지개 꿈

어느 날 아침 아내가 나비 꿈 이야기를 했다. 커다란 백합꽃 한 송이가 되어 있는데, 비둘기만한 호랑나비가 팔랑팔랑 날아와서 꽃잎에 앉았다는 것이다. 그런 지 얼마 있지 않아 입덧을 했다. 그게 멈추었을 무렵, 아내는 김을 매다가 밭둑에 자생한 산딸기나무에서 새콤달콤한 산딸기를 따먹었다.

아내의 산딸기 따먹는 모습이 안타까워 그는 호미를 던져버리고 산기슭으로 산딸기를 따러 갔다. 산중턱 골짜기에 산딸기나무 숲이 있었다. 가시에 찔리면서 두 호주머니에 한가득 산딸기를 따가지고 오자 아내는 새콤달콤하고 오돌토돌한 그것들을 혼자서 다 먹었다. 그날 밤, 그가 이상한 꿈을 꾸었다.

세상이 시퍼런 물에 잠겼는데, 그 찰랑거리는 물에서 아내와 함께 헤엄을 쳐 다녔다. 한동안 헤엄을 치다가 보니 눈앞에 무지개가 섰다. 그 무지개가 시퍼런 물을 빨아올렸다. 그 물속으로 빨려들어가는 아내를 붙잡으려다가 깜짝 놀라 깨었다.

허무

밤이 깊어가고 있었다. 자동차 지나가는 소리도 끊기고, 형광등의 미세한 떨림 소리가 모텔 방안을 울렸다. 아버지 김오현은 맥주 한 모금을 마시고 나서 말했다.

"지금도 기억이 생생하다. 일남이가 광주에서 제일 좋다는 고등학교에 진학한 이학년 되는 해의 이른 봄에 늬 엄마가 애를 낳았는데 그 아이가 너 칠남이다."

칠남은 가슴속 어딘가에서 귀뚜라미 소리가 들리는 듯싶었다. 그 소리가 숙명을 생각하게 했고, 그는 '아!' 하고 속으로 탄성을 질렀다. 깊이와 넓이와 높이를 알 수 없는 허무가 그의 가슴과 의식을 옥죄었다. 그 허무의 밑바닥에서 아버지와 어머니가 그를 잉태할 때 꾸었다는 태몽과 어머니가 그를 잉태하고 나서 밭둑에서 따먹었다는 새콤달콤한 산딸기의 모양새가 고개를 쳐들었다. 한 사람의 운명은 그를 둘러싸고 있는 하늘의 기운과 땅의 질서가 만드는 것일지도 모른다고 칠남은 생각했다.

어머니가 밭두둑에서 새콤달콤한 산딸기를 따먹는 것을 보고, 아버지가 산골짜기를 더듬고 다니며 산딸기를 따다가 주었다는 이야기, 무지개를 타고 하늘로 날아올라갔다는 꿈 이야기가 가벼운 어지럼증을 일어나게 했다. 나는 태어날 때부터 식물성 아나키스트로 성장할 운명, 자연 친화적으로 살라는 운명이 지워졌는지도 모른다. 그것은 숙명이다. 어머니가 나를 잉태하기 직전에, 아버지가 만일 예비군훈련을 받으러 가서, 한여름 뙤약볕 아래서의 힘든 사격훈련을 면

152

제해준다는 유혹 때문에 정관수술을 받았다면 나는 이 세상에 태어나지 않았을 터이다. 아버지가 그 유혹을 뿌리친 것은 할아버지(나의 증조부)의 유언, 낳을 수 있는 한 한없이 낳으라는 당부 때문이었다. 그렇다면 내가 이 세상에 나오게 된 것은 증조부의 의지에 인한 것이다. 증조부의 정신적인 외상으로 인한 결핍과 아버지의 결핍이 나를 태어나게 한 것이다.

아버지는 다시 맥주 한 잔을 들이켰다. 칠남은 아버지 앞에 무릎을 꿇고 앉은 채 고개를 숙이고 말했다.

"고맙습니다. 아버지."

아버지는 이야기를 계속했다.

법대 합격

일남이가 졸업을 하고 서울에서 최고로 좋다는 대학의 법과에 들어간 해 봄에, 아내는 아기를 가졌다. 아내가 토마토를 먹고 싶어했으므로 그는 또 자전거를 타고 읍내 상설시장으로 가서 그것을 사가지고 왔다. 이제 할아버지가 소망했던 대로 그들 부부는 열 자식을 꽉 채우게 되었다.

더구나 장남인 일남이는 거기에 합격하기만 하면, 판검사가 따놓은 당상이라고 하는 대학의 법학과에 들어갔다. 그것도 장학금을 받고 들어갔다. 그 소식을 듣자마자, 그는 배가 부르기 시작한 아내를 얼싸안고 모둠발로 뛰면서 "할아버지, 우리 일남이가 판검사 되는 대학에 들어갔답니다" 하고 먼 허공을 쳐다보며 소리쳤다.

다음날 그는 돼지 한 마리를 잡고 막걸리 두 말을 받아다놓고 동네 잔치를 벌였다. 최씨들은 속이 쓰라리겠지만 마을 사람들과 함께 몰려와서 그의 손을 잡아 흔들며 축하를 해주었다.

"개천에서 용이 났네!"

"우리 유치면 학산마을 자랑이네!"

"장흥군 자랑이라고!"

"전라남도, 아니, 대한민국의 자랑이구만!"

그는 마을 사람들이 권하는 술을 고주망태가 되도록 마시고 아내를 끌어안고 춤을 추기도 하고 엉엉 울기도 했다. 그해 겨울 아내는 몸을 풀었는데, 그 아이한테는 팔남이란 이름을 붙여주었다.

두 해 전에 서울로 이사 간 손위 처남이 찾아와서 닭을 잡아 대접했는데, 처남은 그날 밤 아내와 그를 앞에 앉혀놓고 찾아온 사연을 이야기했다. 그동안 열심히 벌어서 힘에 벅찬 집을 샀는데, 돈이 부족하다고, 논 두 마지기값만 빌려달라고 했다. 아내는 돌아앉아 자기는 모르겠다고 당신 알아서 하라고 말했다. 처남이 말했다. "농협에서 전답을 담보로 대출을 좀 받아주소. 손을 벌릴 데라고는 매제밖에는 없네. 넉넉잡고 이 년 안에는 갚아줌세." 그는 하릴없이 다음날 농협에 가서 노루배미와 원통배미를 담보로 하고 돈을 빼내주었다.

열한번째 자식

일남이가 대학 이학년이 되던 해 봄 제사를 지내고 난 뒤에 아내는 또 태기가 있었다. 이번 아기의 경우에는 아내가 아무것도 먹고 싶어 하지 않았다. 장독대에서 시디신 총각김치만 내다가 식은밥에 얹어 먹곤 했다. 여름부터 몸이 무거워지기 시작한 아내는 "낳으면 누구한테 주어버립시다" 하고 멋쩍은 목소리로 말했다. 피임을 한다고 했는데, 실수하여 가진 아기였다. 오현은 말했다. "우리가 키우기 싫어한 애를 누가 키워준단 말이오? 그냥 엎어버립시다." 그는 '그냥 엎어버립시다'라고 아무렇지도 않게 말을 한 스스로에게 나쁜 놈이라고 욕했다. 엎어버린다는 것은 살인을 하겠다는 것이다. 극단적인 생각을 하지 않으면 안 될 만큼 그는 아들딸들 키우고 가르치기에 지쳐 있었다. 지쳐 있는 것을 감안한다 할지라도 그의 생각과 말은 스스로도 용서할 수 없었다. 이후 그는 자책감으로 인해, 아내의 불러가는 배를 똑바로 바라볼 수 없었다. 뱃속에 들어 있는 아기에게 늘 죄스러웠다. 혹시 그의 말이 저주가 되어 뱃속의 아기가 잘못되지 않을까 걱정이 되었다.

이듬해 이른 봄 매화꽃이 필 무렵에 아내는 몸을 풀었다. 이때 아내는 지씨 아주머니를 부르지 않았다. 무슨 일인가를 결행하려는 으스스한 분위기를 만들고 있었다. 그에게도 방에 들어오지 말라고 했는데 그는 기어이 들어갔다. 아내는 비명소리 한 번 지르지 않고 이를 악문 채 아기를 낳았는데, 받아놓고 보니 딸이었다. 그 아이한테는 할아버지의 지시에 따라 '삼순'이라는 이름을 붙여주어야 했다.

그때 그의 집안에는 아이들이 우글거렸다. 아이들을 제대로 학교에 보내지도 못하고 있었다. 이남이는 중학교만 마치고 농사일을 하다가 자원해서 부사관학교에 갔고, 일순이는 초등학교만 마치고 농사일을 도우면서 동생들 뒷바라지를 했다. 그들 둘이가 동생들 때문에 희생된 셈이었다.

삼남이부터는 억지를 써서 중학교에 보냈다. 중학생인 삼남이와 사남이, 초등학생인 오남이, 육남이, 이순이, 그리고 아직 어린 칠남이, 팔남이. 사랑방에서는 아이들이 우당탕거리고 통탕거리며 뛰어놀고, 소리지르고, 깔깔거리고, 서로를 밀어뜨리고 올라타고, 보듬고 뒹굴었다. 가끔, 어느 놈이 어떤 놈을 때렸거나 다치게 했는지 으앙 하고 울어댔다. 그것들도 많은데 거기에 하나를 더 보태야 하니 기막힐 노릇이었다. 아내가 고개를 양옆으로 젓고, 눈물 흘리며 말했다. "어디 자식 귀한 집 알아봐서 갖다가 주어버립시다."

아내는 아기를 포대기에 둘둘 말아서 윗목 구석 쪽에 놓아두었다. 그는 밖으로 나가서 닭 한 마리를 잡으며 생각했다. 가져다주다니 누구한테 줄 것인가. 처녀티가 완연한 일순이는 미역국을 끓일 차비를 하고 있었다. 그는 닭고기를 썰어 일순이에게 주면서 미역국에 넣으라고 했다.

아궁이에 불을 지피는데, 번뜩 고등학교 적의 친구 하나가 생각났다. 늘 일등이나 이등을 하곤 하던 그 친구는 광주의 한 대학교 교수로 있는데 아직껏 아기를 생산하지 못하고 있다는 소문이 있었다. 아내가 난소암 치료를 받은 뒤 임신을 하지 못한다는 것이었다. 그 친구는 그의 아들 일남이가 법과대학에 합격했다는 소식을 듣고 축하 편지를 보내왔었다. 그 편지를 찾아 주소를 보았다. 광주 중흥동의 푸른 마을아파트 2동 301호였다.

'아기를 싸가지고 가서 그 친구의 아파트 현관문 앞에 놓아주자고 아내와 의논을 하자. 목욕을 시키고, 예쁜 옷을 사서 입혀가지고 생일 생시만 적은 쪽지를 넣어가지고 데려다주자.' 그 생각을 하고 방안으로 들어갔는데, 아내가 포대기로 둘둘 말아 버려둔 아기를 안고 젖을 물리고 있었다.

"그래, 젖이나 많이 먹여놓으시오" 하고 나서 그는 한숨을 쉬었다. 잠시 후, 목소리를 가다듬고, "오늘 오후에 광주 가는 막차 타고, 이 아기 데리고 가서, 아직 아기 못 낳고 있는 친구의 아파트 현관문 앞에 몰래 놓고 올라요" 하고 말했다.

아내는 눈물을 흘렸다. 그 눈물이 아기의 포대기로 떨어졌다. 아내는 도리질을 하고 나서 울면서 말했다.

"아니라우. 죽으나 사나 내가 키울라우. 이 애기 좀 보시오. 보면 볼수록 야무지고 복이 많게 생겼어라우. 코 오똑하고, 이마 훤하고, 입도 크고, 모가지도 질룩하게 길고, 사지도 토실토실하고, 손발도 크고…… 이 아까운 것을 누구한테 줘라우? 내가 죽으나 사나 키울라요."

고개를 숙인 채 아기를 들여다보는 아내와 젖을 빨고 있는 갓난아기를 내려다보는데 가슴이 쓰라리면서 뜨거워졌다. 아내에게서 모성의 외경스러움이 느껴졌다. 다산성에다가, 자식을 낳고 키우려 하는 생명력에다가, 지치지 않는 끈질김에다가…… 거기 비하면 자기라는 인간은 비굴하고 무책임하고 야비하고 무식하고 잔인하고 천박스럽게 느껴졌다. 아내와 아기를 똑바로 보기가 부끄러웠다. 공부에 한번 집착을 하면 밥 먹을 줄도 모르고 책을 파고드는 일남이의 열성과 끈질김도 제 어미를 닮은 것이라고 그는 생각했다. 그때 아내가 말했다.

"목욕물이나 좀 데워다주시오."

그는 부엌으로 가서 솥에 물을 붓고 데우기 시작했다. 야울야울 타는 아궁이의 불을 보며, 천박한 나는 저 아내의 복으로 산다, 하고 오현은 중얼거렸다.

일남이의 입대

일남이에게서 자원입대하기로 했다는 편지가 날아왔다. 제대한 다음 복학을 하고 나서 고시를 치르겠다는 것이었다. 오현은 불안하고 조마조마했고 깊은 잠을 잘 수 없었다. 일남이가 군대생활을 하는 동안, 잘 돌아가는 머리에 녹이 슬면 어떻게 할까. 만일, 혹심한 고난도의 훈련중에 머리를 다치면 어찌할까. 어느 모진 선임병한테 빳다를 맞고 허리라도 다치면 어찌할까. 군대에 가지 않고 사학년을 내리 다니면서 공부를 하여 고시를 보면 즉각 합격을 할 것인데…… 그러면 법무관으로 입대를 하여 손쉽게 군대생활을 마칠 수 있을 터인데…… 그와 아내는 안타까움 속에서 나날을 보냈다. 제발 남들이 줄줄이 맞는 빳다 한 번도 맞지 않고, 혹독한 기합도 안 받고 아무 탈 없이 제대하기를 기원했다.

자다가 문득 깨어 옆자리를 더듬어보면 아내가 없었다. 문을 열고 나가보면, 어둠에 묻힌 장독대 앞에서 아내가 허리와 머리를 굽히고 비손을 하고 있었다. 장독대 위에는 정화수 두 그릇이 놓여 있었다. 하늘에는 별들이 총총했다. 저렇게 비손을 하면 칠성님이 우리 일남이의 일신을 보살펴줄까. 이남이가 부사관학교에 갔을 때는 정화수를 떠놓고 빌지 않았었다. 아내도 가책이 되었는지 묻지 않는 말을 했다.

"나, 새벽이면 정화수 두 그릇씩을 떠놓고 빌어라우. 하나는 일남이 것, 또하나는 이남이 것."

일남이가 입대를 한 날부터 세월은 더디 갔다. 그들 부부는 부지런히 농사일을 하면서, 여타의 자식들을 키우고 학교에 보냈다. 그들 부부를 도와주는 것은 일순이었다. 일순이는 새각시 시절의 제 어머니를 닮아 키가 헌칠하고 얼굴이 갸름하고 희고 탐스러웠다. 일순이는 제 어머니가 들일을 하면 동생들을 돌보았다.

늦은 가을 들면서 일순이한테 바람이 들었다. 아내가 장독대에서 비손을 하고 금방 들어왔는데, 사랑방 문 열리는 소리가 들렸다. 안방 문 앞으로 발소리가 다가오더니, 일순이의 목소리가 날아들었다.

"어무니, 나 일하러 가네. 찾지 마소." 동시에 발소리가 사립 쪽으로 멀어져갔다. 아내가 "아니, 너 어디를 간다고 그러냐!" 하며 문을 박차고 사립 밖으로 달려나갔다가 한참 만에 들어오더니 툇마루에 걸터앉으면서 "이것이 뭔 일이라요?" 하고 탄식을 했다.

그가 무슨 일이냐고 물으니, 아내가 대답했다. "농사 겨우 한두 마지기밖에 없는 아낙들하고 함께 삯일을 간다고 갔어라우."

"어디 무슨 삯일?" 그가 묻자, 아내가 한숨 어린 목소리로 대답했다. "안양, 회천 쪽파밭으로 간다고 하요. 트럭을 타고 가구만이라우."

가을 수확은 거의 끝났으므로 일순이의 손이 그렇게 아쉬울 것은 없었다. 아직 어린것이 삯일을 간다니 안쓰러웠다.

일순이는 그날 땅거미가 내릴 무렵에 왔다가 이튿날 새벽녘에 다시 나갔다. 하루에 얼마씩 받기로 했느냐니까 일순이가 말했다.

"다들 삼천원씩 받는디 나는 곱으로 받어. 아무한테도 이 말 하면 안 돼라우." 쪽파 장사를 하는 남자가 일남이의 친구인데, 삯일꾼들을 열 사람만 불러 대주면 자기에게 그렇게 삯을 곱으로 쳐준다는 것이었다.

일주일째 되는 날 밤 늦게 들어온 일순이는 작업복을 벗어놓고 우물물을 길어 씻으면서 제 어머니에게 말했다. "그 오빠, 돈 버는 것을 본께 땅 짚고 헤엄치기여. 쪽파를 서울 상회로 실어 보내면 돈이 그 오빠 농협 통장으로 들어온다네. 안양, 율산, 신촌, 회천 사람들이 늦은 여름에 쪽파를 막 심어놓으면 그 오빠가 밭떼기로 사버리는 것이여. 그래 갖고 서울에서 김장이 시작되면, 사람들을 데려다가 삯 주고 뽑아서 실어 보내. 율산, 신촌, 회천 파가 전국에서 제일 부드럽고 좋다네. 작년에도 천만원 벌었다는디 금년에는 한 천오백쯤은 벌 것이랑만."

일순이는 푸푸 하고 세수를 하면서 말했다.

"초여름에는 또 감자 장사를 하는디 작년에도 재미 봤다고 하데. 길속을 알아가지고 나도 독자적으로 한번 해볼까 어쩔까 생각중이여…… 눈치를 보니께, 그 오빠도 처음에는 밑천 겨우 오백 가지고 시작한 모양이드라고."

다음해 늦은 봄에는 감자 캐는 삯일을 하러 다니고, 가을 김장철 들어서는 쪽파 캐는 작업을 하러 다니고 난 다음부터 일순이는 전과 달리 매를 보았다. 청바지를 입고, 뾰족 구두를 신고, 젖가슴이 튀어나오는 블라우스를 입고 그 위에 청점퍼를 걸치고, 생머리를 치렁치렁 길게 늘어뜨리고, 화장을 진하게 했다.

어느 날 읍내에 나간 일순이가 웬 청년하고 함께 왔다. 일순이는 그 청년을 일남이의 친구 윤영철이라고 소개했다. 쪽파 장사, 감자 장사를 하는 청년인 모양이라고 생각하며 고개를 끄덕거려주었는데, 윤영철이 방으로 들어가 차분하게 인사를 올리고 드릴 말씀이 있다고 말했다. 윤영철은 아랫목에 앉은 그와 아내에게 큰절을 한 다음 무릎을 꿇고 앉아서 말했다.

"아버지 어머님, 저 일순이하고 결혼하고 싶습니다. 허락해주십시오. 저 일남이하고 아주 친한 친구입니다. 일남이가 고시에 합격하는 날까지 뒷바라지를 제가 힘껏 하겠습니다. 일순이하고 결혼을 하면 일순이가 제 사업을 잘 도와줄 것 같습니다. 저 꿈이 원대합니다. 안양 쪽파뿐 아니라, 남해 마늘, 무안 양파도 손을 대보고 그럴 참이구만이라우…… 믿고 허락을 해주십시오."

오현은 아내와 눈을 맞추었다. 아내는 그를 향해 말했다.

"저는 모르겠소…… 당신이 알아서 하시오."

그는 일순에게 물었다. "너도 윤군이 좋으냐?"

일순이는 한동안 입을 굳게 다물고 있다가 말했다.

"영철이 오빠가 하도 좋다고 해싸니께, 일단 한번 믿어보기로 했어라우."

그는 윤영철에게 물었다. "느그 집 어른들은 우리 일순이를 합당해하시냐?"

윤영철이 말했다. "저한테는 어머니만 계셔요. 일순이가 제 중학교 때 늘 일등만 하던 친구 일남이 동생이라니까 무조건 좋다고 하셨어라우."

천리 밖의 일남이가 일순이의 튼튼한 배경 노릇을 하고 있다 싶으니 가슴이 뻐근했다. 그것은 당연한 일이다 싶었다. 지금 영철이가 일순이하고 결혼을 한다면 장차 판사나 검사를 처남으로 두게 되는 것이니까.

"그래, 알았으니 돌아가 있어라. 가족회의를 해서 일순이를 통해 답을 말해주마."

그날 밤, 그와 아내는 일순이의 남자 윤영철에 대하여 긍정적인 쪽으로 의논을 했다. 말이나 몸놀림이 약간 가벼운 것 같기는 하지만, 눈망울 반짝거리는 것을 보니까 제 아내 굶기지 않고 잘살아갈 듯싶었다. 그는 아내에게 말했다.

"저렇게 좋아죽고 못 사는 놈이라야 처가에서 많은 것을 바라지 않을 것 아니요? 새끼들 우글거리고, 일남이가 제대하면 뒷바라지하기에 힘이 들 터인데, 혼수를 어떻게 넉넉히 해줄 수 있겠소?" 아내는 자기 생각도 그렇다고 맞장구를 쳤다.

일순이는 그해 늦은 가을 들어 외박을 거듭했고, 읍내에다 방을 하나 얻어 살림을 차려버렸다. 아비 어미에게 돈 한푼 달라고 하지 않았다. 살림살이는 자기들끼리 장만하는 눈치였다. 윤영철과 일순이는 함께 와서 말했다. "저희들 형편이 트이면 결혼식을 보아란듯이 올리겠습니다."

금시계

겨울에 제대하고 집에 돌아온 일남이가 복학을 하겠다고 집에 있는 돈, 농협에서 대출받은 돈을 가지고 서울로 가고 난 어느 봄날 점심때가 훨씬 지났는데, 일순이가 집에 왔다. 만개한 벚꽃들이 산을 허옇게 분칠하고 있었고, 비둘기가 감나무에 앉아서 음산한 목소리로 울었다.

일순이의 표정과 태도가 비둘기 울음소리처럼 어둡고 어수룩했다. 윤영철과의 사이에 무슨 일이 있었는지, 그늘 드리운 얼굴이 까칠했고, 머리털과 흰 운동화에 보얀 먼지가 앉아 있었다. 아내가 놀라 웬일로 이렇게 왔느냐고 물었다. 아내는 근래에 들어, 문득, 옷 한 벌 해주지 않고 그냥 윤영철에게 떠넘기다시피 해버린 일순이가 무슨 일인가 못 살고 쫓겨 올까 걱정이 된다고 말하곤 했었다.

"사위한테 양복도 한 벌 해주고, 내가 가서 살림살이도 장만해주고 이불도 한 채 해주고 결혼식도 올려주고 그랬어야 하는디…… 우리가 일순이한테 너무했어라우. 의붓자식도 아닌디…… 여자는 친정에서 웬만치는 해주어야 기죽지 않고 사는 법인디……"

일순이는 어두운 얼굴을 일그러뜨리고 어색하게 웃으면서 제 어미에게 퉁명스럽게 말했다.

"배고프네, 밥 좀 주소."

아내는 부엌으로 들어가며 일순이에게 물었다.

"너 읍내에서 여그까지 걸어서 왔냐? 버스 탈 돈도 없어서?"

일순이는 헝클어진 머리칼들을 뒤통수로 넘겨 고무줄로 묶으면서 대수롭지 않게 말했다.

"그냥 천천히 꽃구경함서 왔어."

아내가 다그쳤다.

"윤서방하고 싸웠냐?"

일순이가 침을 뱉고 나서 볼멘소리를 했다.

"상관 말어…… 그냥 하는 짓거리가 맘에 안 들어서 한바탕하고 나왔어."

그가 물었다. "왜, 영철이가 한눈파냐?"

일순이가 말했다. "아부지 어무니는 모른 척하시오."

아내가 점심을 차려주자 일순이는 달게 먹고 나더니 "나 갈라우" 하고 일어섰다. 오현과 아내는 말리지 않았다. 부부가 서로 싸우고 틀어졌다면 얼른 다시 만나, 어떤 모양새로든지 화해를 해야 하는 것이다. 아내는 안타까워하면서 큰 소리로 일순이의 뒤통수를 향해 "너무 고집 심하게 부리지 말고, 윤서방이 하자는 대로 하면서 고분고분 잘살아라. 부부는 한사코 금슬이 좋아야 하는 법이다" 하고 쏘아붙였다.

오현이 "차비 없으면 주리야?" 하고 물었지만, 일순이는 "돈 많이 있어라우" 하고, 고개를 숙인 채 사립 쪽으로 여남은 발짝 걸어가더니 팩 돌아서면서 내뱉듯이 말했다.

"영철이 그 자식, 너무 철이 없어서 기가 막혀라우…… 이런저런 친구들하고 비교를 하면서, 아무리 자기가 도둑장가를 든 것같이 살지라도 최소한 금시계 하나하고, 구두 한 켤레하고 양복 한 벌은 해주어야 하지 않느냐고 타박을…… 사실은 그래서 싸웠어라우."

순간 오현은 모든 피가 머리로 몰려드는 듯싶었다. 아무리 딴 솥밥을 먹고 사는 사위라도, 처가의 형편을 몰라주어도 너무 몰라준다 싶었다. 고시를 앞두고 있는 일남이가 복학을 하겠다고, 집안에 있는 돈 모두 긁어모으고, 농협에서 대출까지 받아서 가지고 갔는데, 무슨 돈으로 금시계, 구두, 양복을 해줄 것인가. 그는 일순이를 향해 소리쳐 말했다.

"장사하고 사는 놈이 금시계는 무슨 금시계라냐! 그리고 구두는 원래 남편한테는 절대로 안 해주는 법이여. 구두를 사주면 그 구두 신고 본처를 발길로 툭 차버리고 딴 여자한테 가는 것인께. 또 양복은 무슨 양복? 트럭 몰고 다니면서 장사하는 놈이 양복 입고 네코타이 차고 다니겠다는 것이냐? 그런 싸가지 없는 자식! 까불지 말라고 그래! 느그 오빠 판검사가 되면 그 자식 본처 박대한 죄로 잡어다가 감옥에 처넣어버리라고 할란께."

일순이는 섣부르게 뺀 말의 본전도 못 찾은 채 몸을 팩 돌려 사립 밖으로 나갔다. 아내가 붙잡으려고 달려갔다가 잡지 못하고 돌아와 툇마루에 앉으면서 한숨 어린 목소리로 말했다.

"그 아이 눈물을 훔치면서 달려가다가 뒤에서 버스가 온께 그것을 타고 가버립디다…… 조리 장사 체곗돈을 내서라도 즈그 서방

양복 한 벌하고 시계 하나 사줄 것인디…… 아무래도 우리가 잘못 했어라우."

고시촌

일남에게서, 고시촌으로 들어갔다는 편지가 왔다. 고시촌의 아주머니가 숙식을 자상하게 돌보아주므로 고시촌 분위기가 조용하고 편안하다는 사연, 많은 동생들을 키우고 가르치는 어머니 아버지가 힘들게 뒷바라지하는 것이 안타깝다고, 하루빨리 끝장을 보고 싶다는 사연이 담겨 있었다.

일남이가 고시촌에서 제대로 머리를 싸매고 들어앉은 것이니, 이제는 합격 통지가 날아오는 날을 기다리기만 하면 되는 것이라고 오현은 생각했다.

고시에서 낙방하고 방황하다가 죽은 최학수 따위의 둔재와 일남이는 다르다고 오현은 생각했다. 하늘에서 쏟아지는 꽃송이를 아내가 치마로 받는 태몽을 할아버지가 꾸었고, 이때껏 줄곧 일등만 한 아이니까, 그 시험을 보기만 하면 대번에 합격을 할 터이다.

아내는 일남이한테서 편지가 날아든 뒷날부터 꼭두새벽에 정화수를 떠놓고 비손을 할 뿐만 아니라, 들일을 부지런히 해놓고는 해저물녘에 보림사로 달려가서 대웅전의 부처님께 백팔배를 하고 오곤 했다.

오현은 날이 어두워지면 유치초등학교 모퉁이를 돌아 보림사 쪽 골짜기 길로 아내 마중을 갔다. 어두움에 싸인 외틀어진 산모퉁이 저쪽

166

의 협곡으로 뚫린 길을 향해 "일남아!" 하고 불렀다. '여보'라는 호칭이나, 아내의 이름 '영애' 대신으로 왜 '일남아!'라고 부르는가. 일남이라는 말은 아내의 호칭이 되어 있었고, 그것은 그와 아내의 두 가슴에 걸쳐진 영혼 교감의 신경줄이었다. 일남이라는 말속에 신령스러운 힘이 들어 있었다. 그 이름으로 인해 그 어떤 산도깨비나 잡귀신이나 짐승도 아내와 그를 침범하지 못하리라고 생각했다.

"일남아" 하고 부르는 그의 목소리가 이 산골짜기 저 산골짜기에서 메아리로 울렸다. "일남아아." 어두운 보라색의 밤하늘에는 푸른 별, 붉은 별, 노란 별 들이 총총했다. 그 별들이 검게 물든 이 나뭇가지에서 저 나뭇가지로 건너뛰었다. 한참을 가자 아내의 대답 소리가 산모퉁이를 돌아왔다. 아내의 대답도 '일남아'였다. 그는 목청을 더 높여 "일남아" 하고 외쳤다. 아내도 마찬가지로 가느다란 목소리로 "일남아" 하고 맞받았다. 그와 아내가 외치는 '일남아'라는 부름이 보림사가 들어앉아 있는 가지산 등성이와 골짜기들을 흔들어댔다. 그와 아내는 별빛이 희미하게 어룽거리는 컴컴한 어둠 속에서 '일남아'를 부르면서 마주쳤다. 그와 아내는 탐진강의 작은 지류의 여울목 가장자리에서 만나 서로의 손을 힘주어 잡고 집으로 돌아왔다. 아내는 말했다.

"오늘 부처님 앞에 절을 하는디, 머릿속에 금빛 찬란한 두루마기를 입고 금관을 쓴 우리 일남이 모습이 눈에 보였어라우."

그는 아내를 얼싸안으면서 소리쳐 말했다.

"아이고, 이번에 우리 일남이 틀림없이 합격을 할란갑소!"

아내가 맞장구를 쳤다.

"틀림없을 것이오! 우리 일남이 합격했다는 소식이 오면 나 우리 사립문에다가 국기를 달 것이오. 높다란 작대기 끝에다가 국기를 매달 것이오. 작대기는 진즉 구해놨어라우."

마당으로 들어서는데 아이들의 울음소리가 집안에 가득차 있었다. 부엌에는 전등불이 켜져 있는데 깜깜한 어둠 들어찬 사랑방에서 아이들이 울고 있었다. 오남이와 육남이는 아이들의 울음소리에 아랑곳하지 않고, 부엌 전등불 빛 아래서 밥을 짓고 있었다.

그는 사랑방으로 달려들어갔다. 칠남이, 팔남이, 막내 삼순이가 깜깜한 사랑방 안에서 서로를 끌어안은 채 울고 있었고, 초등학교 사학년생인 이순이가 그 아이들에게 울지 말라고 소리쳐 달래고 있었다. 어린 삼순이와 팔남이보다, 칠남이가 더 슬프게 눈물을 훔치며 울었다.

그는 사랑방 안으로 들어가 우는 세 아이를 크게 벌린 두 팔로 한아름에 보듬고 달랬다. "우지 마, 우지 마!" 하고 달래도 아이들은 더큰 소리로 울었다. 그는 서둘러 촉이 떨어진 전등알을 갈아끼우고 불을 밝혔다. 방안이 환해졌을 때에야 아이들은 울음을 그쳤다.

아내는 부엌으로 들어가, 오남이와 육남이를 방으로 들여보내고 밥을 짓고 멸치 넣은 시래기된장국을 끓여 밥을 차려냈다. 그는 울음을 그친 세 아이를 데리고 안방으로 건너가서 저녁밥을 먹였다.

울음으로 인해 지친 칠남이, 팔남이, 삼순이는 밥을 먹고 나서 곧 잠에 떨어졌다. 오남이와 육남이는 사랑방으로 보냈다. 자전거 끄는 소리가 들렸다. 삼남이와 사남이가 학교에서 돌아온 것이었다. 아내는 그 두 아이에게 밥을 먹였고, 그들은 숟가락을 놓자마자 사랑방으로 건너갔다.

힘들게 들일을 한 다음 보림사까지 먼길을 걸어가서 부처님께 천배를 하고 온 아내도 곧 깊은 잠에 빠져들었다. 그는 잠든 아내의 얼굴과 아이들의 천진한 얼굴을 한동안 내려다보다가 자리에 누웠다. 지빠귀가 울었다. 어린 시절 귀신의 우는 소리라던 지빠귀는 감나무 주변에 와서 울다가 뒷산 기슭으로 사라졌다. 누구의 혼령엔가 씐 지빠귀가 무슨 뜻인가를 전해주러 왔다가 돌아가는 듯싶었다. 할아버지나 할머니나 아버지나 어머니의 혼령이 다녀가신 것 아닐까.

살아 있는 어둠

아버지 김오현은 줄곧 이야기를 하고, 아들 김칠남은 그것을 하나도 놓치지 않고 듣고 있었다. 아버지가 잠시 말을 끊고 술로 목을 축였다. 밤이 깊었다. 형광등이 미세하게 떠는 소리만 들렸다.

김칠남도 술 한 모금을 마셨다. 빈 술잔을 쟁반 위에 놓으면서 칠남은 결핍을 생각했다. 어린 시절부터 늘 결핍의 암울한 그늘 속에 들어 있곤 했다. 아버지나 어머니가 큰형을 닭들 가운데 봉처럼 생각하고, 자기보다는 손아래인 팔남이와 막내딸 삼순이를 더 사랑했다고 칠남은 생각했다. 막내인 삼순이는 여섯 살 때까지 어머니의 젖을 먹었다. 칠남은 어머니의 젖을 두 손으로 감싸고 먹는 삼순이가 미웠다. 그리고 어머니의 모든 것은 밤이면 아버지의 차지였다. 밤에 그는 어머니가 아버지의 품에 안긴 채 자는 것을 본 적이 있었다.

칠남에게 있어, 사랑방은 아버지와 어머니의 사랑으로부터 소외된 쓸쓸한 시간과 공간이었다. 막내인 삼순이가 태어나면서부터 그는 사랑방으로 쫓겨났다. 누님인 일순이, 이순이와 육남이, 오남이, 사남이와 한방을 썼다. 그 방은 늘 딱딱하고 건조하고 썰렁했다. 아버지와 어머니는 누나와 형들과 함께 공부를 해야 한다는 이유로 늘 그를 사랑방으로 밀어냈다.

그날 저녁에 칠남이는 사랑방에서 팔남이와 삼순이와 함께 어머니 아버지를 기다리고 있었다. 어머니 아버지가 없자 팔남이와 삼순이가 사랑방으로 건너온 것이었다. 셋은 공기놀이를 했다. 배가 고팠는데 어머니와 아버지는 돌아오지 않았고, 천장의 전등불은 순간적으로 작아지다가 까무룩 꺼져버렸다. 방안에는 새까만 어둠이 가득찼다. 그 어둠은 살아 있는 것이었고, 그의 목과 몸통과 얼굴에 뚫려 있는 눈, 귀, 코, 입을 호라매고 있었다. 사랑방은 끝없이 드넓은 허공 한가운데 외롭게 동떨어진 섬 같았고, 거기에는 알 수 없는 헛것들이 춤을 추고 있었다. 어둠은 어쩌면 그 헛것들이 만드는 것이었다. 그들은 어머니와 아버지가 없는 틈을 타서 사랑방을 더욱 멀리 동떨어지게 만들고 있었고, 그 속에 옹송그리고 있는 그들을 공격하고 있었다. 어둠이 그의 몸안으로 기어들어와서 내장을 갉아먹고 있었다. 그의 내부는 허공 같은 구덩이가 되고 있었다. 생채기처럼 아픈 공간이었다. 그의 몸뚱이는 가뭇없이 소멸될 것 같았다.

아버지와 어머니가 모시곤 하는 제사를 떠올렸다. 제삿밥을 운감하기 위해 오는 귀신들을 생각했다. 아이들은 숲속의 어둠 속에서 휘휘

하고 들려오는 소리를 귀신이 울며 날아다니는 것이라고 했다. 그도 결국 이 세상에서 소멸되어 그 귀신들처럼 휘이휘이 하고 울면서 허공을 날아다니게 될 것 같았다.

그는 여느 때 눈에 보이는 세상 밖에 존재하는 알 수 없는 세상에 대한 두려움을 가지고 있었다. 그는 혼자가 되어 허공으로 사라지지 않기 위하여 팔남이와 삼순이를 보듬었는데 속에서 알 수 없는 울음이 흘러나왔다. 그의 속에 뚫려 있는 검은 구덩이가 울음을 만들고 있었다. 아버지가 들어와 불을 밝히고 달랬음에도 불구하고 그의 울음은 멈추어지지 않았다. 그 구덩이를 그는 이해할 수 없었다.

아버지가 물었다.

"그때, 팔남이, 삼순이보다 더 큰 네가 훨씬 더 설리 울더라. 내가 들어가서 전등불을 켜고 아무리 달래도 너는 울음을 그치지 않는 거야. 팔남이하고 삼순이는 그쳤는디…… 너는 왜 그렇게 울었더냐?"

칠남은 눈에 서리는 눈물을 훔쳤다. 그렇게 울었던 까닭을 구태여 설명한다면 아마 남자답지 못하게 잘 우는 성질을 가진 것일 터였다. 그의 영혼 속에 팬 구덩이, 이론적으로 말한다면 정신적인 결핍으로 인한 것일 터였다. 그것을 어떻게 한두 마디로 설명한다는 말인가. 그는 "모르겠어요" 하고 어색하게 웃으며 도리질을 했다.

아버지는 화장실에 다녀와서 맥주 한 잔을 들이켜고 침대에 윗몸을 기댄 채 말을 이었다.

절망

이듬해 초봄의 매화 만발한 날, 목을 빼 늘이고 기다리던 일남이의 편지 한 통이 날아왔다. "존경하고 사랑하는 아버지 어머니께"로 시작된 편지는 절망과 슬픔을 담뿍 담고 있었다. 2차 시험 합격자 발표가 있었는데 자기가 떨어졌다는 사연이었다.

아내는 두 손으로 얼굴을 가린 채 느껴 울었다. 오현은 온몸의 맥이 빠졌다. 눈앞에 새까만 장막 같은 것이 끼곤 했고, 문득 무력증이 밀려들곤 했다. 오현은 주막에서 막걸리 두 되를 들이켜고 들어왔다. 많이 울어서 눈이 퉁퉁 부은 아내가 밥상을 차려 들이고 앞에 앉아서 말했다.

"당신 없는 새에 곰곰이 생각을 해봤소. 원숭이도 나무에서 떨어진다고 하지 않든가요. 떨어진 지놈도 있는디 에미 애비가 먼저 이렇게 맥이 빠지고 죽을상이 되어서 쓰겠소? 그 자식은 아직 젊었고, 앞길이 구억만 리요. 다음번에는 틀림없이 1차 2차에 모두 철컥철컥 붙을 것이요. 우리는 돈만 달리지 않게, 농협에 가서 융자금을 더 내다가 넉넉하게 부쳐주고, 열심히 부처님이나 칠성님한테 기도만 합시다."

오현은 뜨거운 숨을 뿜어내고 밥을 우물거려 목구멍 너머로 삼켰다. 여덟 마지기 농사를 부지런히 지었고, 아내는 꼭두새벽녘이면 정화수 떠놓고 비손을 하고, 들일을 해놓고는 해저물녘에 보림사로 달려가서 천 배씩을 하고 깜깜해서 돌아오곤 했고, 그때마다 그는 마중을 나갔다. 그들 부부는, 깜깜한 어둠에 잠긴 가지산 자락을 주름잡으며 보림사 쪽으로 뚫린 골짜기 길을, "일남아" "일남아" 하고 서로를 향해 불렀다. 그는 '일남아'라는 메아리를 가슴에 담은 채, 어둠을 헤치고 나아가며 하늘의 별들을 쳐다보곤 했다. 별들의 색깔과 크기는 각기 달랐다. 크기가 주먹만한 별이 있는가 하면 먼지처럼 작은 별들이 있었다. 우리 일남이는 저 큰 별에 해당하는 사람이다, 하고 오현은 생각했다.

삼순이는 아직도 어리광을 하며 제 어머니의 젖을 빨곤 했다. 아내는 들일을 나갈 때 삼순이를 등에 업고 가곤 했다. 삼순이는 아내의 노리갯감이었다. 아내는 삼순이의 머리를 곱게 땋아주고, 한쪽에는 나비 리본, 다른 한쪽에는 꽃 리본을 달아주었다. 들에 나가면 꽃을 꺾어서 삼순이의 머리에 꽂아주었다.

농사는 해마다 시원치 않았고, 농사 밑천으로 들어가는 돈, 아이들에게 써야 할 돈이 늘 달렸다. 농협에서 가져다 쓴 빚돈은 연체를 물어야 했다. 살림살이가 어려울수록 그들 부부는 일남이의 합격 소식이 더욱 간절하게 기다려졌다.

일남이는 다시 2차 발표에서 낙방했다는 소식을 보내왔다. 그와 아내는 입을 다물었는데, 어찌된 영문인지 그 소문이 마을에 퍼졌다. 들에 나갔다가 들어오면서, 죽은 최학수의 악령이 일남이에게 붙은 것일지도 모른다는 생각이 들었다. 그날 밤 오현은 아내에게 악령의 저주에 대한 말을 했다. 아내가 고개를 끄덕거리면서 자기도 그런 생각이 들었다고, 다음날 대릿골의 무당한테 한번 가보겠다고 했다.

대릿골을 다녀온 아내가 말했다. "어째서 인제사 찾아왔느냐고 지

청구를 하구만이라우. 그 단골네 쪽집게여라우. 우리 일남이한테 썬 귀신들이 한둘이 아니랍디다. 큰굿을 한번 합시다. 조상님들 가운데 원통하게 죽어 구천을 떠도는 귀신들도 씻겨서 천도시켜야 하고, 우리를 저주하는 최씨네 집 악귀도 내쫓아야 해라우."

가을걷이가 다 끝난 다음 쌀 세 가마니를 주기로 하고 큰굿을 대릿골 무당에게 의뢰했다.

큰굿을 앞두고 그들 부부는 함께 읍장에 나가서 돼지머리와 각종 해물과 과일들을 샀다. 장의사에 가서 할머니와 아버지와 어머니의 명주 주검 옷과, 피어나지 못한 채 죽어간 네 형들의 주검 옷들도 샀다. 지씨네 아주머니를 불러서, 시루떡을 하고 생선을 굽고 전을 부치고 나무새들을 장만했고, 주막에서 막걸리를 두 말이나 받아 왔다.

무당들은 하루 낮과 밤 내내 씻김굿을 했다. 무당과 박수들은 처량한 시나위 가락으로 집안을 가득 채웠다. 징잡이, 장구잡이, 꽹과리잡이, 거문고잡이, 아쟁잡이, 젓대잡이 들이 연주하는 시나위 가락과 구음은 처량했다. 그 무당들의 음악 속에서 큰무당은 바리데기를 불러 모시고, 언월도를 휘둘러 무조신의 위엄을 보이고, 횃불을 켜들고 온 집안 구석구석을 돌면서 잡귀들을 내쫓았다. 끈질기게 붙어 있는 잡귀들에게는 잔 밥을 먹여 내쳤다. 원한에 싸여 죽어간 조상님들을 일일이 불러 한을 풀어주고 꽃으로 가득차 있는 극락세상으로 가시라고 천도를 해주었다. 가장 원한이 많은 귀신은 산에서 죽어간 아버지와 몽둥이에 맞아 죽은 할머니와 어머니와 용소에 수장된 그의 큰형, 작은형, 셋째형, 넷째형이었다. 그들은 아직도 구천을 떠돌면서 굶주림과 추위와 외로움에 떨고들 있었다. 큰무당은 귀신 하나하나를 불러 술과 밥을 대접하고 명주 주검 옷을 불살라주며 극락세상으로 천도해 드렸다.

할머니 신과 아버지 신과 어머니 신과 큰형 신, 작은형 신, 셋째형 신, 넷째형의 신은 큰무당의 입을 빌려, 그와 그의 아내를 향해 그동 안 맺혀 있는 원한을 토로하고, 앞으로 살아가는 것을 보살펴주겠다 고 말했다.

오현은 굿이 진행되는 동안 내내 밀려드는 슬픔을 주체할 수 없어, 두 손으로 얼굴을 가린 채 흐느껴 울었다. 할아버지 신은 무당의 입을 빌려, 신동으로 자라난 일남이의 앞길을 환히 열어줄 테니까 염려 말 고, 조용히 착하게만 부지런히 살라고 말했다. 큰무당은 시나위 가락 에 맞추어 춤을 추면서, 무릎을 꿇고 앉아 있는 그의 머리와 아내의 머리를 하얀 신태집으로 거듭 쓸어주었고, 그는 눈을 힘주어 감은 채 전율했다.

마지막으로 젊은 무당이 소름 끼치는 굿 하나를 했다. 징잡이가 짚 으로 만든 남자 형상의 허수아비 하나를 최학수네 집 쪽에다 세웠다. 신태집 속에 식칼을 감추어 들고 춤을 추다가 그 칼로 남자 형상을 한 허수아비의 가슴을 정통으로 찔렀다. 그것을 사립문 앞으로 가지고 가서 불에 태웠다. 사립 밖을 향해 정화수를 뿌리면서 소리쳐 말했다.

"횟세, 횟세에, 다 나가거라. 횟세, 허워이, 횟세, 허워이 다 나가거 라."

잠적

큰굿으로 인해, 이제 일남이의 앞길을 가로막는 악귀는 없어졌을 터이므로 오현의 마음은 가벼워졌다. 아내의 얼굴도 밝아졌다. 다음 번에 일남이가 고시를 본다면 여지없이 합격을 할 것이다. 그와 아내의 가슴은 무지개 같은 희망과 기대로 부풀어올랐다. 그는 아침 일찍 일어나 다음해의 농사 준비를 했다. 가을 논갈이를 하고, 소를 돌보았다. 아내도 전보다 더 부지런을 떨었다. 아이들을 씻기고 밥을 지어먹이고 학교에 보냈다. 그런 어느 날 일남에게서 눈앞을 캄캄하게 하는 편지가 날아왔다.

존경하고 사랑하는 아버지 어머니께 올립니다…… 이 불효자는 아버지, 어머니께 죄송한 말씀을 드리지 않을 수 없사옵니다. 많은 생각을 한 결과 사법고시를 그만 접기로 했사옵니다. 그동안 내내 술에 절어 살다가 문득, 저 하나를 바라보시는 아버지와 어머니와 동생들을 생각하고, 어제 한 절에 가서 삼천배를 했습니다. 고명한 스님을 만나서 상담을 했는데, 많은 지혜로운 말씀들을 들었습니다…… 아버지, 어머니, 열정을 가지고 살아가는 앞길이 구만리인 저의 앞에는 오직 한길만 있는 것이 아니고, 여러 길이 있을 수 있습니다. 저는 마음을 비우고, 길을 바꾸기로 마음먹었습니다. 앞으로 저는 제 갈 길을 갈 것이니, 당분간 저에 대한 근시안적인 기대를 접으시고, 저를 찾지 마시기 바랍니다. 앞으로는 저에게 돈을 부쳐주지 마십시오. 십 년 뒤든지 이십 년 뒤든지, 저는 기어이 판검사보다 더 화려한 저로 거

듭나도록 분투할 것입니다. 불효자 일남이가 무릎 꿇고 삼가 엎드려
절합니다.

  오현은 하늘이 무너지고 땅이 꺼진 듯싶었다. 끓어오르는 울화를
맨정신으로 주체할 수 없었다. 주막에 들어앉아 사흘 동안이나 거듭
술을 마시던 그는 문득 정신을 차렸다. 잠적한 일남이를 찾아가서 설
득하기로 했다. 아내에게 그의 뜻을 말하고, 사립을 나서는데 아내가
말했다.
  "일남이를 만나면 너무 무섭게 닦달하지 말고, 한사코 살살 달래서
데리고 오시오."
  주막집 주모와 지씨 아저씨에게서 돈을 꾸어 들고 버스를 탔다. 서
울에 도착하자마자 일남이가 들어 살던 고시촌을 찾아갔다. 얼굴 갸
름하고 몸매 호리호리하고 눈이 동그란 주인아주머니가 하숙방 문 앞
의 마루 한구석에 돌돌 말아놓은 이불 보따리를 가리키며, 그것이나
가지고 가라고 말했다. 일남이가 대관절 어디로 간다고 하더냐고 묻
자, 주인아주머니는 아버지인 당신이 모르는데, 남인 자기가 어찌 알
겠느냐고 고개를 저었다. 속절없이 이불 보따리를 어깨에 짊어지고
기차역으로 갔다. 흔들리는 객실 의자에 눈을 감은 채 앉아 있었다.
절망한 채, 사람들 우글거리는 시가지를 비틀거리며 걷는 아들 일남
의 모습이 눈앞에 어른거렸다.
  한낮에 이불 보따리를 짊어지고 마을로 들어갈 수 없어, 강변의 밭
위쪽에 있는 조상님들 무덤 아래에 엉덩이를 붙이고 한동안 앉아 있
었다. 날이 저물어 집으로 들어간 그는 아내에게 대릿골 무당한테 한

번 가서, 대관절 그 자식이 어떤 심보로 그런 결정을 하고 어디로 잠적을 했는지 물어보라고 말했다.

대릿골에 다녀온 아내는 맥이 풀린 소리로 말했다.

"세상의 어느 누구, 그 어떤 귀신도 알 수 없는, 피멍이 들어 아프고, 또 아프고, 한도 끝도 없는 슬프디슬픈 바람이 들어서 훨훨 사방 팔방을 떠돌고 있으니께 그 바람이 사그라질 때까지 찾으려 하지 말고 가만 놔두고 보고 있으라고 하구만이라우."

후우 하고 한숨을 쉬고 난 아내가 말을 이었다.

"그래도 희망은 있다고 하구만이라우. 무당의 말이, 그 자식은 사주팔자가 평평한 들판의 탁 트인 신작로같이 환하게 열려 있어서, 앞으로 언젠가는 하늘을 잡고 떼기 칠 날이 올 것인께 너무 조급해하지 말고 기다리라고 해요."

그는 맥빠진 소리로 "아이고, 고시 접어버린 놈이 언제 무슨 수로 하늘 잡고 떼기를 쳐!" 하고 나서 안방 이불 속에 드러누운 채 눈을 감았다. 모든 것들이 다 원망스러웠고 보기 싫었다. 밥상을 들고 들어와, 밥을 한술 뜨고 힘을 내라고 채근하는 아내마저도 원망스럽고 미웠다. 아내에게 등을 돌리고 바람벽을 향해 누웠다. 개천에서 용 났다고 했는데…… 모든 것이 헛꿈일 뿐이었다. 아내가 토라진 아이를 달래듯이 그를 향해 낮은 목소리로 말했다.

"당신, 그렇게 맥 풀어버리지 마시오. 나는 그래도 그 자식을 믿소. 할아버지 태몽이, 하늘에서 쏟아지는 꽃비를 제가 치마폭으로 받아 담더라고 않든가요? 그 자식, 아마 어느 절로 들어가서 절을 하고 또 하면서 마음을 다잡으려고 애를 쓸 것이오. 아마, 그놈은 한번 하겠다고 나서면 끝장을 보는 놈이고, 속이 바다같이 깊고 넓은 놈이라, 에미 애비 모르게 시험을 봐서 합격을 해가지고 우리를 깜짝 놀라게 해주려고 그러는 것 같소."

그는 천장을 향해 꽥 소리를 질러 말했다.

"닥쳐! 태몽 그것이 뭣이여? 다 헛소리여!"

암흑 세상

일남이가 잠적을 하고 나자, 대낮인데도 해가 없어져버린 듯 세상이 온통 음습하고 암울했다. 일남이 말고도 그에게는 아들 일곱, 딸 셋이라는 자식들이 있었는데 그 자식들은 일남이가 없어진 마당에 아무런 힘이 되어주지 못했다. 그 자식들은 무정란처럼 의미가 없는 존재들이었다. 큰아들 일남이가 봉이라면, 다른 자식들 열은 오늘 잡아먹어도 그만 내일 잡아먹어도 그만인 잡종 닭 같은 것들이었다. 그러한 생각이 잘못된 것이라고, 그 생각을 바꾸자고, 일장춘몽이란 말이 있지 않으냐고, 새옹지마란 말도 있지 않으냐고, 일남이 그놈은 애초에 낳지 않은 셈 치자고, 군대에 가서 중사로 진급을 하고 태권도 사범을 하고 있는 이남이가 있지 않으냐고, 삼남이, 사남이, 오남이, 육남이, 이순이, 칠남이, 팔남이, 삼순이가 죽순처럼 크고 있지 않느냐고, 그것들을 잘 거두면 그들 가운데서 일남이에 못지않은 봉 한 마리가 나오지 않겠느냐는 생각들을 씹고 또 씹어보아도 도저히 위안이 되지를 않았다.

급기야 일남이의 실종신고를 내고, 어떻게 해서든지 찾아가지고 두들겨패서라도 다시 마음을 다잡아 고시에 재도전을 하게 하려고 파출소로 갔다. 그러나 파출소의 문 앞에 다가섰다가 들어가지 못하고 돌아섰다. 가슴이 심하게 우둔거렸다. 일남이를 찾아달라고 신고하면, 느닷없이 빨치산이던 아버지의 행적만 더듬어낼지 모른다 싶었다.

집으로 돌아오다가 한 떼의 학생들과 마주쳤다. 학생들의 손에는 비닐봉지들이 들려 있었다. 그들은 강변에서 봉사활동을 하고 학교로 돌아가는 중이었다. 학생들이 지나가도록 길을 비켜주는데 한 학생이 그에게 "안녕하세요" 하고 인사를 했다. 그가 "오냐" 하고 고개를 까딱해주자, 그 학생이 인솔 선생에게 "육남이 아버지여요" 하고 말했다. 점퍼 차림의 검은 테 안경을 낀 인솔 선생이 그에게 다가와 인사를 했다. 선생이 손을 내밀었으므로 악수를 했다. 육남이는 그를 피해 숨어버렸다. 아이들이 모두 그를 향해 "육남이 아버지! 안녕하세요" 하고 인사들을 했다. 선생이 그의 손을 잡아 흔들면서 말했다. "육남이가 공부를 아주 잘합니다. 큰아드님이 대단한 천재였다는데…… 제 형을 닮은 모양입니다." 그는 두 손으로 선생의 손을 마주잡아주며 "예쁘게 봐주셔서 감사합니다" 하고 말했다.

교문으로 들어가는 학생들의 뒷모습을 보면서, 선생의 말을 떠올리고, 그는 '그렇다' 하고 부르짖었다. 그래, 육남이, 칠남이, 팔남이를 대학까지 가르치자. 그 셋 가운데 어느 한 놈에게, 제 형 일남이가 포기한 고시를 보게 하자. 그러려면 돈이 있어야 한다. 농사를 지어서는 못 가르친다. 장사를 해서 가르치자. 일순이 남편 윤영철이처럼 트럭 한 대를 사서 장사를 하자. 대덕이나 회진이나 완도에서 김을 사다가 광주나 서울에다 파는 장사를 하면 어떨까. 트럭을 무슨 돈으로 사는 가. 논밭이나 선산을 담보로 잡히고 농협에서 대출을 받으면 된다. 그 렇다, 하고 속으로 소리치며 집으로 달려갔다.

가슴 한복판이 환히 트였다. 육남이, 칠남이, 팔남이 가운데 어느 한 놈을 대학 보내서 고시를 보게 하자는, 그 생각은 깜깜한 세상을 밝히는 환한 빛줄기였다. 아내에게 그 말을 했다. 한동안 말이 없던 아내는 한숨을 길게 내쉬고 나서 말했다.

"속병이 나서 죽을 바에는…… 당신 뜻대로 한번 해보시오."

그럼에도 불구하고 그는 선뜻 용단을 내리지 못했다. 맥이 풀린 채 이럴까 저럴까 망설이면서 한 해 동안 농사를 지었다.

마을 갔다가 소문을 듣고 온 아내가 "우리 동네가 곧 물에 잠기게 된다고 하요" 하고 말했다. "누가 그래요?" 아내가 말했다. "앞으로 나라에서 저쪽 대릿골 앞에다 둑을 막는다는디, 그러면 우리 유치 일 대가 다 물에 잠긴다고 하요. 우리는 집값, 땅값을 보상받아서 어디론 가 이사를 가서 살아야 한다고 하요. 이장이 벌써부터 도장을 받으러 다닌답디다."

그는 그 말이 귀에 들어오지 않았다. 자식들 가운데 어느 한 놈이 판검사가 되지 않는다면 그 어떤 것일지라도 아무 의미가 없다고 생 각되었다. 그날 한낮에, 여자처럼 얼굴이 곱다랗고 키 헌칠한 젊은 순 경이 하얀 종이 두 장을 들고 그를 찾아와, 거수경례를 하고 나서 말 했다.

"아버님, 안녕하십니까."

그는 기겁을 했다. 정장을 한 순경이 나보고 아버님이라고 말하다니…… 명찰을 보니 박순돌이었다. 순경만 보면 얼굴이 화끈 달아오르고 가슴이 우둔거리는 병이 있었다. 무슨 까닭으로인지 그를 잡아가려고 오는 것만 같았다. 빨치산 활동을 하다가 돌아가신 아버지로 인한 어떤 사건이 또 터졌는지 모른다는 불안감이 몸을 떨리게 했다. 기어들어가는 목소리로, 무슨 일이냐고 물으니, 박순돌 순경이 허리를 굽실하면서 코를 찡긋하고 양순하게 웃음을 지으며 말했다.

"큰아드님 김일남씨의 신원조회서가 날아왔네요. 사실은, 이것을 일남씨 아버지께 말씀드려서는 안 되는 것이지만, 일남씨의 아버지께서 제 아버지의 중학교 때 동기동창이라서 은밀하게 말씀드리는 것이구만요. 제 아버님 자가 박 '경' 자, '주' 자여요. 물론, 제가 다 잘해서 보내줄 테니께 염려는 마십시오. 이 일로 제가 다녀갔다는 말씀은 아무한테도 하지 마십시오."

박경주라면 연애편지를 쓰면서 『소월시집』에서 시를 베껴 쓰던 짝이었다. 얼핏 박순돌 순경이 들고 있는 종이를 보니, '신원증명서'라는 검정 글씨가 박혀 있었다. 아마 샅샅이 뒷조사를 하는 문서인 모양이었다.

박순돌 순경이 돌아가려 할 때, 그는 불안함과 끓어오르는 울분을 억눌러 참으며, 일남이가 들어가려 한다는 학교와 그놈의 현재 거주지 주소를 좀 적어달라고 했다. 순경은 쪽지에 그것들을 서슴없이 적어주었고, 오현은 그것을 손아귀에 쥔 채 이를 악물었다.

'애비 에미 속 끓어 죽어가는 것은 나 몰라라 하고, 마음 편하게 황치에서 고등학교 선생을 하려 한다?'

그는 주막으로 달려가서 선 채로 소주 한 병을 나발불듯이 들이켜고 다시 한 병을 더 달라고 해서 단숨에 들이켜고, 집으로 들어갔다. 아내에게 일남이 이야기를 하고 마룻바닥을 손바닥으로 치며 피를 토하듯이 말했다.

"내가 내일 당장에 쫓아갈 것이여. 가서, 이 자식한테, 다시 한번 열심히 해서 고시에 응해보라고 타일러보고, 그래도 말을 안 들으면 아주 패 죽여버리고 올 것이여. 뭐, 선생질? 그것을 무얼 하려고 해? 그런 불효막심한 자식은 이 세상에 살아 있을 자격이 없어. 만일 내 말을 안 들으면 목을 콱 비틀어 죽이고 말 것이여."

이튿날 새벽녘에 아내는 애처로운 목소리로 그에게 통사정을 했다.

"여보, 혹시 가시더라도 제발, 살살 달래시오. 설사 고시를 다시 보지 않겠다고 할지라도, 성질대로 하지 말고, 그냥 놔두고 오시오. 고시 안 보려고 작정을 한 지놈한테도 무슨 피치 못할 사정인가가 있겠지라우…… 사람은 어떤 경우든지, 일단은 세상을 살아놓고 볼 일이어라우. 나는 그 아이가 절망하지 않고, 건강하게 살아서 선생질이라도 하겠다고 나선 것이, 참말로 얼마나 다행인지, 얼마나, 얼마나 고마운지 모르겠소."

아내는 저고리 옷섶으로 눈물을 훔쳤다.

"그런 바보 멍청이 같은 소리는 하지도 말어!" 그는 소리쳐 말하고 이불을 걷어차고 일어났다.

황치

황치에 가려고 아침밥을 먹고 있는데, 두 해 전부터 이장을 맡은 지씨가 서류 하나를 들고 찾아왔다. 동편에서 날아온 햇빛이 지씨의 반백의 머리를 반짝거리게 하고 있었다.

"자네는, 유치 일대가 물에 잠기고 우리가 보상을 받아서 다른 곳으로 이사 가는 것을 찬성하는가, 반대하는가? 여기다가 표시를 해주소. 찬성하고 싶으면 동그라미, 반대를 하겠다면 가새표."

그는 퉁명스럽게 말했다.

"귀신 씻나락 까묵는 소리 하지들 말라고 그러시오, 나는 하늘이 두 쪽 나도 반대요."

지씨는 말했다.

"깊이 생각해보소. 모두들, 고향을 등지고 떠나는 것은 슬픈 일이지만, 이놈의 유치 땅이 지긋지긋하니께 서울이나 부산이나 광주에 가서 넉넉하게 살 수 있도록, 집하고 땅하고 산하고를 아주 비싸게 사주기만 하면 떠날란다고 하네."

그는 서류에 이름을 쓰고, 가위표를 그린 다음 사인을 해주고, 집을 나섰다.

서울 청량리에서 동해변으로 가는 기차를 탔다. 기차는 초가을의 산 굽이굽이를 천천히 한 자락씩 젖혀가며 철길을 훑어갔다. 아들 일남이도 이 기차를 타고, 저 산 굽이굽이를 바라보며 갔을 것이다. 산골짜기와 산봉우리 들의 아기자기하고 아름다운 풍광들이 진경산수

화의 병풍을 한 장씩 펼쳐가는 듯 거듭 나타났다. 그 풍광 앞에서 그의 얼굴은 어둡고 딱딱하게 굳어져 있었다. 그 아름다운 풍광들을 여유롭게 완상할 마음이 아니었다. 가슴에는 고시를 접어버린 일남이로 인한 배반감과 원한이 돌돌 뭉쳐 있었다. 네놈의 화려한 금의환향을 잔뜩 기대하고 있는, 세상에서 제일로 착한 아비 어미와 증조부의 가련한 소망을 배반하고, 혼자 산골짜기 학교에 취직을 해가지고 호의호식하겠다고? 네놈의 속은 어떻게 생겼는데 그렇게도 매정하고 잔인하다는 것이냐. 만일, 다시 고시에 매진하겠다고 하면 모르지만, 그렇지 않고 끝내 아비 어미와 증조부의 소망을 배반하겠다고 한다면 내가 아주 의절을 할 것이다. 네놈을 애초에 낳지 않은 것으로 해버릴 참이다. 그는 이를 악물었다.

황치역에 내렸다. 플랫폼의 바닥에는 미세한 석탄 먼지가 거뭇거뭇 앙금처럼 앉아 있었다. 그 지역이 석탄 생산지임을 짐작하게 했다. 오현은 아들 일남이 왜 하필이면 이곳으로 들어왔을까, 하고 생각했다. 고시를 접은 아들의 암울한 의식과 석탄의 앙금 같은 검은 먼지에 어떤 연관성이 있지 않을까. 움츠러든 일남의 의식 속에 들어 있는 알수 없는 어떤 어두운 생각의 색깔과 이곳의 검은 먼지가 상통되는 듯싶어 짠한 마음이 들었다.

학교로 찾아갈까 하다가, 일남이가 세를 들어 산다는 주소지를 들고 물어물어 찾아갔다. 일남의 셋집은 시의 변두리 공터 한가운데에 있는 붉은 벽돌로 지은 양옥이었다. 하늘색 칠을 한 대문을 두들기자, 머리를 뽀글뽀글하게 볶은 늙수그레한 아주머니가 나왔다.

"여기 혹시 김일남이란 사람이 세들어 있는가요?" 하고 묻자, 늙수그레한 아주머니가 모퉁이 방을 향해 걸어가면서, "새댁! 선생님 이름이 김일남인가?" 하고 물었다. 모퉁이 방문이 열리고 참새처럼 자그마한 체구의 여자가 나오면서 상냥스럽게 "네, 김일남 맞는데요?" 하고 나서 오현을 향해 "누구신데 무슨 일로 오셨어요?" 하고 물었다.

새댁이라고 한 여자의 차림새와 얼굴을 보는 순간 온몸의 모든 피가 머리끝으로 몰려들었다. 남자처럼 하이칼라 머리를 하고, 무릎과 엉덩이 부분이 희끗희끗하게 닳은 청바지에 검정색 블라우스를 입은 참새처럼 작은 여자는 청바지 천으로 된 앞치마를 두르고 있는데, 앞치마에는 울긋불긋한 페인트 방울들이 묻어 있었다. 그 여자의 얼굴은 동글납작하고 볼과 콧등과 이마에 미세한 주근깨들이 박혀 있었다. 그의 고등학교 시절의 수학선생을 생각나게 하는 여자였다. 주인 아주머니가 새댁이라고 말하는 것으로 미루어 일남이는 이 여자하고 이미 부부관계를 맺고 사는 모양이었다. 하아, 이 자식이, 아비 어미의 희망인 고시를 내팽개치더니, 한술 더 떠, 변변한 구석이라고는 손톱만치도 없는 참새만한 여자까지 얻어서 살림을 차렸어?

오현은 속에서 구역질이 올라오는 것을 참을 길이 없었다. 아이고, 이 못된 자식이 지지리 못난, 벌레 먹은 씨알 같은 못난 추녀를 골라 살고 있다. 울화가 극도로 치밀어오르자 가슴이 꽉 막히고, 눈앞이 어질어질했다. 몸의 중심을 잡지 못하고 비틀거렸다. 참새만한 여자가 비틀거리는 그를 부축하면서 물었다.

"누구신데 무슨 일로 우리 그이를 찾으십니까?"

그는 그 여자를 향해 퉁명스럽게 말을 뱉었다.

"내가 일남이 애비요!"

참새만한 여자는 어찌할 바를 모르고 절절매면서 "아니, 이를 어쩌나…… 좌우간, 아버님, 일단 안으로 들어가시지요" 하고 방문을 열었다. 방안에서 페인트 냄새가 날아와 눈과 코를 찔렀다.

해는 서산마루에 걸려 있었다. 그는 페인트 냄새 날아오는 방안에 켜져 있는 형광등을 향한 채 우두커니 서 있었다. 참새만한 여자가 말했다.

"퇴근하려면 두 시간은 더 있어야 합니다. 안으로 들어가서 기다리시지요, 아버님."

그는 방안으로 들어갔다. 사람 둘이 겨우 누울 수 있는 공간을 빼고는 사방에 이불, 옷걸이, 찬장, 냉장고, 텔레비전, 오디오 따위의 살림살이가 가득차 있었다. 이제 시작하는, 아직 정리되어 있지 않은 신접살이 분위기였다. 방 뒤쪽으로 미닫이문 두 짝이 활짝 열려 있는데, 그 방은 고등학교 때 들어가본 적이 있는 미술실을 연상하게 했다. 그 방에는 환한 백열전등이 켜져 있는데, 울긋불긋한 그림들이 구석에 세워져 있거나 바람벽 한가운데에 걸려 있고, 두 개의 이젤이 나란히 서 있고, 거기에는 그리다 만 그림이 놓여 있었다. 그 그림들을 보는 순간 그는 일남이가 왜 고시에 두 번이나 낙방을 했는지 짐작할 수 있었다. 일남이는 고시 공부에 전력투구를 한 것이 아니고, 이런 그림을 그리다가 형식적으로 고시를 보았으므로 당연히 낙방을 한 것이다. 아, 일남이 이놈은 이때껏 제 아비 어미의 등골만 빨아먹은 불효막심한 놈이다. 속에서 치솟는 뜨거운 울화를 주체할 수가 없었다. 후우,

후우 하고 불같은 숨을 거듭 내뿜었다.

참새만한 여자는 미닫이 저쪽 방의 백열전등을 끄고, 앞치마를 벗어던지고 차를 끓여 내놓았다. 그는 바람벽에 등을 기대고 앉은 채, 찬물 한 컵을 달라고 해서 벌컥벌컥 들이켰다. 여자는 그의 앞에 무릎을 꿇고 앉아 머리를 조아리면서 죄스러워하는 목소리로 말했다.

"아버님, 죄송합니다. 제가 오래전부터 일남이 오빠보고, 고향에 내려가서 아버님 어머님을 뵙고 허락을 얻자고 하는데도, 지금은 그럴 때가 아니라고 기다리라고 해서 이러고 있는 참입니다…… 아버님, 화를 푸시고 저희들을 너그럽게 용서해주십시오. 이때껏 고시에 매달리던 일남 오빠한테는 간단히 말로 할 수 없는 사정이 있었어요."

오현은 끓어오른 화를 "하아, 하아" 하고 뿜어내면서 허공을 쳐다보기만 했다. 간단히 말로 할 수 없는 사정이라니 그게 무어란 말이냐. 그는 벌떡 일어나서 집밖으로 나갔다.

마을 쪽으로 얼마쯤 걸어가자 구멍가게 하나가 있었다. 들어가서 소주 한 병을 달라고 해서 마셨다. 조상님들과 아비 어미를 배반한 이 불효막심한 자식을 어떻게 패 죽일까. 달걀 한 개를 깨 마시고 나서 소주 한 병을 모두 들이켰다. 그 자식을 어떻게 두들겨패 죽일까. 하고 사는 꼬락서니를 보니, 이놈은 다시 고시 공부를 하기는 다 틀린 놈이다. 아이고, 서럽고 분하다. 내 실패한 인생이 억울하고 분하다. 제 증조부의 간절한 소망을 싹 뭉개고 짓밟아버린 불효막심한 놈. 그는 소주 한 병을 더 달라고 해서 들이켰다. 목구멍으로 넘어간 소주가 치솟는 울화로 인해 뜨거운 불로 타올랐다.

다시 부용산

술에 취한 오현은 일남이가 세들어 사는 집 대문 안으로 비틀거리
며 들어갔다. 참새만한 여자는 된장국을 끓여 밥상을 차려 내놓았다.
그는 밥상을 등지고 앉아 있었다. 악몽을 꾸고 있는 듯 두려워졌고,
악귀에게 홀려 여기까지 달려온 듯싶기도 했다.

미닫이문 너머의 방으로 들어갔다. 강한 페인트 냄새가 코를 찔렀
다. 참새만한 여자가 뒤따라 들어오더니, 바람벽의 스위치를 딸깍 올
려주었다. 천장에 세 개의 환한 백열전등 불이 켜졌다. 바람벽에 걸려
있는 대문짝만한 그림이 눈에 들어왔다.

시꺼먼 도깨비 같은 그림자가 화폭 전체를 지배하고 있었다. 화폭
의 모든 공간에는 어지럽게 뭉개어진 울긋불긋한 색깔들이 불안스럽
게 칠해져 있고, 그림의 중앙에는 남자 하나가 도깨비 같은 그림자를
배경으로, 두 다리를 앙바틈하게 벌리고 고개를 쳐들고 서서 부르짖
고 있었다. 사타구니에 검은 양물이 달려 있는 그 남자의 얼굴 색깔
은 푸르뎅뎅했다. 슬프고 억울하고 분한 표정이었다. 목구멍 속의 핏
덩이 같은 빨간 목젖이 드러나 있었다. 이마는 넓고, 코가 주먹만하
고, 눈은 부리부리한데 화광처럼 빛을 뿜고 있고, 입술은 두툼하고 머
리칼은 헝클어져 있고, 그 머리칼 왼쪽에는 붉은 별 그려진 기가, 오
른쪽에는 태극기가, 한가운데는 흰 바탕에 푸른색으로 그려진 한반도
기가 형상화되어 있었다. 그 남자의 아랫도리와 가랑이에서는 형광불
빛이 아래쪽으로 쏟아졌다. 가랑이 밑에는 소인국 사람들처럼 작은
군상이 그 강한 불빛에 학대당하며 몸부림치고 있었다. 남자가 아홉

이고 여자가 넷이었다.

참새만한 여자가 그 그림을 가리키며 말했다. "이 그림은 호소력이 아주 강해요. 여기 등장하는 군상은 이 땅과 이 시대에 운명적으로, 많은 트라우마에 시달리는 인물들이어요."

반대편 그림을 보았다. 오현으로서는 이해할 수 없는 그림이었다. 아까 보았던 그림과 비슷하게, 도깨비인 듯싶은 거대한 그림자가 화폭 전체를 어슴푸레하게 점령하고 있는 것이 눈에 띄었다. 그 위에 천체 모양의 거대한 동그라미가 떠서 휘돌고 있었다. 그 동그라미는 반으로 쪼개져 있었다. 동그라미 양쪽의 꽁지에는 구멍이 뚫려 있었다. 쪼개진 동그라미 속과 꽁지에 뚫린 구멍 속에서 희고 파르스름한 광망이 뻗쳐나오고 있는데 그것은 산소땜질을 할 때 튕겨나오는 빛살 같은 것이었다. 고등학생 시절에 미술책에서 본 판테온 신전의 사진이 연상되었다. 두 개로 쪼개진 거대한 동그라미는 그 신전의 한가운데의 원을 연상하게 했다. 자세히 보니, 동그라미에 일그러진 사람의 눈, 코, 귀, 입이 그려져 있었다. 두 쪽으로 갈라진 거대한 동그라미는 하나가 아니었다. 그 동그라미가 다른 동그라미를 낳고, 그 다른 동그라미가 또다른 동그라미를 낳고 있었다. 그것들은 천체처럼 오른쪽으로 돌고 있었다. 사람의 얼굴 형상을 하고 있는 동그라미들은 거무스레한 도깨비 그림자의 몸 안과 밖에서 휘돌고 있었다.

참새만한 여자는 그 그림들을 가리키며 해설했다.

"이 검은 어둠과 빛살을 보셔요. 이것은 창세기의 빛이어요. 금강계 만다라, 태장계 만다라를 응용해서, 우주 창세기의 혼돈과 생명체의 시원을 형상화한 듯해요. 이 그림자로 미루어볼 때 아마 오빠는 어떤 잠재의식에 강박적으로 시달려온 듯싶어요…… 제가 물었어요. 언제 만다라에 대해서 공부를 했었느냐고. 일남이 오빠는 만다라에 대한 이야기는 들어본 적이 없대요. 오빠는 확실히 천재여요. 오빠는 꿈속에서 어떤 한 형상을 체험하고 그것을 그대로 그린다는 거예요. 이것은 신의 계시이거나, 동물적인 감각, 타고난 천재적인 예술적 감수성으로 인한 결과물이어요. 아버님, 앞으로 두고 보셔요, 오빠는 머지않아 세상을 깜짝 놀라게 할 거라고요. 저는 한국 로댕 미술관에서 큐레이터 일을 보다가 일남 오빠를 만났는데, 오빠가 아주 대단한 감각과 지성을 가지고 있다는 것을 깨달았어요. 아버님, 일남이 오빠, 기대해도 좋아요."

참새만한 여자의 입에서 흘러나오는 말들이 그의 속에 끓고 있는 울화에 기름을 끼얹고 있었다. 그녀의 말들은 그를 절망과 슬픔과 분노의 아득한 구렁텅이로 쑤셔 밀어넣었다. 고시 준비를 하던 놈이 언제부터 이런 그림에 빠지게 되었을까.

참새만한 여자는 이젤 위의 그리다 만 그림들에 대한 설명을 하면서, 앞으로 김일남이가 기라성처럼 화단에 나타나 세상을 깜짝 놀라게 할 것이라고 다시 장담을 했다.

"아름다운 그림은 타고난 천재성 위에 예술적인 광기 어린 부지런함이 보태져야만 그려지는 거예요. 오빠는 이 작업을 반드시 한밤중에 하는데 무엇엔가 씐 것 같아요."

오현의 가슴에 '광기 어린'이란 말과 '무엇엔가 씐 것 같다'는 말이 칼처럼 날아와 박혔다. 그래, 일남이 이놈이 미치지 않고 어찌 이럴 수 있겠는가. 참새만한 여자는 말을 계속했다.

"저는 역사적이고 철학적이고 정신분석적이고 신화적인 한 인간의 순수한 고뇌와 지성과 영성과 타고난 화가로서의 천재성을 믿어요. 일남이 오빠는 오래전부터 꿈에, 늘 하늘에서 쏟아지는 꽃비를 맞곤 한대요. 앞으로는 꽃비를 맞고 있는 탑도 그리고, 꽃비를 맞고 있는 에덴동산의 어머니 아버지도 그리고, 꽃비를 맞고 있는 화엄세상을 그리겠다고 해요. 아버님, 앞으로 두고 보셔요, 우리 일남이 오빠, 우리들의 세상천지에 쌍무지개 같은 꽃비가 쏟아지게 할 거예요."

그녀의 말은 오현의 가슴에서 끓고 있는 울화에 기름이 되고 있었다. 그는 당장에 그것들을 칼로 북북 긁어버리고 밖에 내다가 불을 질러 없애고 싶었지만, 이를 악물고 참으면서 일남이가 퇴근해 들어오기를 기다리기로 작정했다.

그는 안방으로 나와서 고개를 수그린 채 앉아 이를 악물었다. 참새만한 여자가 술상을 들여다놓았다. 된장국과 계란 프라이에 소주 한 병이 상에 놓여 있었다. 소주를 한 잔 따라주었다. 그는 목구멍과 코로 뜨거운 울화를 분사하면서 소주를 거듭 들이켰다.

밤 열한시쯤 되었을 때 멀지 않은 곳에서 남자의 노랫소리가 들려왔다. 일남이의 술에 취한 목소리다 싶었다. "부용산 오릿길에 잔디만 푸르러 푸르러 솔밭 사이사이로 회오리바람 타고 간다는 말 한마디 없이 너는 가고 말았구나, 피어나지 못한 채 병든 장미는 시들어지고 부용산 오릿길에 하늘만……" 총살 직전의 빨치산 여자가 부르고 살아났다는, 그가 아내를 처음 만난 밤에 부른 〈부용산〉이란 노래였다.

참새만한 여자가 달려나갔고, 대문 밖에 비틀거리는 발소리가 들렸고, 여자가 무어라고 속삭이는 소리가 들려왔다. 머리칼 부스스한 남자가 문을 열치고 들어오자마자 그의 앞에 두 손을 짚고 엎드렸다. 일남이는 혀가 약간 굽은 소리로 뜨거운 불을 뿜듯이 말했다.

"아버지, 이 불효자는 아버지 얼굴을 쳐다볼 면목이 없습니다."

광대뼈가 불거지고 볼이 우묵 들어간 일남은 돌아가신 할아버지의 얼굴을 연상하게 했다. 오현은 오른손으로 일남이의 뺨따귀를 후려쳤다. 참새만한 여자가 그의 오른팔을 붙잡았다. 그는 왼손으로 일남이의 뺨을 또 후려쳤다. 왼손이 일남이의 코를 쳤고, 일남이의 코에서 피가 흘렀다. 일남이는 코피를 훔치면서 말했다.

"저를 두들겨패야 화가 풀리실 것 같으면 얼마든지 더 때리십시오."

그 말을 듣고 나니 더욱 화가 치밀었다. 그는 참새만한 여자를 뿌리쳐버리고, 양손으로 거듭 일남이의 따귀를 후려쳤다. 일남이는 방바닥에 엎드리면서 울부짖었다.

"아버지, 차라리 저를 죽여주십시오." 일남이는 억울하고 분하다는 듯 말했다. "이 석탄가루 날리는 산골짜기로 들어와 살고 있는 제 속은 편한 줄 아십니까?"

오현이 말했다.

"이 자식아, 저런 쓸데없는 페인트 장난질이나 하지 말고, 다시 열심히 공부해서 응시하면 되지, 안 될 것이 뭐가 있어? 느그 증조부가 너를 신동이라고 하시지 않더냐?"

일남이가 세차게 도리질을 하며 말했다.

"안 돼요! 아버지, 그것은 제 인생의 낭비일 뿐이어서 길을 바꾸었어요."

일남이는 잠시 고개를 좌우로 젓고 나서 말을 이었다.

"저는 운명적으로 도저히 대한민국의 판검사가 될 수 없는 사람이에요. 그 고시에 매진하는 동안 저는 내내 죽을 맛이었어요. 그래서 버렸어요. 아버지, 이 맑고 밝은 아름다운 세상을 왜 죽을 맛으로 살아야 합니까? 저도 이젠 지옥 같은 세상에서 놓여나 즐겁게 살아야겠어요. 그냥 미치고 환장할 것 같은 울분을 가라앉히기 위해서 발버둥을 쳤어요. 그런데 이 여자를 만나 그림을 그리면서부터 삶이 황홀해졌어요. 구원을 받았어요. 저는 더이상 절망하고 방황하지 않을 거예요. 슬퍼하지도 않을 거라고요."

오현은 울분 어린 목소리로 소리쳐 말했다.

"이 자식아, 돌아가신 느그 증조부의 소원이 뭣인 줄 아냐? 니가 검판사가 되는 것이었어. 이, 천하에 불효막심한 나쁜 놈아."

일남이가 울먹거리며 애원했다.

"아버지, 제발, 제가 하고 싶은 일을 하고 살도록 좀 놔두고 보십시오. 사실 말해서, 자기의 주제 파악도 못한 채, 사법고시에 목을 걸었던 이 김일남이라는 놈은 세상에서 제일로 가엾은 놈이었어요. 아버지, 제발, 이 가엾은 아들이 제 삶을 제멋대로 즐기면서 살아가도록 좀 놔둬주십시오."

그 말을 듣는 순간 오현은 벌떡 몸을 일으켰다. 부엌으로 들어가 식칼을 들고 들어왔다. 참새만한 여자가 "아버님! 진정하십시오" 하고 앞을 막아섰지만, 그녀를 밀쳐버리고 미닫이문 저쪽의 방으로 들어가 움켜쥔 식칼로 양쪽 바람벽에 걸린 대문짝만한 그림들을 X자로 북북 그어버렸다. 짐승처럼 기어들어온 일남이가 그의 바짓가랑이를 잡고 늘어지면서 울부짖었다.

"아버지, 아버지가 아무리 그러셔도 이미 각오한 제 길은 다시 돌이킬 수 없어요, 어흑어흑……"

그는 칼끝을 책상 바닥에 깊이 박아넣고 일남이의 옆구리를 모질게 걷어차버리고 나서 말했다.

"진정으로 그렇다면, 일남이 니놈의 이름을 내 호적에서 곡괭이로 콱콱 찍어서 파내버릴 것이다. 이제부터 너는 이 김오현의 큰 새끼가 아니다."

배반

깜깜한 어둠이 수런거리는 밤거리를 그는 발길 닿는 대로 걸었다. 푸후, 푸후, 울화를 뿜어내면서, 아들 일남이를 증오했다. 너한테 한 없이 많은 공을 들인 네 증조부의 바람과 아비 어미와 동생들의 소망을 배반한 네놈은 죽어 지옥에도 못 갈 것이다. 너 같은 놈이 없어지더라도 나는 잘살 수 있다. 네놈이 해주지 않아도 육남이, 칠남이, 팔남이 가운데 어느 한 놈이 판검사가 되어줄 것이다. 나 아직 젊으니까 트럭 한 대를 사서 마늘 장사나 김장사를 해가지고 그놈들을 좋은 대학에 보낼 것이다. 네놈이 아니어도 네 동생들 가운데 어느 한 놈이 내 한풀이를 해줄 것이다.

멀지 않은 어둠 속에서 반짝거리는 불빛이 있었다. 그곳이 황치역인 듯싶어 비틀거리며 나아가는데, 강렬한 불빛 줄기가 칼끝처럼 얼굴로 날아들었고, 동시에 "누구얏!" 하는 질그릇 깨지는 것 같은 목소리가 귀청을 아프게 했다. 반사적으로 두 손을 번쩍 들어올리면서 날아드는 칼날 같은 불빛 저쪽의 어둠 속에 감추어진 얼굴을 보려고 들었다. 시꺼먼 것들이 양옆과 뒤에서 나타나 그의 두 팔을 꼼짝할 수 없게 제어해버렸다.

검은 지프에 실려 어둠 속의 어디론가 갔다. 어둠에 잠겨 있는 한 건물 안으로 들어갔다. 책상 하나와 의자 둘이 놓여 있을 뿐인 쪽방에 감금되었다. 가죽점퍼를 입고 검은 테 안경을 낀 키 큰 남자가 그를 탁자 맞은편 의자에 앉히고, 어디 사는 누구냐고 물었다. 그는 전라남도 장흥군 유치면 학산마을에 사는 김오현이라고 대답했다. 몇 살이고, 직업이 무엇이냐고 물었다. 마흔다섯 살이고, 농사꾼이라고 말했다. 가죽점퍼는 그에게서 뺏은 주민등록증을 들여다보며 물었다.

"전라남도 장흥군 유치면 학산리에 사는 김오현이 황치에는 무얼 하러 왔어?"

그는 아들 일남이를 찾아왔다는 말을 하고 싶지 않아 "그냥 왔습니다" 하고 말했다.

"그냥 왔는데, 왜 밤 열두시가 가까운 시각에 군부대 주변을 얼씬거려?"

그는 도리질을 하며 "나도 잘 모르겠습니다" 하고 말했다.

검은 테 안경이 말했다. "솔직하게 말해. 장흥경찰서에 조회를 다 해보았으니까…… 아버지 김동수가 빨치산 활동을 하다가 죽었고……"

그 순간 가슴에서 덜크덕 내려앉는 소리가 났다. 검은 테 안경이 "유치 학산마을에서 조용히 농사를 짓고 살던 김오현이 왜 황치 군부대 주위를 얼씬거렸는지…… 그 이유를 납득할 수 있도록 진술해봐. 내일 아침까지 수긍할 수 있는 진술을 하지 않을 경우, 염라대왕 앞으로 넘길 수밖에 없다" 하고 나서, 불을 환히 켜놓은 채 나갔고 밖에서 문을 잠갔다. 그는 의자에 앉은 채 책상에 엎드려 밤을 지새웠다. 오줌은 구석에 있는 변기통에 누었다. 까만 창문이 희어졌을 때 문을 열고 들어온 검은 테 안경이 부드러운 목소리로 말했다.

"김오현씨, 어젯밤에 진즉, 황치고등학교에 근무하는 아들 김일남 선생을 찾아왔다가 술에 취해 어디가 어딘지 모르고 헤맸다고 했으면 그냥 풀어주었을 터인데…… 이것도 내가 유치파출소에 조회를 해서야 알았어요. 지금 밖에 아드님이 기다리고 있으니까 함께 돌아가세요. 교직생활 하는 아드님 체면도 있는데 술은 이제 적당하게 마셔야지……"

밖으로 나오자 밤색 점퍼 차림의 일남이가 어수룩한 표정으로 그를 맞이했다. 일남이는 머리를 조아리면서 "아버지, 죄송합니다" 하고 울먹거렸다.

그는 일남이를 거들떠보지도 않고 역을 향해 걸었고 일남이는 죄인처럼 고개를 떨어뜨린 채 뒤를 따라왔다. 일남이가 기어들어가는 소리로 "집에 가서 속 푸는 국물이라도 좀 드시고……" 하고 떠듬거렸지만 뒤돌아보지 않고 걸었다. 일남이가 차표를 사주려고 했지만, 그는 "꼴도 보기 싫다, 이 지옥에도 못 갈 놈아" 하며, 일남이를 거칠게 떠밀어 역사 밖으로 쫓아내고 차표를 샀다. 일남이는 그가 무서워 대

합실 안으로 들어오려 하지 않고 문밖에서 어딘가를 바라보며 거듭 눈물을 훔치고 있었다. 어수룩하게 서서 소리없이 울고 있는 일남이의 얼굴은 낯설었다. 윗몸을 약간 숙이고, 얼굴을 일그러뜨리고, 참담해하고 있는 그 자식은 고시 준비를 하던 그의 아들 일남이 같지가 않았다. 전혀 모르는 어떤 변변치 못한 집안의 비굴한 자식 같았다. 오현은 일남이를 외면한 채 허공을 향해 씨근거리기만 했다.

기차를 기다리는 시간은 더디 갔다. 그는 우두커니 선 채 눈을 감았다. 간밤 소주를 마신 속이 쓰라렸다. 매점에서 다스하게 데워진 두유 한 병을 사서 마셨다. 기차가 왔고, 기차 객실문 안으로 들어섰다. 빈자리에 앉았다. 일남이는 플랫폼으로 달려나와서, 기차를 타고 멀어져가는 아버지를 슬픈 얼굴로 바라보고 윗몸을 깊이 숙여주며 눈물을 훔치고 또 훔쳤다.

'이 자식아, 울기는 왜 울어!' 오현은 속으로 저주의 말을 퍼부었다. 네놈 하나만을 바라보고 애면글면 살아온 아비 어미와 동생들과 조상님들을 배반한 너는 지옥에도 못 갈 것이다. 저주를 퍼붓는 그의 가슴은 칼로 에는 듯 쓰라렸다. 하늘에 뜬 해처럼 우러르던 아들을 저주하고 있는 그의 몸뚱이와 영혼은 철길 바닥에 쓰러져 있었고, 그의 몸 위로 기차의 수없이 많은 쇠바퀴들이 덜크덕거리며 지나가고 있었다. 사지와 몸통이 부서지고 모든 내장과 영혼이 찢어져 산화되고 있었다.

타자의 시선

모텔의 형광등 불빛은 미세하게 떨렸다. 아버지 김오현은 "하아!" 하고 깊은 한숨을 쉬면서 맥주잔을 집어들었다. 그 손이 떨리고 있었다. 얼굴은 상기되어 있고, 콧구멍은 커져 있었다. 황치에서 아들 일남이를 족치던 때의 절망과 울분이 되살아나고 있었다.

아버지 김오현은 거친 창해의 무인도처럼 외로운 존재라고 아들 칠남은 생각했다. 그는 아버지가 알면 호통칠 일을 아버지 모르게 진즉 저질렀다. 오래전, 황치에 사는 일남 형을 찾아갔었다. 동해선 열차를 타고 갔다. 황치에 이르렀을 때는 날이 저물어 있었다.

오십대 중반으로 들어서고 있는 큰형 일남은 시와 소설을 쓴다는 동생 칠남을 오달져하면서 얼싸안고 등을 두들겨주면서 반겼다. 일남 형은 형제들 가운데 어느 누구보다 칠남이 자기를 가장 잘 이해해줄 것이라고 믿고 있었다.

일남은 거듭 마신 소주에 취하자, 아버지가 찾아왔다가 그의 뺨을 거듭 후려치고, 그림을 칼로 난자해버리고, 기차를 타고 떠난 이야기를 하면서 두 손바닥으로 얼굴을 가리고 울었다. 어헉어헉 숨이 넘어갈 정도로 격하게 우는 일남을 마주보고 앉은 칠남의 가슴에도 뜨거운 슬픔이 소용돌이를 일으켰다. 칠남은 우는 일남을 끌어안았다. 칠남이도 눈물을 흘리고, 옆에서 지켜보며 술시중을 들던 참새만한 여자도 눈물을 훔쳤다.

슬피 울고 난 일남은 휴지로 코를 풀고 나서 "그렇지만 말이다"

하고 차가운 목소리로 말했다. "이 세상에는 '그러나'라는 접속사가 있다."

칠남은 접속사의 의미를 생각했다. 접속사는 파도와 파도 사이를 이어주는 이랑하고 같다. 사람들은 '그러나'가 있기 때문에 수많은 실패를 한 다음 절망하고 나서도 새로이 용기를 내어 재도전을 하는 것이다.

일남이 술 한 잔을 더 마시고 나서 말을 이었다. "칠남아, 이 형은 이때껏, 판검사 그런 것 되지 못했을지라도 분투하듯이 살아야 한다고 생각했다. 그 어찌할 수 없는 운명을 극복하자는 것이야. 이제는 한 사람의 무명 화가로서, 한 고등학교 윤리선생으로서, 한 아이의 아버지로서 살아갈 뿐이지만…… 나에게도 희망은 있다. 남로당원이었던 할아버지 김동수의 후손 가운데 위대한 시인이 나왔듯, 위대한 화가도 한 사람 나올 수 있다는 거야."

일남은 문득 옆에 앉은 참새만한 여자의 손 하나를 끌어다가 잡고 주물럭거리면서 말했다.

"이 여자가 나한테 용기를 주었다. 잘 봐라. 똑소리나는 대한민국의 대단한 큐레이터 이순희, 이 여자 얼굴을 자세히 봐라. 살갗에 주근깨가 지천으로 널려 있다. 그런데 이 여자는 그것을 감추려고 하지 않아. 파운데이션이나 분으로 포장하려 하지 않는단 말이다. 또한 성형외과에 가서 없애려고도 하지 않고, 오히려 그것을 자랑하듯이 내보이고, 자기의 체구 작은 것을 슬퍼하지 않고 당당하게 사는 거야. 말하자면 자기 운명을 사랑하고 사는 거야. 이 얼마나 감동적인 여자이냐…… 그래서 나도 이 여자한테서 배워가지고, 내 운명을 진실로

200

사랑하면서 살기로 했다."

칠남이 말했다. "형님, 잘하셨습니다. 분투하듯이 운명을 사랑하자고 마음 고쳐먹길 잘한 것입니다."

이때부터 일남과 칠남과 참새처럼 작은 여자는 한 사람의 의식 있는 화가와 시인과 큐레이터로서 자기들에게 주어진 운명과 인연들을 냉철하게 응시한 심사를 이야기했다. 먼저 칠남이 말했다.

"형님, 저는 마그리트의 〈강간〉 같은, 초현실주의적인 그림을 좋아합니다. 사람의 얼굴을 그렸는데 말이죠, 두 눈이 있어야 할 자리에는 젖꼭지 둘을 그리고, 코가 있을 자리에는 배꼽을 그리고, 입이 있을 자리에는 여성의 성기를 그렸습니다. 그것은 의식과 무의식의 뫼비우스 띠를 느끼게 하고 있어요. 형님, 마그리트는 강간하는 자가 입술과 항문과 귀와 눈과 성기로써 세상을 응시하는 것이라 여기는 것 아닙니까?"

일남이 말했다. "그렇다. 모든 예술은 성욕을 문화적으로 승화시킨 것이다. 나의 성욕은 신화적이고 철학적이고 정치적이고 종교적이고 우주적이다. 모든 남자들은 그림을 손으로 그리지 않고 남근으로 그린다."

칠남이 말했다. "남근! 그렇습니다. 미국 소설가 멜빌이 쓴 소설 『모비 딕』 있지 않습니까? 그 '모비 딕'이 남근을 뜻해요. 그 소설은 카리스마 넘치는 에이합 선장의 남근하고, 그 거대한 신(神) 같은 흰 고래의 남근하고가 부딪치는 이야기입니다…… 자본주의의 남근, 정치적인 남근, 우주적인 남근하고 싸운다는 것이니까요."

얼굴 살갗의 많은 주근깨를 감추려 하지 않고, 자기의 체구 작은 것을 슬퍼하지 않고 산다는 참새만한 여자가 말했다. "남근이 없는 저는 무엇으로 그립니까?"

일남이 말했다. "당신에게는 종구(種口)가 있지 않아요? 종구를 번역하면 '씨입'입니다. 당신에게는 태평양보다 짙푸르고 깊은 구멍과 민감한 클리토리스가 있잖아요? 우주를 낳는 구덩이와 제2의 남근인 클리토리스! ……푸하하하……"

칠남이 말했다. "그렇습니다. 결국은, 일남 형님과 형수님과 제가, 남근과 여근이 가지고 있는 결핍 때문에 시를 쓰고 그림을 그리듯이, 우리 가엾은 증조부나 아버지나 어머니는 그분들의 결핍 때문에 자식을 열한 명이나 낳고, 그들 가운데 가장 똑똑한 아들 하나를 키우고 가르쳐서 판사나 검사를 만들려고 분투하셨던 것이지요."

초등학교에 다니는 일남의 아들은 윗목 구석에서 세상모르고 자고 있었다.

술에 취한 일남이 시인 동생 칠남에게 자기네 부부 공동의 화방을 보여주었다.

참새처럼 작은 여자와 더불어 아들 하나를 키우고 살면서 고등학생들에게 사회와 윤리를 가르치며 밤이나 방학 때나 공휴일에는 그림에 미쳐버리는 일남 형, 한때 집안의 대단한 기대주였던 그 일남이 '아버지는 남로당원이었다'라는 제목의 추상화 한 폭을 그려놓고 있는 것, 그것은 하나의 사건이었다.

그 그림에는 쉽게 이해할 수 없는, 어룽대는 빛과 암청색의 그림자가 담겨 있었다. 그것은 어쩌면 일남 형이 가지고 있는 무의식의 세계일지도 몰랐다. 무의식은 불교에서 말하는 전생일 수도 있고, 신들의 세계일 수도 있다고 칠남은 생각했다. 그것은 칠남의 가슴에 신화적으로 투영되고 있었다.

거대한 남자의 시꺼먼 그림자가 음화처럼 화폭 전체를 지배하고 있었다. 사방팔방에는 울긋불긋한 점들이 불안스럽게 찍혀 있고, 한가운데에는 거대한 남자가 두 팔을 양옆으로 뻗고 두 다리를 ㅅ 자로 벌린 채 뭉크의 〈절규〉처럼 부르짖고 있는데, 양쪽 다리의 발목에 까만 쇠고랑 줄이 묶여 있었다. 그 남자의 얼굴 색깔은 푸르뎅뎅했다. 이마는 넓고, 코가 주먹만하고, 눈은 부리부리하여 화광처럼 빛을 뿜고 있고, 입술은 두툼하고 머리칼은 헝클어져 있었다. 그 머리칼 왼쪽에는 붉은 별 그려진 국기가, 오른쪽에는 태극기가, 한가운데는 흰 바탕에 푸른색인 한반도기가 있었다. 그 남자의 아랫도리와 가랑이에서는 창세기 아침의 빛 같기도 하고 도깨비불 같기도 한 강렬한 형광 불빛이 아래쪽으로 쏟아졌다. 가랑이 아래에는 소인국 사람들처럼 작은 군상이 그 강렬한 불빛에 시달리며 갖가지로 몸부림치는 포즈를 취하고 있었다.

일남은 바람벽에 걸려 있는 그 200호 그림을 가리키며 칠남에게 말했다.

"이 그림, 자세히 봐라, 아버지하고 공동으로 제작한 작품이다."

칠남은 일남의 말의 뜻을 알 수 없어 "네?" 하고 반문했다. 일남은 얼굴을 일그러뜨리면서 말했다.

"잘 봐라, 한가운데를 X자로 그어버린 어렴풋한 칼자국이 있지 않으냐?"

그 말을 듣고 보니, 그림 한복판에 가로질러 그어버린 칼자국이 있었다. 일남이 말을 이었다. "오래전에 아버지가 오셔서, 나보고 판검사 될 공부는 내던져버리고 이렇게 페인트칠이나 하고 있다고 식칼로 북북 그어버리신 거야. 아버지가 세상에서 가장 사랑했던 아들에게 저주를 퍼부으며 기차를 타고, 울분에 휩싸인 채 떠나가신 다음 나는 내내 이것을 그대로 놔두고 살았다. 십 년 가까이…… 그랬는데 어느 날 밤에 잠을 자다가 문득 기막힌 생각이 떠올랐다. 이 그림을 떼어 엎어놓고 아교풀을 쒀서 마포를 쪼개 붙여 상처를 완벽하게 수선한 거야. 그런 다음 바르게 뒤집어놓고 그 수선한 것을 감추기 위해 덧칠을 한 거야. 덧칠을 하는 과정에서 저러한 창세기의 빛이 흘러나온 거야. 그러니까 이것은 아버지와 내가 공동으로 제작한 작품이다."

칠남은 입을 벌리고 탄성을 질렀다. 일남이 말을 이었다. "아버지의 큰아들인 나의 삶 속에 아버지가 모르는 비의가 들어 있듯이, 이 그림 속에도 아버지가 알아서는 안 되는 비의가 들어 있다."

일남은 냉장고에서 소주 두 병을 가져다가 마셨다. 참새만한 형수가 황태 두 마리를 방망이로 두들겨가지고 솜처럼 부드럽게 찢었다. 한 해 겨울에서 봄까지 내내 어녹으며 마른 다음, 가난한 화가와 시인 형제와 참새만한 여자의 소주 안주가 되고 있는 황태라는 놈과 〈아버지는 남로당원이었다〉라는 그림이 어떤 관계인가를 가지고 있을 듯싶었다. 일남은 소주병을 칠남이와 참새만한 여자의 잔에 기울여주고, 나머지를 나발불듯이 마셨다. 술이 얼근해졌을 때 일남은 구슬픈 목소리로 그 비의란 것을 토로했다.

"빨치산 활동을 한 김동수의 손자인 김일남이가 판검사 시험에 매달린 것은, 연좌제가 엄혹한 당시로써는 정말 어처구니없도록 멍청한 짓이었다. 나는 1차에는 별 문제없이 합격을 하는데 2차에서는 반드시 떨어지곤 했단 말이야. 처음에는 몰랐지, 그런데 두번째 낙방했을 때에 알아챘어. 남로당원이었던 우리 할아버지의 그림자가 내 발목을 잡은 것이야."

일남이 거친 숨을 뿜으며 말을 이었다. "그런데 나는 할아버지의 역사 때문에 내가 그 시험에 합격할 수 없었다는 것을 아직 아버지한테 말씀드리지 않았다. 아마 아버지는 지금도 그 사실을 모르고 계실 것이다. 나는 앞으로도 그것을 말씀드리지 않을 거야. 아버지는 그 사실을 모르고 세상을 사시는 게 덜 참담하실 것이니까."

일남의 아버지에 대한 사랑과 세상에 대한 저항 의지를 동시에 읽고 난 칠남의 가슴은 뜨겁게 끓어올랐다. 그는 참새만한 형수를 향해 소리쳐 말했다.

"형수씨, 소주 한 병 더 가지고 오십시오."

칠남은 참새만한 여자가 냉장고에서 꺼내온 소주병을 나발불듯이 마시고 나서, 새삼스럽게 자각한 듯 "아아, 우리의 할아버지가 남로당원이었네요" 하고 부르짖었고, 일남은 그를 끌어안고 엉엉 소리쳐 울었고, 참새만한 여자는 덩달아 눈물을 줄줄 흘리면서 휴지를 꺼내 코를 풀었다.

유리잔에 담긴 맥주를 한 모금 마시고 난 김오현은 칠남을 향해 "잘 들어봐라" 하고 나서 이야기를 계속했다.

한풀이

황치 다녀온 김오현이 아내에게, 일남이의 마음을 되돌릴 수 없어 뺨따귀를 두들겨팼을 뿐만 아니라, 바람벽에 걸려 있는 그림들을 식칼로 북북 그어버리고 온 이야기와, 일남이가 얼굴에 주근깨 많은 참새만한 여자하고 살림하고 사는 이야기를 하면서 일남이를 저주하자, 아내는 말없이 눈물만 훔치다가 남편을 등지고 돌아앉아 두 손바닥으로 얼굴을 가린 채 울먹거리며 말했다.

"아이고, 금쪽같은 내 새끼, 때리지는 말고 말로 하제…… 때리기는 어디를 때려라우! 아이고, 내 새끼…… 그렇게 도망가서 사는 지 놈의 속은 편하기만 하겠어요? 아이고, 불쌍한 내 새끼!"

새벽녘에 오현은 아내에게 트럭 하나를 사서 김장사를 해가지고 팔남이, 칠남이, 육남이를 가르쳐 판사나 검사를 만들어야겠다는 계획을 말했다. 아내는 가타부타 아무런 말도 하지 않았다. 일남이를 두들겨패고 왔다는 사실로 인해 토라져 있었다.

오현이 아침 일찍 밥을 먹고 집을 나서는데 아내가 앞을 가로막으며 말했다.

"밤새 생각해봤소. 그 장사 하지 마시오. 죽은 듯이 엎드려 있다가 댐 막는다고 땅이랑 집이랑 보상해주거든 여기 뜹시다. 서울로 가서 그 돈으로 아이들 가르치면서 삽시다."

"어느 세월에 보상을 받아가지고 나가? 그때는 새끼들이 다 자란 뒤일 터인데…… 그럼 한 놈도 쓸 만하게 가르치지를 못한단 말이여!" 그는 버럭, 역정을 내뱉었다. 아내는 여느 때와 달리 강경하게 앞을 막고 도리질을 하면서 말했다.

"죽으면 죽어도 그 장사 못해요. 차라리 나를 죽이고 나서 그 장사
하러 나가시오."

오현은 아내를 뿌리치고 골목길로 나갔다. 아내가 사력을 다해 옷
자락을 잡아당기면서, 제발 그 장사만은 하지 말라고 억지를 썼다. 그
는 아내에게 끌려들어와서 툇마루에 앉아 앞산을 건너다보았다. 가슴
이 답답해졌다. 김장사를 해서 늦게 낳은 자식들을 가르쳐 한풀이를
해야 하는데 아내가 그것을 막고 있었다. 주막으로 가서 술을 한잔하
면서 생각을 해보자고 마음먹었다. 아내를 뿌리치고 주막으로 갔다.
아내는 주막 문밖에서 지키고 서 있었다. 농협으로 대출받으러 가는
것을 막자는 것이었다. 오현은 울화가 끓었다. 저 여편네가 이제는 남
편의 발목에 족쇄를 채우려고 든다. 그는 아내에게 "나 농협에 안 나
갈 텐게 얼른 들어가. 남부끄럽게 거기 그렇게 서 있지 말고!" 하고
소리쳐주고 주모에게 술 한 주전자를 달라고 해서 마셨다. 다음날도
그다음날도 아내가 지키고 서 있는 가운데 술을 마셨다.

나흘째 되는 날 주먹 같은 울화가 올라와서 그의 목구멍을 막았다.
세상의 모든 것이 적으로 느껴졌다. 일남이와 아내가 그 주된 적이다
싶었다. 다 휘휘 저어 적을 물리치고 나서 훨훨 떠다니면서 장사를 하
고 싶었다. 그 장사를 하기만 하면 분명 승산이 있을 듯싶었다. 소주
한 병을 달라고 해서 마셨다. 눈앞의 세상이 핑 돌았다. 아내가 여우
같은 여자로 보였다. 놀래기처럼 속이 좁은 저런 여자 속에서 어떻게
판검사가 나온단 말인가. 그는 주막을 나서자마자 아내의 손목을 끌
고 집으로 갔다. 이후의 일은 어지러운 악몽 같았다. 무서운 영화 한

장면 한 장면 같은 일들이 어지럽게 소용돌이치는 짙은 안개 속으로 침잠했다.

깊은 잠을 한숨 자다가 일어나니, 아내가 앓아누워 있었다. 흰 수건으로 머리를 동이고 있는 아내의 광대뼈와 눈두덩에 피멍이 들어 있고, 입술은 생채기가 난 채 부어 있었다. 그는 오남이에게 말했다. "싸게 읍내 약국에 가서 약 지어가지고 오너라."

아내는 오남이가 지어온 약을 먹은 다음 아무 말도 하지 않고 울기만 했다.

아버지의 광기

모텔방은 심연 같은 밤 속으로 가라앉고 있었다. 칠남의 아물아물한 기억 속에, 아버지가 어머니를 미친 듯 폭행한 사건이 음화처럼 선명하게 움직이고 있었다.

어느 날 저녁, 아버지는 어머니의 머리채를 왼손으로 휘감아쥐고 오른손 주먹으로 두들겨팼다. 칠남이와 팔남이와 삼순이는 말릴 엄두를 내지 못하고 울고만 있었다. 이순이와 육남이와 오남이가 말리려 들었지만, 아버지는 말리는 자식들에게 사납게 발길질을 하고 주먹을 휘저어댔다. 아버지는 미친 괴물로 돌변해 있었다.

그때 어머니의 반응이 이상했다. 어머니는 머리채를 잡힌 채 아버지에게 두들겨맞으면서도 한마디의 비명도 지르지 않았다. 머리채를 움켜잡은 아버지의 손목을 두 손으로 틀어쥔 채 질질 끌려다니면서

"여보, 내가 잘못했소! 용서해주시오. 제발…… 머리채 놓아주면 내가 무릎 꿇고 빌께라우" 하고 통사정을 하기만 했다. 아버지는 아랑곳없이, 어머니의 머리채를 끌면서 옆구리와 등허리와 머리통을 주먹으로 가격했다. 어머니의 늘어진 아랫도리를 발로 차기도 하고 짓밟기도 했다. 아이들의 울음소리를 듣고 달려온 지씨 할아버지가 뜯어말려서야 아버지는 어머니를 놓아주고 툇마루 위에 쓰러져 뒹굴면서 혀 꼬부라진 소리를 뱉어냈다.

"다 뒤져라! 니년부터 나가서 물에 빠져 뒤져 이년아! 개천에서 용 나온다고 했제? 니년 밑구멍에서는 물뱀 새끼들밖에는 안 나온다."

아버지의 손에는 어머니의 머리카락 한줌이 뽑혀 있었다. 지씨 할아버지는 아버지의 얼굴을 들여다보며 호통을 치듯이 말했다. "오현이, 자네 미쳤는가! 어째서 안 하던 짓을 해? 천하에 무골호인인 자네가…… 제발 참고 들어가 잠이나 한숨 푹 자버리소."

아버지는 지씨 할아버지에게 "네, 네" 하고 굽실거렸다.

얼굴이 백지처럼 희어진 어머니는 코피를 흘렸다. 헤쳐진 저고리의 옷섶 사이로 유방이 드러나고, 머리카락들이 쑥대처럼 헝클어지고 폭이 터진 치맛자락 밖으로 어머니의 흰 다리가 나와 있었다. 어머니는 서둘러 옷매무새를 고치고 우물에서 물을 길어 코피 낭자한 얼굴을 씻고, 솜으로 콧구멍을 막고, 부엌으로 들어가 흰 사발에 설탕물을 타가지고 나와 지씨에게 주고 "아재가 저 사람한테 이것 한 사발 마시게 하고, 방으로 데리고 들어가 달래서 잠을 좀 재워주시오" 하고 애원했다. 어머니는 사지를 부들부들 떨기만 할 뿐 소리내어 울지 않았다. 흐르는 눈물을 소리없이 훔칠 뿐이었다. 어머니의 눈은 빨갛게 충

혈되어 있었다.

어머니는 다음날 몸져누웠다. 두들겨맞은 머리가 아픈지 흰 대님으로 머리를 싸매고 누워서 앓았다. 어머니의 눈과 볼과 어깨와 다리와 등과 옆구리에는 푸른 멍들이 들었고, 입술에는 검붉은 생채기가 생겨 있었다. 퍼렇게 부어오른 눈두덩 사이로 빨갛게 핏발이 선 눈동자가 보였다.

다시 예전처럼 양순해진 아버지는 어찌할 바를 몰랐다. 오남이에게 자전거를 타고 읍내에 가서 약을 지어 오라고 했고, 그것을 어머니에게 먹이며, "내가 미쳤소. 죽으려고 변했는 모양이요" 하고 진정 어린 참회와 사과의 말을 했다. 어머니는 모로 누운 채 소리없이 눈물만 줄줄 흘렸다. 눈물은 볼을 타고 베개를 적셨다.

아버지 김오현은 술을 한 모금 들이켜고 기다랗게 한숨을 쉬었다. 얼굴은 불콰해 있었다. 입술에 침을 바르면서 슬픈 목소리로 회한을 뱉어내고 있었다.

"그때 내가 느그 어머니 말을 들었어야 했는디……"

김장사

앓아누운 지 사흘째 되는 날 아침에야 아내는 굳어진 얼굴로 그에게 입을 열었다.

"당신이 장사를 하겠다고 하니께, 속 좁은 이 지집은 아무래도 마음이 놓이지 않고, 자꾸 가슴이 우둔거리요. 그렇지만 사람이 살고 보아야 제 어쩌겠소? 김장사 못하면 죽은 목숨이나 한가지라는디 이 지집이 어떻게 말리겠소? 그렇게 그 장사가 소원이면 한번 해보시오."

오현은 한동안 고개를 떨어뜨리고 있다가 아내에게 "이해해줘서 고맙소. 힘껏 한번 해보께라우. 나 해낼 자신 있소" 하고 인감과 주민등록증을 챙겨 들고 집을 나섰다. 운명에 도전해보고 싶었다. 육남이, 칠남이, 팔남이를 학교다운 학교에 보낼 수 있는 길은 그가 장사를 하는 일뿐이라 생각했다.

아내는 언제나 그랬듯, 그를 향해 허리를 ㄱ자로 구부리고, 몸조심해 다녀오시라는 인사를 했다.

농협으로 가서 대출을 받았다. 농협의 상무는 유치 일대의 토지 등급이 낮다면서 많은 땅의 담보를 요구했다. 처남에게 담보 잡혀준 것 이외의 모든 전답을 담보로 잡혔다.

읍내의 자동차 대리점에 가서 트럭 한 대를 사고, 대리점장의 중개로, 키 작달막하고 눈망울이 유순한 젊은 운전사를 구해서 차를 끌고 나섰다. 회진면 신상리와 대덕면 신리와 옹암리 일대의 김 양식업을 하는 친구들에게서 현금 박치기로 김을 싸게 샀다. 한차를 사서 싣고 광주 양동시장에 가서 팔았다. 수수료 떼고도 3할 장사는 되었다. 하아, 이런 좋은 수를 모르고 이때껏 헛세상만 살았구나.

광주에서 회진면으로 내려가는 길에 집에 들렀다. 순한 아내는 허리 굽혀 절을 하며 반겼다. 눈두덩에 든 피멍과 입술에 엉겨 있는 검붉은 딱지는 아직 남아 있었다. 아내는 그가 없는 사이에 홀쭉하게 마르고 얼굴이 까칠했다. 장사하겠다고 나간 남편이 걱정되어, 가슴이 우둔거려 밤잠을 제대로 잘 수 없다는 것이고, 잠을 못 자다보니 입맛이 없어 밥을 제대로 먹지 못한다는 것이고, 배와 가슴이 자꾸 아프다는 것이었다.

그는 아내를 달랬다. "염려 말고 아이들만 잘 돌보시오. 내가 해본께 장사 이것 참말로 할 만한 것이요. 이번 한 파수 했을 뿐인데, 다 떼고 벌써 이백 정도가 남았어라우."

그는 아내가 차려준 밥을 먹고, 곧 차를 몰고 떠나려 하면서 아내 손에 용돈을 잡혀주었다. 신상리와 대리에서 김 삼백 상자를 사 싣고 광주로 갔다. 이번에만 운전사를 따라 광주에 가서 팔고, 다음부터는 운전사 혼자서만 다녀오게 해야겠다고 생각했다. 양동시장의 해태상회 사장이 그의 통장에 수수료 떼고 남은 돈을 넣어주면, 그는 생산지에서 김을 사서 부치기만 하면 되는 것이었다. 땅 짚고 헤엄치기이고, 누워서 떡 먹기였다.

회진에서 김을 산더미처럼 싣고 장흥을 거쳐 병영을 지나 가파른 고갯길을 넘어 영암 방면으로 가는데 순간적으로 불길한 예감이 들었다. 급하게 휘어진 길에서 그가 "조심하소!" 하고 말을 했는데, 트럭이 절벽 쪽으로 쏜살같이 돌진했다. 아차, 할 사이도 없이 길 밖으로 곤두박질쳐버렸다. 애초에 속도를 많이 줄이고 천천히 내려갔어야 하는데 그러지를 못한 것이고, 제동장치가 중력과 속도를 견디지 못하고 터져버린 것이었다. 그는 몸이 허공 중으로 붕 떠올라 날아가는 느낌 속으로 빠져들어간 다음 의식이 캄캄해졌다.

정신을 차리고 보니, 그의 몸은 몸통을 외틀고 있는 늙은 소나무 가지 위에 걸쳐져 있었다. 이마와 목과 어깨에 찰과상이 조금 있을 뿐 거짓말같이 멀쩡했다. 트럭은 이십 미터 절벽 아래에 처박혀 있었다.

트럭이 있는 곳으로 내려가보니, 운전사는 운전대 밑에 고개를 처박고 있었는데, 목이 모로 꺾인 채 의식이 없었다. 얼굴과 뒤통수가 피범벅 되어 있었고 숨만 겨우 붙어 있었다. 사력을 다해 운전사를 끌어내 업고 언덕을 기어서 차도로 올라가며, 운전사에게 말했다. "자네 죽으면 절대로 안 되네. 내가 무슨 돈을 끌어다가 대든지 기어이 자네 살려낼 텐께."

지나가는 버스에 의식 없는 운전사를 실었다. 숨만 붙어 있는 운전사를 업고 대학병원 응급실로 갔다. 운전사는 머리 한 부분이 함몰된 데다 목이 부러진 까닭으로 하체가 마비되어 있었다. 가진 돈을 모두 털어다가 병구완을 했지만 운전사는 깨어날 기미를 보이지 않고 식물처럼 잠만 잤다.

장비를 동원해서 트럭을 끌어올렸으나 폐차시킬 수밖에 없었다. 운전사는 돈만 까먹고 일 년 동안 중환자실에 누워 있다가 죽었다. 운전사 병원비와 목숨값을 물어주었는데도, 운전사의 아내와 형제들은 그의 멱살을 잡고 흔들고 머리카락을 뜯으면서 위자료를 내놓으라고 했다. 담보 잡히고 빌린 돈의 원금과 이자, 일 년 동안의 병원비와 목숨 값으로 인해 집과 전답과 선산이 모두 넘어가고, 그는 빈털터리가 되었다. 농협은 매정하게 담보 잡은 것들을 경매로 넘겨버렸다.

밤봇짐

거덜이 난 다음인데도 운전사의 유가족들이 쫓아와서 위자료를 내놓으라고 성화를 부렸으므로, 오현은 유치 학산마을에서 더 살 수가 없었다. 어디로든지 도망쳐가야 했다. 아내가 말했다. "우리 밤봇짐 쌉시다. 찾아갈 데가 꼭 한 군데 있소."

마을에서 남의 논밭을 부치고 사는 사람들은 유치 일대가 물에 잠겨도 보상을 한푼도 받을 수 없다고, 인근의 마을 사람들하고 어울려, 이주비를 달라고 군청 앞으로 시위를 하러 다녔다. 집과 논밭과 선산이 있는 사람들은 이제 살판이 났다고 했다. 보상금 몇억원, 혹은 몇십억씩을 보듬고 외지로 나가 남부럽지 않게 살 수 있게 되었다고들 했다. 그 보상금으로 인한 살판이란 것은 오현과 관계없는 일이 되어버렸다. 그는 털 모두 뽑히고 뼈만 앙상하게 남은 수탉 신세가 된 것이었다.

은밀하게 밤봇짐 쌀 준비를 했다. 오래전에 지씨 집에 소를 숨겨놓았었다. 찾아가서 소값으로 오십만원만 손에 쥐어달라고 통사정했다. 지씨가 은밀하게 돈을 손에 잡혀주었다. 서둘러 아침밥을 먹고, 아이들의 학교에 찾아다니면서 전학 서류를 떼고 나서, 면사무소 호적계로 가서 본적지와 주민등록을 서울의 처남 주소지로 옮겼다.

한밤중에 그와 아내는 모든 살림살이들을 버리고, 마을 사람들 모르게 옷 보따리와 이불 보따리 하나씩만 이고 지고, 삼순이, 팔남이, 칠남이, 이순이, 육남이를 데리고 나주 쪽으로 걸었다. 오남이는 해저물녘에 읍내에 있는 일순이를 찾아가라고 등을 떠밀었다. 사남이는 다행히 입대를 해버린 뒤였다.

흐르는 음화

천장의 형광등이 미세하게 잉잉거리는 소리를 낼 뿐 모텔방은 조용했다. 아버지 김오현은 말을 끊고 맥주 한 모금으로 목을 축였다. 아들 칠남의 머리에 어지러운 음화 같은 기억 하나가 흘러갔다.

식구들은 야음을 틈타 도망치듯 고향 유치를 떠났다. 칠남은 팔남이의 손을 잡은 채, 옷 보따리를 머리에 인 어머니의 뒤를 따라 깜깜한 밤길을 허위허위 걸었고, 형 육남이는 막내 여동생 삼순이를 업은 채 걸었고, 아버지는 이불 보따리를 등에 지고, 이순이 누님의 손을 잡은 채 맨 뒤에서 걸었다. 가도 가도 끝이 없는 깜깜한 밤길이었다. 산모퉁이를 돌고, 노란 별빛, 붉은 별빛, 푸른 별빛 어린 시꺼먼 어둠을 품은 채 흐르는 강을 왼쪽에 끼고 걸어갔다. 가지색의 하늘에 총총한 별들이 눈을 부릅뜨고 밤도와 도망가는 식구들을 내려다보고 있었다. 그들의 앞쪽에서 트럭 한 대가 헤드라이트를 밝히고 달려왔을 때 식구들은 도둑질해가지고 달아나다가 들킨 사람들처럼 불안해하면서 길 가장자리로 비켜서주었다. 트럭은 식구들에게 짙은 먼지를 뿜어주고 달려가버렸다.

아버지 김오현은 맥주 한 모금을 오랫동안 입안에 머금고 있다가 삼켰다. 다시 되돌아가라 하면 죽인다고 할지라도 절대로 되돌아가지 못할 기억 속의 참담한 길을 그는 다시 걷고 있었다.

반지하 방 한 칸

영산포에서 완행기차를 타고 서울역에서 내려가지고, 우이동으로 우르르 몰려갔다. 처남의 집 창고로 쓰는 반지하의 콧구멍만한 방이 마침 비어 있어 그리로 들어갔다. 다른 곳에 방다운 방을 얻을 때까지만 거기에서 살겠다고 했다. 옷 보따리, 이불 보따리를 풀고, 처남댁이 지어준 밥을 달게 먹었다. 부엌에 헌 가스레인지와 엘피가스통을 들여다놓고, 양동이, 양은냄비, 밥그릇, 국그릇, 숟가락, 젓가락, 도마, 식칼 따위를 들여다가 살림살이를 시작했다.

아이들을 모두 이불 속에 묻어놓고 오현은 삼순이, 팔남이, 칠남이, 이순이, 육남이의 전학시키는 일을 했고, 아내는 일을 할 식당을 구하러 나갔다. 아내는 순하고 소박하게 보이는 인상 때문인지 곧 일자리를 얻었고, 그는 처남의 소개로 아파트 공사판에 일자리를 얻었다.

2월 들어서 아이들은 모두 학교에 나갔고, 그와 아내는 각기 구한 일자리로 일을 하러 나갔다.

다른 아이들은 별문제 없이 잘 다니는데, 육남이가 어느 날 볼과 이마에 상처를 입고 교복 상의의 겨드랑이가 찢어져 돌아왔다. 어느 놈하고 싸웠느냐고 물으니, 육남이는 도리질을 하며 "아무 일 없었어요" 하고 말했다. 그는 육남이를 데리고 뒷산 소나무숲으로 갔다. 황소만한 바위에 나란히 걸터앉아 누구하고 싸웠느냐고 물었다. 육남이가 말했다.

"왕초가 하나 있어라우. 그놈은 시치미를 떼고 가만히 있는데 그

216

밑에서 노는 똘마니들이 자꾸 시골뜨기라고 놀리길래 왕초하고 한번 붙어버렸어라우. 그 자식이 태권도 폼을 잡길래 저도 태권도 폼을 잡았어요…… 막상 떠본께 별것 아녔어라우. 저도 몇 대 때리고 그놈도 몇 대 때렸어라우…… 사실은 제가 더 많이 두들겨패버렸어라우. 인제는 똘마니들이 저한테 함부로 안 할 것이오. 아부지는 걱정 안 하셔도 돼라우. 학교에 찾아오실 것도 없고……"

3월 들어 새로이 반 편성이 된 아들딸들과 한 돼지갈빗집에 일자리를 얻은 아내는 금방 서울살이에 적응을 했는데, 그가 제일 더뎠다. 그는 아파트 공사장에서 벽돌을 짊어지고 계단을 오르내리다가 허리를 삐끗했으므로, 일을 쉬지 않을 수 없었다.

거미

허리 통증 때문에 힘든 막일을 할 수 없어, 정수기 회사 외판원으로 취직을 했다. 감색 양복에 빨간 넥타이를 말끔하게 맨 삼십대의 홍보실장에게서, 정수기의 구조와 그 회사 제품만의 좋은 필터와 이온 육각수를 만들어내는 기똥찬 기능에 대한 강의를 들었다. 강의 내용을 달달 외워가지고 그대로 지껄이면서, 열흘 동안이나 여기저기 쑤시고 다녔지만 한 대도 팔지를 못했다. 마지막으로 간 곳이 삼십삼층의 빌딩이었다. 진한 검정 제복에 금테 두른 모자를 쓴 수위의 눈을 피해, 한 사무실에 들어가긴 했는데, 입에서 "이거 좋은 상품입니다. 한대 설치하십시오. 우리 제품은 필터가 특이하고, 이온 육각수를 만들어내는 기똥찬 기능을 가지고 있습니다" 하는 말이 나오지를 않았다. 얼굴만 빨개져서 나왔다.

빌딩 앞의 계단에서 내다버린 쓰레기봉투처럼 우두커니 앉아 있는데, 빌딩의 유리창에 거미처럼 줄을 타고 내려오며 유리창 청소를 하는 남자의 모습이 눈에 들어왔다. 줄에 매달린 그네에 앉아서 하는 청소니까 그도 할 수 있겠다 싶었다. 저 일을 하게 해달라고 청해보자고 마음을 먹었다. 키 크고 얼굴이 달걀형인 수위에게 허리를 굽실거리며, 저 거미처럼 줄을 타고 오르내리는 사람하고 같이 유리창 청소 일을 하려면 누구를 통해야 하느냐고, 줄을 좀 대달라고 말했다. 수위는 그의 위아래를 훑어보더니 "저 사람들 청소 용역회사 사람들이어요" 하고 말했다.

그사이에 그네가 땅바닥으로 내려왔고, 그네에서 내린 청소부가 안으로 들어가더니 엘리베이터를 타고 올라갔다. 수위가 찾아온 손님과 이야기하는 사이에 그는 엘리베이터를 타고 청소부를 뒤쫓아갔다. 맨 꼭대기 층으로 올라가 출입구를 찾아서 옥상으로 갔다. 청소부가 혼자서 주저앉아 도시락을 먹고 있었다. 머리칼 놀놀하고 호리호리하고 깡마른 남자였다. 그 남자의 옆에는 로프 끝에 달린 그네와 플라스틱 양동이와 청소용구들이 놓여 있었다. 그는 그 남자에게 다가가서 말했다.

"저도 이 일을 좀 할 수 없을까라우?"

그 남자가 오현을 흘긋 돌아보며 볼멘소리를 했다.

"이 일을 재미로 하는 줄 아시우?"

그가 말했다.

"목구멍이 포도청이니께 무슨 일이든지 닥치는 대로 해보려는 것이지라우."

그 남자가 눈살을 찌푸린 채 퉁명스럽게 빈정거리듯이 말했다.

"떨어져 죽어도 좋다는 각오가 되어 있으면 한번 혀보시우."

그가 말했다.

"……한번 해볼께라우."

그 남자가 도시락 뚜껑을 덮으며 다시 그의 얼굴과 차림새를 뜯어보고 나서, 잘되었다는 듯 말했다. 오현은 처남의 헌 양복에 갈색의 넥타이를 매고 정수기 홍보 팸플릿을 손에 들고 있었다.

"……사흘째 일하러 나온 어리숙한 친구가 갑자기 어지럽고 토악질이 나고 밑구멍이 저리고, 목이 뻣뻣하고, 배창자가 땡겨서 도저히 안 되겠다고 들어가버렸는데, 회사에서는 대신 사람을 보내주지 않고…… 그래서 지금 나 혼자 하고 있는데 말이우, 당신이 대타로 들어오고 싶으면 어디 한번 들어와서 혀보시유. 오늘은 오전이 지나버렸으니께, 당신이 오후부터 했다고, 조금 있다가 부장님이 나오면 말해서……"

오현이 간절하게 말했다.

"그래 내가 대타로 나서볼라요."

그 남자가 말했다.

"그런데 고소공포증이 있으면 절대로 안 돼유. 고소공포증 때문에 허공에서 얼굴이 하얘져서 경기를 일으키는 사람이 있어유."

그는 자신 있게 "그런 염려는 마시오" 하고 나서 수인사를 청했다. 그 남자는 그냥 자기를 박생이라고 부르라고 말했다. 그가 김오현이라고 하자, 그 남자는 "이름은 복잡하니께 그냥 김생이라고 할께유" 했다. 그는 호리호리하고 깡마른 박생에게서 로프에 달린 그네를 타고 오르내리는 방법을 교육받고, 유리창 청소시 주의사항을 듣고, 넥타이를 풀어 호주머니에 넣고, 그네를 허공에 띄워놓고, 거기에 타고 앉았다. 점심을 거른 까닭으로 뱃속에서는 꼬르륵 소리가 났다. 한끼 굶는 것이 문제 아니라고 이를 악물었다. 그네를 달고 있는 밧줄의 끝이 옥상의 철심에 단단히 묶여 있는 것에 일단 안심을 했다. 그네에 달린 밧줄은 도르래에 의해 풀리게 되어 있었다. 한쪽의 줄을 풀어주면 그의 몸무게로 인해 그네는 아래로 내려갔다. 그네 왼쪽에는 물통이 걸려 있고, 오른쪽에는 유리창을 닦는 청소도구 두 개가 담긴 빨간 양동이와 두꺼운 수건 두 장이 걸려 있었다. 땅 밑을 절대로 내려다보지 말 것, 유리창 안쪽으로 보이는 사무실로 눈길을 보내지 말 것, 청소부는 다만 청소를 하는 로봇일 뿐이라는 것, 유리창 청소 이외의 생각은 하지 말고 집중해야 한다는 것, 목숨을 지키는 일은 장난이 아니라는 것을 박생은 누누이 강조했다.

T자로 된 스펀지 청소도구에 물을 묻혀 문지르면 말끔하게 닦였다. 그렇게 닦은 다음에는 수건으로 얼룩이 지지 않도록 씻어냈다. 바람이 세차게 불어오곤 했고 그네가 흔들렸다.

자기도 모르는 사이에 아래쪽을 내려다보았는데, 아득한 허공 저 아래쪽에 깔려 있는 장난감 같은 세상이 어질어질 기우뚱거리고 있었다. 개미같이 작은 인간들이 살고 있는 세상, 그 세상이 별것 아닌 것으로 여겨졌지만 오싹 온몸에 소름이 돋았다. 구역질이 났고, 목이 뻣뻣해지면서 가슴이 우둔거렸다. 떨어져 죽을 것 같은 공포증이 전신을 훑었다. 몸이 부들부들 떨렸고, 갑자기 오줌이 마려웠다. 말끔히 오줌을 누고 시작한 일인데, 중간층에 이르러 방광이 터질 듯 마렵기 시작했으니 어째야 하는가. 항문과 요도에 잔뜩 힘을 주며 참아야 했다.

일층 땅바닥에 내려서 화장실로 달려가 오줌을 눈 다음에 옥상으로 올라갔다. 그네를 끌어올리고, 심장이 부들부들 떨리는 것을 이 악물어 참고, 그네를 타고 내려가면서 다시 유리창을 닦았다. 허공에 늘어뜨린 가느다란 줄 위를 기어다니는 거미가 생각났다. 그래, 나는 사람 거미다.

황혼이 스러지고 땅거미가 지기 시작했을 때, 옥상으로 올라가니 감색 점퍼 차림의 오동통한 남자가 기다리고 있었다. 부장이라 불리는 사람이었다. 호리호리하고 깡마른 박생이 그를 부장에게 소개했다. 부장은 오후 한나절의 수당을 주면서, "고소공포증이 없다니까 일단 잘됐수다. 내일도 아침 일찍 나오시오. 자, 그럼 내일 만납시다" 했다.

수당은 짧았지만 고마웠다. 길거리에 서서 손을 벌리고 있어보아라, 누가 이런 돈을 손에 잡혀주는가. 박생을 따라 청소도구를 창고에 넣어놓고 엘리베이터를 탔다. 호주머니에 넣은 종이돈을 주물럭거리며 박생과 헤어졌다. 우이동행 버스를 타고 가는데 허공에 뜬 그네를 타고 있는 것처럼 어질어질했다.

종점에서 내려 단팥빵 한 봉지를 사들었다. 골목길을 걸어가는데 허공에 떠 걷고 있는 것처럼 세상이 기우뚱거리고 눈앞이 어질어질했다. 똥줄과 목이 땅기고 배가 아프고 토악질이 나서 그 일을 그만두었다는 사람을 생각했다. 고소공포를 이겨낼 수 있는 나는 얼마나 다행인가.

집으로 들어가자 아이들이 몰려나와 절을 했다. 아내의 모습은 보이지 않았다. 단팥빵 봉지를 아이들에게 안겨주었다. 아직 저녁을 먹지 않고 있던 아이들은 빵 한 개씩을 게눈 감추듯 먹었다.

아내는 열시가 조금 넘었을 때 들어와 부산스럽게 밥을 지어 그와 아이들에게 먹였다. 그는 밥을 게눈 감추듯이 먹었다. 잠자리에 든 아내는 고층빌딩 유리창을 닦고 왔다는 그를 걱정했다. 그의 가슴에 이마를 묻고, 만일 줄이 끊어지는 날에는 어쩌겠느냐고, 그것 그만두면 안 되겠느냐고 말했다. 그는 로프가 굵고 튼튼하니까 걱정 말라고 했다. 아내는 천장을 쳐다보며 말했다.

"배 타는 사람, 나무 타는 사람의 심장하고, 간하고, 쓸개하고는 닳아지고 또 닳아져서 밤톨만해진다고 합디다."

오현은 "다 헛소리여" 하고 받았지만, 꿈에 고층빌딩의 유리창을 닦다가 줄이 끊어져 곤두박질쳐 떨어지곤 했고, 그때마다 식은땀을 흘리며 잠에서 깼다. 아내는 꼭두새벽에 일어나 정화수를 떠놓고 비손을 한 다음, 밥을 지어 아이들과 그의 도시락을 싸놓고, 저녁밥까지를 준비해놓은 다음 아침상을 차렸다.

그는 아내가 깔아준 꽃방석에 앉아 밥을 먹었다. 아내는 여덟시에 출근하는 그를 배웅했다. 배웅하는 아내는 ㄱ자로 허리를 굽혀 절을 하고, 골목길까지 따라나오며 말했다. "여보, 오늘 가서 하루만 더 해보시고 고만두시오."

아버지의 자리

이날 그는 고층빌딩 옥상 난간에서 유리창 청소용 그네 위로 올라 타며 심장과 간과 쓸개가 아리고 시리는 것을 느꼈다. 항문의 불수의 근이 저리고, 불알과 전립선이 움츠러드는 것도 느꼈다. T자로 된 청 소도구를 집어들다가, 박생이, 절대로 밑을 내려다보지 말라고 한 주 의사항을 깜빡 잊어버리고, 아래를 내려다보는 잘못을 저질렀다. 빌 딩 아래 길을 걸어가는 사람들이 개미처럼 작았고, 지나다니는 차들 이 장난감 같았다. 그넷줄이 끊어지면 그는 돌덩이처럼 떨어질 것이 고 땅바닥에 머리를 박고 피를 흘린 채 죽을 것이다. 가슴이 우둔거 렸고 뒷목이 뻣뻣해졌다. 또다시 간, 쓸개, 심장이 닳아지는 것, 항문 의 불수의근이 저리며 오그라드는 것이 느껴졌다. 오줌이 마려웠다. 아내의 말마따나 나의 심장과 간과 쓸개가 닳고 닳아져서 밤톨만해 지면 어찌할까. 애간장의 껍질이 닳고 닳아서 비닐처럼 얇아지면 어 찌할까.

박생은 익숙한 솜씨로 청소를 했고 그보다 더 먼저 아래쪽으로 내 려갔다. 그의 손은 자꾸 떨렸다. 심한 손 떨림 현상은 심장, 간, 쓸개 가 닳아지고 있는 증거인지 모른다. 손의 떨림 때문인지 유리창이 잘 닦이지 않았다. 하마터면 청소도구를 놓칠 뻔하기도 했다. 청소도구 를 놓치는 경우가 있는 까닭인지, 예비 도구가 하나 더 있었다. 몸이 떨리지 않게 하기 위하여 눈을 감은 채 심호흡을 했다. 지금 고층빌딩 의 유리창을 닦고 있는 것이 아니고, 아내와 함께 봄날 청보리밭에 북 을 주고 있다고 생각했다. 아니, 학산마을에서 할아버지의 제사를 지내고 있다는 생각을 했다. 아이들을 다 잠재워놓고, 음복례를 한 다음, 제사상 앞에 잠자리를 마련하고, 아내와 더불어, 할아버지와 할머니와 아버지와 어머니와 형들의 혼령들에게 보아란듯이 성스럽게 부부행위, 그 특별한 제의를 하던 생각을 했다. 그 생각들이 효험이 있는지 떨리는 가슴이 진정되었다. 손의 떨림도 가시었다. 부지런히 유리를 닦았다. 그러다가 그도 모르는 사이에 아래쪽을 내려다보았다. 빌딩의 현관을 드나드는 사람들, 거리를 지나는 사람들이 개미처럼 작았다. 조그마한 먹이를 물고 달려가는 개미들을 본 적이 있었다. 저 사람들이 개미와 다른 점이 무엇인가. 세상은 참으로 별것 아니라는 생각이 들었다. 판사나 검사가 된다는 것은 무엇이고, 환쟁이가 된다는 것은 무엇인가. 별것 아닌 것들 때문에 나는 헛욕심을 부리다가 신세를 조진 것이 아닌가. 그렇지 않다. 육남이, 칠남이, 팔남이가 내 한을 풀어줄 것이다.

빌딩 모서리 저쪽으로 해가 기울고 땅거미가 밀려들고 외등들과 가로등들이 켜지고 있을 때, 부장이 나타나서 일당을 주었다. 받아 헤아려보니 이날 것도 짰다. 부장이 말했다.

"일부러 떨쳐놓고 덜 주고 있는 거야. 내일 나오면 보태서 줄려고."

오현은 그것을 받아 호주머니에 넣고 엘리베이터를 타고 내려갔다. 허공의 그네 위에 올라타고 있는 듯 어지러웠고 다리에 힘이 없고 후들거렸다.

붕어빵을 사들고 집에 들어갔다. 아이들은 모두 그에게 절을 했고, 붕어빵을 흔감해하며 먹었다. 아내는 식당에서 일을 하느라고 들어오지 않았다. 아내가 준비해놓은 밥을 먹고 아랫목에서 바람벽을 향해 누웠다. 노곤했다. 간과 쓸개와 심장의 껍질이 많이 닳아진 때문에 이렇게 온몸에 맥이 없어진 것일까.

아이들은 전등불 아래서 공부를 했다. 이때 그는 가슴을 저리게 하는 한 가지 사실을 발견했다. 아이들이 그가 앉곤 하는, 아내가 마련해놓은 꽃방석을 건드리지 않는다는 것이었다. 그것은 아내가 '아버지 자리'라고 정해놓은 곳이었다. 아내는 그 꽃방석을 부엌이 있는 쪽의 가장 따뜻한 아랫목의 으뜸에 놓아두고 그 자리를 아버지의 자리라고, 아이들에게 엄히 말을 한 것이었다. 만일 누군가가 함부로 아버지의 자리를 발로 밟는다든지 거기에 엉덩이를 붙이고 앉는다든지 하면, 그 아이를 방 한가운데 세우고, 종아리를 걷어올리라고 하여 회초리 세 대를 때렸다. 그것은 유치 학산마을에 살 때부터 하던 일이었다. 학산마을에 살 때는 아이들이 공부하고 뛰어놀 수 있는 사랑방이 따로 있었으므로, 안방의 아랫목 한가운데를 아버지 자리로 정해놓을 수 있었다. 그런데 서울 우이동의 처남 집의 반지하의 방은 콧구멍만한 공간임에도 불구하고 아버지의 자리를 마련해놓았고, 그곳을 금기의 공간으로 정해놓은 것이었다. 아내는 그가 외출을 했을 때에도 그곳을 침범하지 못하게 하는 것이었다.

아내가 식당일을 하고 열시 이후에 들어오면, 삼순이는 제 어머니에게 "팔남이 오빠가 아버지 자리에 앉아 공부했다네" 하고 고자질했다. 팔남이는 발끈하여, "삼순이 너는 아버지 자리 밟고 안 다녔냐?" 하고 말했다. 아내는 아버지의 자리를 함부로 침범한 팔남이의 종아리를 회초리로 때렸고, 무릎 꿇려 앉히고는 엄하게 훈육을 했다.

"어메가 어째서 아버지 자리를 함부로 앉거나 밟지 말라고 하는 줄 아냐? 집안에 있는 가족들이, 아버지 자리를 잘 보존해놔야 밖에 나가신 아버지가 무탈하게 사업을 잘하실 수 있으니께 그래."

회초리를 맞은 팔남이는 눈물을 훔치면서 고개를 끄덕거렸다. 아내의 입에서 흘러나온 '사업'이란 말이 오현의 가슴 한가운데를 찔렀고, 얼굴이 화끈 뜨거워졌다. 그는 사업가가 아니고, 그저 일당을 받고, 빌딩의 유리창을 닦는 사람거미 한 마리에 지나지 않는 것이었다.

산타클로스

일주일째 되는 날 그 빌딩의 청소가 끝났을 때 부장이 말했다.

"들어가 쉬고 있으면 연락을 할게. 연락처를 말하소."

오현은 처남의 집 전화번호를 가르쳐주었고, 다음날 아침부터 일자리를 구하러 다녔다. 수유리의 백화점 사무실에 들어가 청소부 노릇을 하게 해달라고 통사정을 했는데, 홍보실장이 그의 위아래를 훑어보더니, 샌드위치맨을 해보지 않겠느냐고, 키가 헌칠하므로 안성맞춤이겠다고 했다. 그것은 피에로 차림을 한 채, 광고지가 부착된 상자속에 들어가 그 상자를 어깨에 걸치고 백화점 앞과 시장통 사이를 왔다갔다하면서 호객을 하는 것이었다.

얼굴에 하얀 분을 바르고, 입이 아이의 손바닥만하게 보이도록 입술을 빨갛게 그리고, 얼룩덜룩한 분장을 하고, 피노키오처럼 기다란 코를 붙이고 빨간 고깔모자를 쓰고, 샌드위치맨 노릇을 했다. 첫날 일당을 받았는데, 빌딩의 유리창 닦는 것보다 많았다. 그가 샌드위치맨 노릇을 하면서부터 아내의 얼굴은 밝아졌다. 그는 날마다 받은 일당을 아내의 손에 잡혀주곤 했다.

11월 하순 들면서는 홍보실장이 산타클로스 할아버지 노릇을 하라고 시켰다. 흰 고깔 달린 빨간 모자를 쓰고, 입과 턱과 목을 모두 가리는 기다란 흰 수염을 붙이고, 빨간 옷을 입고, 커다란 빨간 선물 자루를 한쪽 어깨에 걸친 산타클로스 할아버지.

그것은 샌드위치맨보다 힘든 일이었다. 샌드위치맨은 천천히 걸어다니기 때문에 지루하지 않은데, 산타클로스는 마네킹처럼 가만히 서서 한곳을 뚫을 듯이 바라보고 서 있어야 하는 것이었다.

찬바람이 먼지를 쓸면서 달려왔다. 월말고사를 치르고 난 학생들이 단체로, 한길 건너에 있는 극장에서 상영하는 영화를 보러 왔다. 학생들은 백화점 앞에 서 있는, 산타클로스 할아버지 복장을 한 그를 보고 신기해하였다.

"우와, 산타클로스가 진짜 살아 있는 사람 같다!"

한 아이가 이렇게 말하자 아이들이 그에게로 몰려왔다. 그는 그 아이들 가운데, 아들 칠남이가 있는 것을 발견했다. 칠남이를 발견하는 순간 얼굴이 화끈거리고, 가슴과 정수리에 시린 전율이 일었다. 코끝이 시큰해지고 눈시울이 뜨거워졌다. 아이들은 그의 다리를 만졌다. 산타클로스가 살아 있는 사람인가, 마네킹인가, 하는 문제를 놓고 아이들은 두 패로 갈려 우겼다. 마네킹이라고 우기는 아이들은 그의 허벅다리를 꼬집으면서 그의 얼굴을 쳐다보았다. 사람이라고 우기는 아이들도 그의 얼굴을 쳐다보았다. 그의 눈에서는 눈물이 흘렀다. 흐르는 눈물을 닦을 수 없었다. 누군가가 "산타클로스가 운다. 꼬집지 마라" 하고 소리쳤다. 마네킹이 아니고 사람이라는 것을 알아차린 아이들은 깔깔거리며, 푸른 신호등으로 바뀐 건널목으로 달려갔다. 칠남이는 달려가다가 그를 돌아보고 또 달려가다가 뒤돌아보았다. 파란불이 깜박거렸고, 인솔 선생이 호루라기를 불며 손짓을 했고, 아이들은 모두 극장 안으로 들어갔다. 그는 제발 칠남이가 그를 알아보지 못했으면 하고 바랐다.

두 시간쯤 뒤 영화를 본 아이들은 인솔 선생을 따라 버스에 올랐고, 그 버스는 우이동 쪽으로 멀어져갔다. 서쪽 하늘에서 황혼이 타오르다가 꺼지고 땅거미가 내렸다. 가로등들이 거무스레한 땅거미를 묽어지게 만들었다. 밤 아홉시에 그는 산타클로스 복장을 벗고, 일당을 받아들고 학생들이 건너던 횡단보도를 건넜다. 횡단보도 옆에 군고구마 장수가 있었다. 따끈따끈한 군고구마 한 봉지를 샀다. 그것이 식지 않도록 가슴에 안았다. 군고구마들의 따끈한 온기가 가슴 살갗으로 밀려들었다.

우이동 종점에서 내려 비탈진 골목길을 올라갔다. 찬바람이 등뒤에서 불어왔고, 마른 가랑잎들이 들쥐들처럼 그를 앞질러서 달려갔다. 가지색 밤하늘에 자잘한 별들이 떠 있었다. 집에 들어가자마자 그는 마중나온 아이들에게 둘러싸였고, 고구마 봉지를 내밀었다. 방으로 들어간 아이들은 고구마 봉지를 뜯어 따뜻하고 달콤한 고구마를 한 개씩 나누어 먹었다. 한데 칠남이는 구석으로 돌아앉은 채 팔뚝으로 눈물을 훔치면서 고구마를 먹었다. 그가 조심스럽게 칠남이의 얼굴을 넘겨다보면서 "칠남이, 고구마 맛있니?" 하고 묻자, 칠남이는 이불 속으로 얼굴을 묻으면서 엉엉 울어버렸다. 그는 말없이 등뒤에서 칠남이를 보듬어주면서 등을 토닥거렸다.

눈물 묻은 군고구마

밤이 깊었는데, 자동차 지나가는 소리가 들렸고 모텔방이 전율하듯 떨었다. 아버지 김오현은 어린 자식들에게 군고구마 한 봉지를 사다 안겨준 이야기를 하는 대목에서 눈시울을 휴지로 찍어냈다. 목소리에 울음이 들어 있었다. 그는 심호흡을 하고 나서 목을 축이듯이 맥주를 마셨다.

아들 칠남은 침대 모서리에 한쪽 얼굴을 기대고 속으로 울었다. 눈물 묻은 군고구마가 그를 시인으로 만들었는지도 모른다고 칠남은 생각했다. 눈물 묻은 고구마의 찝찔한 맛은 그를 빨리 철들게 했다. 그는 세상을 현상적으로 보는 것이 아니고 본질적으로 보려고 들었고, 세상을 향해 반항할 줄 알게 되었다. 아버지가 산타클로스가 되어 꼿꼿이 서 있는 것을 본 그의 눈에는 영화 화면이 들어오지 않았다. 그 산타클로스 노릇을 하고 받은 돈으로 사온 군고구마를 받아든 순간 눈물이 쏟아졌다. 이불 속에 얼굴을 처박은 채 울면서 눈물 묻은 달콤하고 찝찔한 군고구마를 아귀아귀 먹었다. 그 눈물 묻은 군고구마에 대한 기억은 그를 내내 인색하고 독하게 만들었고, 열심히 공부하게 했고 세상을 눈물을 통해 바라보게 만들었다. 그의 시는 눈물을 통해 투영되고 굴절된 결과물이었다.

아버지 김오현이 유리잔에 맥주를 따라 칠남에게 건네면서 "악아, 너도 한잔 마셔라" 하고 말했다. 칠남은 잔을 받아들었다. 가슴이 쓰라림으로 벅차 있었다. 아버지에게서 하늘 같고 땅 같은 엄청난 유산을 받고 있다고 생각했다. 맥주 한 잔을 들이켜고 나서 아버지에게 말했다.

"아버지께서 해주시는 이야기들 한 대목 한 대목…… 세상에서 제가 제일 부자가 된 느낌이어요."

일순의 변신

이른 봄날 밤 열시쯤에 집에 들어오니, 일순이가 와 있었다. 일순이는 제 어머니와 동생들과 더불어 마당으로 달려나와서 그에게 허리 굽혀 절을 하고, 말없이 아버지 오현을 얼싸안았다. 일순에게서 진한 화장품 냄새와 젊은 여체 특유의 냄새가 날아왔다. 젊어서 아내에게서 맡은 그러한 냄새였다.

"윤서방은 잘 있냐?"

그의 말에는 대꾸하지 않고 일순이는 딴전을 피웠다.

"아부지, 얼굴이 말랐구만, 피부도 꺼칠하고…… 잘 좀 잡수시지……"

안으로 들어와서 보니, 일순이는 예사의 시골 젊은 아낙 모습이 아니었다. 청점퍼에 짧은 청치마를 입고, 검은색의 팬티스타킹을 신고 미역 다발 같은 진한 갈색의 생머리를 하고 있었다. 화장을 짙게 하고, 눈에 가짜 속눈썹을 붙이고 있는 것이 역겹게 느껴졌다.

그는 아내가 아버지의 자리라고 만들어놓은 꽃방석 위에 앉아 밥상을 받았다. 일순이는 그가 밥을 먹는 동안 윗목 구석에서 바람벽을 향해 앉아 막내 삼순이의 미술책을 뒤적거리고 있었다. 그는 내내 일순이에 대하여 궁금해하면서 밥을 먹었다. 그가 숟가락을 놓자 아내가 낮은 목소리로 말했다.

"사실은, 일순이가 갈라섰다고 하요."

그가 밥을 머금은 채 얼굴을 찌푸리자, 아내가 "무슨 사정인가가 있었겠지라우" 하고 말했다. 그는 밥상을 내려다보며 불편한 트림을 했다. 아내가 통사정을 하듯이 말했다. "애들 없을 때 제가 다 말씀드릴께라우."

일순이가 미술책을 밀어놓고, 대수롭지 않게, 오른손 주먹을 들더니 새끼손가락 하나를 펴 보이고 말했다. "진작부터 그 자식한테 요거 생겼어라우."

그는 심호흡을 하고 잠시 뜸을 들였다가 말했다. "남자가 트럭 타고 떠돌이장사를 하면서 타지에 나가면 객수에 젖어 어쩌다가 그럴 수도 있는 것인데, 그냥 눈 딱 감고 좀 참고 살지…… 그 바람이 평생 가지는 않을 것이니께."

아내가 차갑게 잘라 말했다. "아주 딴살림을 차렸다고 안 하요? 새끼도 둘이나 낳고."

그가 일순이에게 물었다. "그럼 너는 지금 어디서 어떻게 사냐?"

일순이가 말했다. "그냥 나와버렸어라우. 새끼가 있는 것도 아니고……"

"맨몸으로? 위자료도 뭣도 없이?"

일순이는 더 대답하는 것이 곤욕스러운 듯 퉁명스럽게 "잘살고 있은께 염려 마십시오…… 저 갈라요" 하며 몸을 일으켰다.

"가기는 이 밤중에 어디로 간단 말이냐?" 그의 말에 일순이는 "지하철 타면 금방 가라우. 또 오께라우" 하며 문을 열고 나가버렸다. 아내가 따라나갔다. 육남이, 이순이, 칠남이, 팔남이, 삼순이가 우르르 뒤따랐다. 그는 울화가 끓어올랐다.

아이들이 잠든 다음 아내가 말했다. "그 가시내, 시방 팔당땜 인근에서 산다는구만이라우. 민물고기 매운탕집에서 써빙을 함서…… 서울로 와버린 지 이 년이 다 되어간다요."

"허허어!" 그는 탄식을 했다. 사위 윤영철의 배반도 배반이지만, 딸 일순이의 경솔한 처신이 한심스러웠다. 아내는 조용히 말을 이었다.

"매운탕집이 아주 잘되는디, 주인하고 산당만이라우. 그 집 주인여자가 암으로 재작년에 죽었다요." "남자가 몇 살인디?" 그렇게 묻기를 기다렸다는 듯 아내가 말했다. "저보다 열두 살이 많다고 하요." "달린 새끼들은?" "딸만 둘 있는디 하나는 고3이고 또하나는 고1이라요. 그것들 둘이가 일순이한테 엄마, 엄마 하고 잘 따른다요. 둘이 다 공부를 잘한께 좋은 대학에 갈 것이고, 몇 년 있으면 졸업하고 취직하고 결혼하면 즈그 부부만 남지 않겄소?"

서울로 도망쳐 올 때 일순이에게 떠넘긴 오남이가 생각났다. "오남이는 어쩌고?" "중국집에 들어가서 주방일 잘하고 사니께 걱정 말라고 하요."

피에로

어린이날, 팔남이와 삼순이가 학교 소운동회를 한다고 하얀 체육복을 입고 학교에 갔다. 그는 백화점 문 앞에서 얼굴을 울긋불긋하게 칠하고 고깔모자를 쓰고, 피노키오 코를 붙이고, 피에로 차림을 한 채 손님들을 맞았다. 어린이날이라 특별하게 고깔모자의 꽁지에 작은 고무풍선까지 달고, 한 손에 호박 덩이만한 고무풍선을 들고 다른 한 손에 꽃을 들고, 어머니 아버지를 따라 백화점에 오는 아이들을 맞이하면서, 엉덩이를 아이들에게 두르고 방귀를 뀌어 하얀 분말을 뿜어주었다. 그 분말에서는 분향내가 났다. 아이들은 그를 손가락질하며 깔깔거렸다. 허리가 아리고 쑤시고 끊어질 듯이 아팠지만, 이를 악물어 참고 백화점을 찾는 어린이들을 즐겁게 해주어야 했다.

햇빛은 찬란했고 바람은 살랑거렸다. 아버지 어머니의 손 하나씩을 잡은 채 그네를 타고 오는 아이들을 보면서 삼순이와 팔남이의 얼굴을 떠올렸다. 우리 아이들은 소운동회를 마치고 집에 갔을까. 어린이날이라 아내의 음식점이 유달리 바쁠 것이다. 삼순이와 팔남이는 쓸쓸하게 어린이날 오후를 보내야 한다.

허리 통증을 견디며 서 있는 그의 몸에서는 식은땀이 흘렀다. 문득 현기증과 무력증이 일어났다. 긴장을 풀면 주저앉을 듯싶었다. 오줌이 마려웠다. 화장실로 갔다. 허리 통증을 참아내며 안간힘을 쓴 까닭으로 비비 꼬여 있는 몸을 이리저리 외틀었다. 허리에 두 손을 짚고 윗몸을 뒤로 젖히는 체조를 했다. 그렇게 해도 허리 통증은 가시지 않았다. 대변소로 들어가서 오줌을 누고 나갔다.

홍보실장이 그에게 뱀눈을 해가지고, "어째서 하필이면 사장님이 나오실 때 화장실엘 가는 거야?" 하고 퉁명스럽게 꾸짖었다. 그는 비굴하게 웃으면서 굽실거려주고 그의 자리로 갔다.

밤 열시가 가까웠을 때 약방에서 파스 한 통을 사고, 삼순이와 팔남이, 칠남이, 육남이가 좋아하는 호떡을 사가지고 집으로 갔다. 아내는 아들딸을 이끌고 나와서 그를 마중했다. 아내는 그의 앞에 허리를 ㄱ자로 굽혀 절을 했다. 아들딸들도 마찬가지로 절을 했다. 삼순이와 팔남이와 이순이와 육남이는 달게 먹는데, 칠남이는 먹기 싫다고 하면서 구석에 앉은 채 눈으로 책만 팠다.

칠남이는 장차 시인, 소설가가 되는 것이 꿈이라고 했다. 이놈의 속은 노랗게 익어 있었다. 그는 아내가 떠주는 물로 세수를 하고 차려주는 밥을 먹고 엎드렸다. 아내는 두 통의 편지를 그의 손에 잡혀주고, 허리에 파스를 붙여주었다. 엎드린 채 편지지를 펼쳐 읽었다. 한 통은 육군 중사 이남에게서 온 것이고, 다른 하나는 삼남이가 보낸 것이었다. 먼저 이남이한테서 온 편지를 읽었다.

국토방위 임무를 건강하게 잘 수행하고 있다는 사연, 자기가 태권도 사범 노릇을 하고 있다는 사연, 시범부대를 이끌고 호주에 나갔다가 온 이야기가 곁들여져 있었다. 마지막에 돈 이천만원을 보내니, 좀 넓은 방을 얻어 이사를 하라는 말이 쓰여 있었다. 가슴에서 뜨거운 것이 올라왔다. 이미 편지를 읽은 바 있는 아내는 그의 엎드린 다리를 주무르면서, 그의 가슴에서 올라오는 울음을 따라 소리없이 울고 있었다. 그의 눈에서 흐른 눈물 한 방울이 하늘을 나는 태권도복 차림의 이남이의 사진으로 떨어졌다.

삼남이의 편지는 원양어선을 타고 출항한다는 내용이었다. 그 어떠한 난관도 극복하겠다는 각오가 들어 있었고, 번 돈을 모두 아버지 어머니 앞으로 부치겠다는 말도 들어 있었다. 아내가 목울음 섞인 목소리로 말했다.

"죽을 약 곁에는 살 약이 있다더니, 우리가 그 짝이요."

다음날 편지 한 통이 날아들었는데, 군대에 있는 사남이가 공무원 시험 준비를 하고 있다는 것이었다. 제대를 하자마자 시청이나 군청에서 근무할 거라는 것이었다.

연립주택

십칠 평짜리 연립주택으로 이사를 했다. 이천만원의 보증금에 월세를 내기로 했다. 자그마한 방이 셋이고, 거실을 겸한 부엌이 있고, 화장실을 겸한 욕실이 있었다. 이순이, 삼순이에게 구석방을 주고, 육남이, 칠남이, 팔남이에게 현관 옆 방을 주고, 그와 아내가 안방을 썼다. 아내는 거실에 '아버지의 자리'를 만들어놓았다. 늘 일곱 식구가 둘러앉을 수 있는 둥그런 밥상을 놓아두고 살기로 했는데, 안방 쪽의 한가운데 자리가 아버지의 자리였다. 그 자리에는 늘 원형 꽃방석 하나가 놓여 있었다. 그 방석은 함부로 들어내도 안 되고, 어느 누가 밟고 지나가거나 그 위에서 뒹굴어도 안 되었다.

식당일을 쉬는 날, 아내는 아침밥상을 차리고, 식구들이 모두 모여 식사를 하게 했다. 그때 그는 물론 아버지의 자리에 앉았다. 그가 백화점에 피에로 노릇을 하러 가고 없을 때는 그 자리를 비워둔 채 아이들하고 둘러앉아 밥을 먹는 것이었다.

연립주택으로 이사를 한 뒤에는, 아내가 더 적극적으로 아이들에게, 그의 출근 때의 배웅 인사와 퇴근 때의 마중 인사를 진중하게 시켰다. 그가 돌아와 초인종을 누르면, 저희 방에서 공부하고 있던 아이들이 모두 나와서 "아버지, 안녕히 다녀오셨습니까?" 하고 인사를 했다. 물론 다음날 출근할 때는 현관문 앞에까지 나와서 "아버지, 안녕히 다녀오십시오" 하고 인사를 했다. 만일 아이들이 그보다 학교를 더 빨리 갈 때에는 그의 앞에 와서 인사를 하고 갔다.

그해 겨울 장흥 중국집에서 주방장 노릇을 한다던 오남이에게서 군대에 간다는 편지가 왔다. 편지 내용이 코끝을 시큰하게 했다. 자기는 음식점 주방장 노릇을 성실하게 했으므로 군대에 가면 장교식당에서 일을 하게 될 것이라고, 잘 먹으면서 편히 지내다가 올 것이니 염려 말라는 것이었다.

그날 밤 처남이 찾아왔다. 공사판에서 막일을 하고 술 한잔을 한 처남은 집에 들르지 않고 곧바로 그의 연립주택에 찾아온 것이었다. 거실에서 마주앉은, 몸이 건장한 처남은 술냄새를 풍기며 "매제에게 고향 이야기를 하기가 무엇하네만……" 하고 말을 뺐다. 그 순간 그는 가슴이 덜컥 내려앉는 듯싶었고 얼굴이 뜨거워졌다. 고개를 깊이 숙이는데 처남이 말을 이었다.

"자네…… 집, 논밭, 선산까지 다 넘어가버린 판이라, 고향에 정이 떨어져 등을 돌리고 사는 자네의 속이 많이 아플 것이네만, 그래도 말이여…… 오늘 고향 동네 친구 하나를 만나 들어보니까, 자기 집하고 땅하고 산을 가진 사람들은 모두들 이주 보상비를 받아가지고 서울로 부산으로 광주로 장흥 읍내로 뜨면서 선산 묘지들을 옮긴다고 하는데, 자네도 고향에 한번 가보지 그런가? 선산은 넘어갔을지라도 묘들은 거기 그대로 있지 않겠는가. 조상님 무덤들은 어디로 옮겨 모셔야. 우리 장형님은 조부모 아버지 어머니 무덤 옮기는 비용을 받아서 장흥, 금성 공동묘지로 옮기고, 안양에 집을 사서 이사를 하신 모양인데."

그는 얼굴이 뜨겁게 달아올랐고, 가슴이 미어지는 듯 아팠다. 처남이 말을 이었다.

"댐 공사가 거의 끝나가니께, 내후년 초부터는 유치 전체가 물에 잠기게 되는 모양인데…… 무덤 하나하나를 파서 옮기는 데, 일일이 보상을 해준다니께 내일이라도 가서 일을 보고 오소."

조상의 무덤 이야기가 그의 정수리에 바늘처럼 꽂혔다. 선산에 있는 오대조부모, 고조부모, 증조부모, 할아버지, 할머니, 아버지, 어머니, 형들의 무덤을 어디로든지 옮겨야 하는 것 아닌가. 얼마쯤의 이장 비용을 준다면, 유골을 어느 공원 묘지로 옮겨야 한다. 처남은 안타까운 목소리로 말했다.

"자네도 참 억세게 재수없는 사람이여. 트럭 사서 장사한다고 허둥대지 않고 그냥 그대로 엎드려 죽은 듯이 살았으면 자네 그 금싸라기 땅들…… 최소한 오억이나 육억 이상은 받아서 궁하지 않게 살 것인데…… 빈털터리가 돼버린 자네를 생각하면 가슴이 쓰라리네."

처남의 말은 대못이 되어 그의 육신과 영혼에 내리박히고 있었다.

그날 밤, 잠을 이루지 못하고 엎치락뒤치락하다가, 다음날 출근을 하자마자, 홍보실장에게 사정 이야기를 하고 고향 유치로 내려갔다. 짙은 갈색의 안경을 하나 사서 끼고, 얼굴을 충분히 가릴 수 있도록 둥근 챙이 있는 모자를 덮어쓰고 갔다.

무덤들

장흥행 고속버스에 몸을 실었다. 장흥 터미널에 도착해서 군내버스로 갈아타고 유치에 도착했을 때 제일 먼저 눈에 띄는 것은 폐허가 된 마을들과 허물어져 없어진 면사무소 건물, 농협 건물, 학교 건물 들이었다. 주민들은 물론 개미 새끼 하나 보이지 않았다. 관공서들은 나주쪽의 새로 건설된 작은 도시의 신축 건물들로 이전했다. 포클레인들이 집과 건물들을 헐어내고 있었고, 노거수들을 잘라내고 있었고, 강바닥에서 자연석을 캐가고 있었고, 관상용 나무들을 뽑아 트럭에 싣고 있었다. 청소차들은 빈집의 오물을 퍼내고 있었다. 유치 바닥 일대를 물로 채울 준비를 하고 있었다. 사방의 산기슭과 산등성이에는 물이 차게 될 것이라는 수표면의 빨간 표지판이 듬성듬성 서 있고, 그위로는 다리들이 놓였고, 새로운 길이 뚫려 있었다. 오래지 않아 물에 잠길 차도 가장자리의 나무에 플래카드들이 걸려 있었다. '묘지 이장, 화장 전문 상담 019 747 002x.'

그는 학산마을로 찾아갔다. 마을의 집들은 모두 허물어졌다. 그의 가족이 살던 집도, 최학수의 집도, 인민재판에 의해 죽은 최종식의 집도, 어귀에 있던 지씨의 집도 허물어지고 없었다. 늙은 감나무도 이미 누군가에 의해 베어지고 없었다. 오불고불한 골목 길바닥과 이 집 저 집의 텅 빈 마당들만 남아 있었다. 먼지와 지푸라기 들이 널려 있는 마당에는 하얀 햇빛이 쏟아지고 있었다.

다리 건너의 앞산 밭과 노루배미, 원통배미, 그 위쪽의 선산을 보는 순간 눈앞이 아찔했다. 조상의 무덤들이 하나도 보이지 않았다. 포클레인에 의해 파헤쳐져 불그죽죽해 있었다. 아니, 저기 있는 우리 조상의 무덤들을 누가 저렇게 파 없앴을까. 댐의 관리사무소 사람들이 포클레인으로 파서 어디로 옮겨놓았을까.

한달음에 댐 관리사무소로 달려갔다. 묘지 이장 때문에 왔다고 하니, 담당 직원이 그 일이 모두 마무리되었다고 말했다. 연고 있는 묘지는 후손들이 다 이장해갔고, 무연고 묘지는 빈 재에 모두 이장해놓았다고 했다. 직원은 친절하게 빈 재의 무연고 묘지들에 대한 사진 자료들을 하나하나 보여주었다. 그의 선산 묘지들의 사진은 그 속에서 찾아볼 수 없었다.

담당 직원은 지도를 펼쳐들고 한참 들여다보더니 고개를 갸웃거리면서 오현을 데리고, 학산마을 앞산 기슭의 산밭으로 갔다. 오현은 벌겋게 파헤쳐진 선산의 무덤 자리들을 가리키며 "어떻게 된 일이요, 이거?" 하고 담당 직원에게 따졌다. 담당 직원은 도리질을 하면서 자기도 잘 모르겠다고 하며 퉁명스럽게 말했다.

"보상이 시작된 오 년 전부터 묘지 이장하라는 공고가 삼 개월 동안이나 나갔는데…… 그 공고를 보고 찾아온 누군가가 자기들 것이라고 신고하고 파간 모양이오."

오현은 맥이 풀려 그 자리에 주저앉았다. 직원이 두툼한 장부를 열쳐 보더니, 그 무덤 파간 사람의 이름과 주소를 가르쳐주었다. 광주시 중흥동 805-4번지 송학순. 전화번호가 016 456 707x, 062 222 902x였다. 직원을 따라 관리사무소로 간 오현은 송학순에게 전화를 걸어, 왜 남의 무덤을 파갔느냐고 따졌다. 송학순은 화를 버럭 내면서 무슨 소리를 하느냐고, 자기는 자기네 조상들의 무덤을 파간 것이라고 말했다. 그는 그 무덤을 어디로 이장했느냐고, 유전자 검사를 해보면 누구의 무덤인지 알 것이라고 따졌다. 송학순은 싸늘하게 말했다.

"우리는 모든 후손들의 동의하에 화장해가지고 묘지 앞에 있는 강물에다가 다 뿌려버렸어요."

오현은 어느 강물 어느 지점에 뿌렸느냐고 물었다. 송학순은 어처구니없어하며 말했다.

"이 사람아, 남의 선조 유골 가루 뿌린 곳을 알아서 무얼 하려고 그래!"

오현은 선산 아래의 강변으로 가서 조약돌밭을 살폈다. 두어 군데 화장한 듯 거뭇거뭇한 흔적이 있었다. 그 자리에 꿇어엎드려 자갈밭을 손바닥으로 쓸어 만지고 두들기며 통곡했다.

"조상님들, 할아버지, 할머니, 아버지, 어머니, 형님들, 저는 천벌을 받아 마땅한 천하의 불효막심한 죄인이오."

불효 죄인

　오현은 혀를 깨물면서, 조상의 무덤을 잃어버린 나 같은 불효막심한 놈은 천벌을 받아야 한다, 하고 자책하며 서울로 갔다. 하늘을 쳐다보기도 부끄럽고 땅의 세상을 둘러보기도 부끄러워, 슬픈 얼굴로 시르죽어 집으로 들어갔는데, 아내와 육남이, 이순이, 칠남이, 팔남이, 삼순이가 달려나와 머리 깊이 숙여, 잘 다녀오셨느냐고 인사를 했다. 삼순이와 팔남이는 어리광스럽게 그를 얼싸안으면서 맞이했다.

　"고향에 가서 뭔 일 있으셨는가라우?"

　오현의 암울한 표정을 뜯어본 아내가 물었지만, 그는 도리질을 하기만 했다. 그날 밤 가슴 아픔을 혼자 감당할 수 없어, 아내에게 조상의 무덤 잃어버린 내력을 이야기했다. 아내는 탄식을 하고 나서 말했다.

　"돈 몇 푼에, 남의 조상 유골을 태워 없애버린 그 사람들 벼락을 맞을 것이오."

　그는 이불 속에 얼굴을 묻고 울면서 말했다.

　"아이고, 나같이 불효막심한 죄인이 어디 또 있겠소? 얼굴을 들 수가 없소. 자식들한테는 또 어떻게 이 말을 해주어야 할지……"

　아내는 눈물범벅이 된 그의 얼굴을 가슴에 품어주었다. 아내 가슴이 그의 눈물에 젖고 있었다. 아내는 그의 등을 다독여주며 어르고 달랬다.

　"제가 생각하기로는, 우리 조상님들의 뼈가 타 없어지기는 했지만 조상님들의 혼령은 저세상 어디엔가에서, 착하게 살아온 우리를 지켜주실 것이오. 우리는 부디 제사나 정성스럽고 착실하게 모십시다. 그

러면 조상님들이 용서하실 것이고 우리 자식들의 앞날을 보살피고 지
켜주실 것이요."

　이튿날부터 그는 시르죽은 얼굴로 백화점에 나가 다시 피에로 노릇
을 했다.

　육남이는 어디에 내던져놓아도 살아갈 놈이었다. 움켜쥐어놓으면
움츠러드는 듯했다가 다시 부풀어오르는 갯솜 같은 데가 있었다. 대
학에 들어가자마자 아르바이트를 하여 용돈을 벌어 쓰다가 이학기
에 휴학을 한 다음 군대에 갔다. 이순이는 은행원이 되겠다고 주산
을 배웠다. 주산선생이 이순이의 암산 실력이 대단하다고 칭찬을 했
다고 했다. 칠남이는 전국 백일장에 나가 우수상을 받아 왔다. 장차
시인이나 소설가가 되겠다는 칠남이는 자기의 시가 실린 교지를 집
으로 가져왔다. 아내는 「아버지」라는 칠남의 시를 펼쳐 그의 앞에 내
밀었다.

　우리가 사는 집안에는
　아버지의 착한 시간이 떠다닌다.
　백화점 문 앞에서 샌드위치맨 노릇
　산타클로스 노릇과 피에로 노릇을 하는 우리 아버지.
　어머니는 우리가 어린 시절부터
　아버지 자리를 마련해놓고 거기에
　앉지 못하게 말리셨다. 늘 비어 있기 마련인
　그 자리에 어쩌다가 내가 앉으면 회초리로 종아리를 내리쳐

그 자리 비워놓는 까닭을 가르쳤다.
그 자리를 잘 받들어야 아버지의 사업이
순조롭게 잘된다고.
내 가슴속에 하늘 같은 아버지의 시간이
우주의 블랙홀처럼 소용돌이치고 있다.
어느 사이엔가 그것은 나를 지배하는
소나기 지나간 다음 검은 구름 사이에서 쏟아지는
찬란한 빛살 같은 신이 되어 나를 내려다보고 있다.

오현은 얼굴이 화끈 뜨거워졌다. 눈에 눈물이 맺히고 코가 시큰해
졌다. 조상님들께 죄를 지었을 뿐만 아니라, 아비 노릇도 제대로 못한
그가 자식한테서 신으로서 칭송을 받다니.
중학생인 팔남이는 영어교과서를 눈 감고 줄줄 외웠다. 대한민국에
서 가장 영어를 잘해가지고, 장차 외교관이 되겠다고 했다. 팔남이는
영어로 일기를 쓰고 영어로 웅변을 했다. 초등학생인 삼순이는 이순
이에게서 주산을 배우다가 말았다. 이 자식, 저 자식이 다 제 밥 벌어
먹고 잘살아갈 듯싶은데 삼순이가 제일 문제였다. 막내 유세를 하는
것인지, 공부하고 담을 쌓았다. 한데 삼순이가 잘하는 것이 하나 있었
다. 고물 텔레비전에 나오는 가수들을 따라 노래하고 춤을 추는 것이
었다. 머리를 양옆으로 세차게 흔들고 엉덩이와 다리를 비비 꼬고 몸
통을 문어 다리처럼 유연하게 흔들기도 했고, 발레리나 흉내를 내기
도 했다. 저렇게 춤을 추는 아이가 내 딸 삼순이일까 의심스러울 지경
이었다. 삼순이는 학교에서도 공부를 하다가 칠판 앞으로 나가 춤을

추어 동무들한테 박수를 받곤 한다는 것이었다. 삼순이는 장차 춤추며 노래하는 가수가 되겠다고 했다. 중학교에 들어가자마자 삼순이는 제 어머니를 졸라, 스포츠댄스를 배우러 다녔다.

아파트 경비원

꽃샘바람이 맵차게 부는 날, 허리 통증을 참으면서 피에로 노릇을 했다. 봄철답지 않게 꽃송이 같은 눈송이들이 펑펑 내렸다. 눈송이들은 땅바닥에 내리자마자 녹았다. 눈 때문인지 손님들이 많았다. 그가 하얀 분향내 나는 방귀를 퐁퐁 뀌곤 했지만 사람들은 그를 거들떠보지도 않고 곧장 백화점 안으로 들어가곤 했다. 피에로의 인기가 시들해졌다.

점심 무렵에는 눈이 개었다. 바람만 쌩쌩 불었다. 아내가 싸준 도시락을 먹고 다시 백화점 정문으로 나가려는데, 파란 물방울무늬의 넥타이를 맨 홍보실장이 오현을 불렀다. 다음날부터 그만 나오라고 말했다. 그는 뒤통수를 한 대 얻어맞은 듯 멍해졌다. 홍보실장은 그에게 경리부엘 다녀오라고 했다. 경리부의 키 작달막하고 눈 새까만 여자가 십만원을 주었다.

홍보실장은 명함 한 장을 주면서 길음동 무지개아파트의 관리소장을 찾아가보라고 했다. "관리소장이 우리 일가 아저씨인데, 착하고 고진한 사람 하나를 구한다고 합디다."

길음동까지는 멀지 않았으므로 걸어서 갔다. 나지막한 언덕에 하늘을 떠받치고 있는 아파트 일곱 개 동이 병풍처럼 줄지어 있었다.

감색 양복에 분홍색 와이셔츠에 빨간 넥타이를 맨, 이마가 번들거리고 몸이 오동통한 관리소장은 부리부리한 고리눈으로 그의 위아래를 훑어보았다. 그가 눈을 내리까는데, 관리소장이 백화점에서는 얼마씩 받았느냐고 물었다. 일당으로 받았다고 하자, "여기서는 월급으로 주네" 하고 나서, 이력서 용지 한 장을 내밀며, 다음날 아침 여덟시 십 분 전까지 써가지고 나오라고 했다.

그가 몸을 돌리는데, 관리소장이 번들거리는 이마로 형광등 불빛을 되쏘면서 말했다.

"여기는 이 교대여, 한 사람이 하룻밤을 꼬박 새우고 아침 여덟시에 교대를 하는데…… 할 수 있겠어?"

그는 얼른 자신만만하게 말했다. "그럼요, 할 수 있습니다." 관리소장은 "호적등본 한 통, 주민등록등본 한 통, 신원증명원 한 통도 내야 해" 하고 말했다.

사진관에 가서 증명사진을 찍고 나서 즉석 사진을 부탁했다. 사진 나오기를 기다리면서 이력서를 썼다. 미처 다 쓰지 못했는데, 사진이 나왔다. 증명사진으로 찍힌 그의 정면 얼굴은 미욱하고, 바보스럽고, 통이 작고 비굴하다 싶었다. 코가 통마늘처럼 뭉툭한데 콧잔등이 약간 꺼진 듯 평평하고, 놀란 사람처럼 눈을 동그랗게 뜨고 있어 겁이 많아 보이고, 입술이 얄따랗고 이마가 좁고 소심해 보이는 얼굴 사진, 그것을 호주머니에 넣고 사진관을 나왔다.

해는 서쪽 하늘로 기울고 있었다. 우이동행 버스를 타고 가다가 구청 앞에서 내렸다. 서풍이 불었다. 먼지를 쓸고 온 바람이 그에게로

몰려들었다. 호적등본 한 통을 떼고, 우이동사무소로 가서 주민등록
등본 한 통, 신원증명원 한 통을 떼었다. 집으로 가다가, 아내가 일하
는 돼지갈빗집을 들여다보았다. 아내는 주방 문 앞에서 쪼그리고 앉
아 배춧속에다가 양념을 쑤셔박고 있었다. 주부습진으로 인해 늘 손
가락들이 짓물러 있곤 하는 아내에게로 가서, '나 피에로 노릇 잘렸
어, 그렇지만 아파트 경비원이 될 거야, 우리 굶어 죽을 팔자는 아닌
가봐. 이렇게 저렇게 근근이 살아가기만 하면 애들이 공무원도 되고,
시인도 되고, 은행원도 되고 그럴 거요' 하고 말하고 싶었다. 당당해
지고 싶은데 슬픔이 솟구쳤다. 조상 무덤을 잃어버린 일이 떠올랐고,
쟁 챈 쟁쟁 하는, 할아버지의 놋쇠화로 두들기는 소리가 들렸고, 가슴
이 쓰라렸다. 문득 황치에 있는 일남이를 저주했다. 지옥에도 못 갈
놈…… 그러다가 몸을 웅크리고 고개를 저으며 이를 물고 생각했다.
일남이로 인해 맺힌 한을 팔남이, 칠남이, 육남이가 풀어줄 것이다.

　돼지갈빗집을 등지고 돌아섰다. 집으로 가니 문이 잠겨 있었다. 아
내가 문설주 위에 숨겨놓은 열쇠를 찾아 문을 열고 들어갔다. 방바닥
에 배를 깔고 엎드려서 이력서를 썼다. 학력란에 고등학교 '졸업'이라
고 쓸까 '중퇴'라고 쓸까 망설이다가, 졸업증명서를 붙이라는 것도 아
닌데 어쩌랴 하고 '졸업'이라고 썼다. 학력을 속였다는 생각에 속이
쓰라려 북북 지워버리고 '중퇴'라고 고쳐 썼다. 가족란은 다섯 칸뿐인
데, 열한 명의 자식들 가운데서 누구는 쓰고 누구는 안 쓸까. 그는 일
남이, 이남이, 일순이, 삼남이, 사남이, 오남이는 쓰지 않고, 이순이,
육남이, 칠남이, 팔남이, 삼순이만 썼다.

　다음날 아침 여덟시 십 분 전에 관리사무소에 도착했다. 아침 운동

을 하다가 온 듯 감색의 트레이닝복 차림인 관리소장은 선 채로 그를 맞았다. 관리소장이 호적등본을 보더니 입을 딱 벌리고 "화아!" 하고 탄성을 지르며 그의 얼굴을 흘긋 쳐다보고 나서 싱긋 웃었다.

산아제한 세대의 사람답지 않게 자식 열하나를 낳은 그가 놀라운 것이었다. 그는 얼굴이 뜨거워졌다. 다섯 형제 중의 막내로 태어났다가 자기도 모르는 사이에 장남이 되어버린 스스로의 참담한 운명이 떠올랐고, 아들 열 낳기를 목표로 하고 낳고, 또 낳고 했던 생각이 났다. 목을 쓸면서 비실비실 웃었다. 관리소장은 신원증명서를 들여다보며 말했다.

"그래, 우리 주민들은 자네같이 착하고 고진한 경비원을 원하네. 우리 아파트가 몇 평인지 아는가? 오십팔 평씩이네. 주민들이 다 내로라하는 상류층 사람들이야."

소장은 그를 3동 경비실로 데리고 갔다. 거기에 키 작달막한 경비원이 교대해줄 사람을 기다리고 있었다. 그가 나타나자 작달막한 경비원은 도시락 가방을 어깨에 걸쳤다. 관리소장에게만 머리를 깊이 숙여 절하고 그에게 눈길 한 번 주지 않고, 말 한마디도 없이 떠났다.

관리소장이 혼잣말로 "천씨, 저 사람은 저렇게 싱겁이야" 하더니, 그를 경비실에 앉혀놓고 당부의 말을 했다. "한사코, 주민들한테 고개 숙여 인사 잘하고, 환하게 웃어주고, 현관 청소 잘하고, 쓸데없는 잡상인들 출입 못하게 하고…… 주민들 가운데 어느 한 사람의 눈 밖에만 나도 그날로 목이 젤크덕이네." 관리소장은 오른손을 칼처럼 펴서 목을 끊어내는 시늉을 해 보였다.

그는 맹물 같은 천씨가 벗어놓은 금빛의 견장 달린 감색의 경비원

제복 웃옷을 걸치고 금테 두른 감색 모자를 썼다. 관리소장은 그를 경비실 의자에 앉혀놓고 당부의 말을 계속했다.

"항상 전화기 앞에 앉아 있어야 하고, 혹시 책이나 신문을 가져다 놓고 보거나, 라디오를 가지고 와서 듣거나, 텔레비전을 구해다놓고 들여다보아서는 안 돼. 꼿꼿이 앉아서 드나드는 사람들 얼굴을 익히고, 잡상인들 못 드나들게 하고, 혹시 찌라시를 돌리거나, 자잘한 딱지를 붙이려는 사람 못 들어가게 하고…… 만일 어느 놈이 들어가서 문짝이나 벽에 딱지를 붙여놓으면 자네가 그날 안으로, 책임지고 일일이 말끔하게 떼어야 해. 알았지? 그리고 친척 행세를 하고 들어가 강도질을 하는 놈이 있다는 것을 알아야 하네. 우리 아파트 주민들이 다 사장님들 사모님들이니까 눈 밖에 나지 않도록…… 알았는가?"

고무줄 시간

그는 경비실 의자에 앉은 채 창문을 통해, 기사 딸린 외제 승용차로 출퇴근하는 사장님들이나 사모님들, 학교에 가는 귀공자 같은 학생들의 얼굴들을 향해 인사를 했다. 드나드는 파출부들에게도 인사를 했다. 점차 사모님들과 파출부들을 감별하는 눈도 생겼다. 일반 사모님들은 애초부터 경비실에 관심을 가지지 않고, 오만하게 고개를 꼿꼿이 세우고 드나드는데, 파출부들은 사모님들의 오만한 태도를 흉내 내기는 하지만 그것이 어색했다. 파출부들은 경비실 안을 궁금해하기는 했지만 일부러 상대하지 않으려고 외면했다. 그들은 대개 오동통

248

하거나 볼이 처지고, 머리를 뽀글뽀글 볶았고, 걸음걸이는 기우뚱거리고 윗몸을 약간 숙이곤 했다. 가끔은, 경비실 안의 그를 향해 고개를 까딱해주는 파출부도 있었다.

주민들의 출입이 뜸하면 그는 빗자루와 쓰레받기를 들고 계단 청소를 하고, 물뿌리개에 물을 받아가지고 화분에 물을 주었다. 잘못 분류된 일반쓰레기와 재활용쓰레기를 분류해 담았다. 그 일들을 끝내고 나면 경비실 안에 앉아 있었다.

경비는 만만한 일이 아니었다. 딱딱한 의자에 앉아 있으면 엉덩이가 아팠다. 목과 갈비뼈와 어깨 근육과 허리와 다리의 관절들이 굳어졌다. 공사판에서 다친 허리가 늘 아렸다. 가끔씩 고개를 양옆으로 젖혀보고, 어깨를 앞뒤와 위아래로 들썩거리거나 으쓱거리고, 몸을 이쪽저쪽으로 외틀고 기지개를 켜고, 일어서서 허리 운동을 천천히 하다가, 의자에 두 손을 짚고 엎드려 허리 펴는 운동을 하고, 그리고 일어서서 심호흡을 해야 했다.

밤은 굽이굽이 길었다. 어디선가 매미 울음소리가 들렸다. 귀울림이었다. 경비실 의자에 앉은 채 퇴근하는 사장님들, 사모님들, 밤늦게 귀가하는 학생들, 일을 마치고 돌아가는 파출부들을 일일이 살폈다. 밤이 깊어지고 사람들의 왕래가 뜸해지면 의자에 앉은 채 매미 울음소리 같은 귀울림 소리를 들으면서 졸았다. 그러다가 사람 지나가는 기척이 있으면 눈을 번쩍 뜨곤 했다. 잠들지 않으려고 고개를 저어보기도 하고, 아내와 유치 논밭에서 농사짓던 일을 생각하기도 했다. 자전거의 짐받이에 배를 싣고 눈 쌓인 길을 헤쳐가던 생각, 산딸기를 따다가 아내에게 주던 생각, 보림사에 기도하러 간 아내를 마중 가면서

'일남아' 하고 소리쳐 부르고, 그것이 메아리로 울리던 생각도 했다.

잠을 설치며 경비를 해야 하는 것은 고통스러운 일이었다. 그렇지만 그는 그것을 고통으로 생각지 않았다. 월급 칠십만원짜리 아파트 경비원 자리를 얻은 것은 행운이며, 조상님들의 음덕이라고 생각했다. 경비실 의자에 앉아 있으면 비몽사몽간에 시간이 흘러갔다. 푸르른 새벽 빛살이 주차장에 강물처럼 밀려드는 것이 환장하게 반가웠다. 고등학교 학생들은 새벽빛을 헤치고 학교에 갔다. 출장을 가는 것인지 비행기를 타러 가는 것인지, 새벽에 출근을 하는 사장님들도 있었다.

삼양동 사는 천씨는 맛 들지 않은 무처럼 싱거운 인간이었지만 칼로 자르는 것처럼 시간을 잘 지켰다. 키 작달막하고 얼굴이 거무튀튀한 천씨는 도시락 가방을 어깨에 걸친 채 도착하여, 문 앞에 서서 그가 나오기를 기다렸다. 수고했지요? 하는 말 한마디 없었다. 그는 금테 모자와 감색 제복을 벗어놓고 도시락 가방을 어깨에 메고 "수고하시오" 하고 나서 경비실을 떠났다.

다음날 여덟시에 출근한 그는 천씨에게 "수고 많았지요?" 하고 인사를 하지만, 천씨는 응답을 하지 않았다. 무심하게, 금테 모자와 제복 웃옷을 벗어놓고, 자기의 도시락 가방을 어깨에 걸치고 말없이 계단을 내려갔다. "조심해 가시오" 하고 그가 천씨의 뒤통수를 향해 인사말을 던져도 천씨는 그냥 그것을 받아먹기만 하고 뒤돌아보지도 않고 떠났다.

그때부터 천씨가 나타날 다음날 아침 여덟시까지의 시간을 혼자서 갈아 먹고 삶아 먹어야 했다. 열두시가 되면 아내가 싸준 도시락을 먹는데, 여덟시부터 열두시까지의 네 시간 동안이 넉 달 동안처럼, 아니, 그 이상으로 길었다. 우두커니 앉아 한 땀 한 땀 시간을 누비질했다. 시간은 고무줄처럼 늘어졌다가 움츠러들었다를 반복했다. 계단과 정원과 주차장으로 하얀 햇살이 쏟아졌다. 주차장에는 고급차들 이십여 대가 엎드려 있었다. 검은 차, 하얀 차 들이 반반인데, 빨간 차와 초록색의 차가 한둘 섞여 있었다.

고향 노인

딩동 하는 엘리베이터 소리가 난 지 오래지 않아, 머리털 허옇고 허리 약간 굽은 노인 한 사람이 현관문을 밀고 갈색의 등산용 지팡이를 짚으며 걸어나왔다. 주름살들이 많고, 도수 높은 검은 테 안경을 끼고 있었다. 기름한 말상인데, 볼이 우묵하고 광대뼈가 튀어나오고 앙상하게 깡말랐지만 강단이 있어 보였다. 그 노인을 보는 순간, 할아버지가 놋쇠화로 시울을 담배대통으로 '챙 챈 챙챙' 두들겨대던 소리가 들렸다. 그는 또 조상님들의 무덤 잃어버린 데 대한 죄책감에 사로잡혔다.

노인이 경비실 안을 들여다보았다. 오현은 머리 허연 노인에게 고개를 깊이 숙여주었다. 가까이 보니 얼굴 살갗 여기저기에 암자주색 저승꽃들이 피어 있었다. 노인이 말했다.

"첨 보는 얼굴이네이."

귀에 익은 남쪽 지방의 사투리였다. 그는 얼굴에 웃음을 가득 담은 채 노인에게 머리를 깊이 숙여주었다. 노인은 그를 향해 고개를 끄덕거리고 계단을 내려가더니 정원의 벤치로 가서 앉았다. 벤치 옆에는 팬지꽃 화분 두 개가 진열대에 놓여 있었다. 노란 꽃, 보라색 꽃, 주황색 꽃 들이 피어 있었다. 노인은 그 꽃들을 들여다보다가 몸을 일으키고 호떡을 굽는 포장마차 앞으로 갔다.

포장마차 안에서는 검정 바지 위에 밤색 스웨터를 걸치고, 오뚝이 그림 찍힌 노랑 앞치마를 두른 아낙이 호떡을 굽고 있었다. 노인은 포장마차를 지나 은행과 상가가 있는 쪽으로 걸어갔다. 노인이 사라진 아스팔트 길에는 흰 햇빛만 쏟아졌다.

오현은 경비실 안의 멈추어 있는 시간을 제쳐두고 과거의 시간 속으로 기어들어갔다. 과거의 시간들은 한줄기의 야들야들한 신화나 전설 같은 시공에 비늘 반짝거리는 음험한 구렁이처럼 똬리를 틀고 있다.

외갓집의 깜깜한 골방에 갇힌 채 문틈으로 날아드는, 가느다랗고 눌눌한 빛살을 바라보던 아물아물한 음화 같은 기억, 어험, 어험 하고 목을 가다듬는 할아버지의 등에 업혀가기도 하고 손을 잡은 채 걷기도 하며 외가에서 친가로 돌아오던 기억, 그때 길 가장자리에 하얗게 지천으로 피어 있던 찔레꽃에서 날아오던 향기가 그의 몸 여기저기에서 살아나고, 할아버지가 놋쇠화로 두들기던 소리가 귀 시리게 들리는 듯했다.

크나큰 집안에서 할아버지와 단둘이 살던 일, 흰 두루마기 차림에 담배대통을 손에 든 할아버지가 학교로 찾아와서 고등학교 이학년생인 그를 데리고 교장실로 들어가던 일이 떠올랐다. '좌향앞으로가'

'우향앞으로가' '우로어깨총' '좌로어깨총'을 제대로 하지 못하고, 앞에총을 하고 운동장을 돌던 일, 집에서 하얀 천으로 한쪽 다리를 감고 학교에 가서 교련선생이 준 목발을 짚으며 내빈석 앞에 놓인 걸상에 앉아 있자 학생들이 지나가며 그를 고문관이라고 놀리던 일이 떠올랐다.

자투리로 살아온 한심스러운 과거사를 떠올리지 않고, 가능하면 아름답고 향기로운 일들만 떠올리려 하는데, 자꾸 아프고 슬픈 일들이 줄줄이 떠올랐다. 처가에서 초례를 치른 다음날 신부를 집으로 받아들일 때, 무당이 하얀 주검 옷 일곱 벌을 하나씩 불태우며 시키는 대로, 신부와 더불어 불에 타는 주검 옷들을 향해 절을 하던 일, 반 동무들을 중국집으로 데리고 가서 짜장면을 사주던 일이 떠올랐다. 덩치 큰 놈들이 몰려들어 그의 사지를 누르고, 허리띠를 풀고 바지와 팬티를 끌어내리고 생식기와 거웃에 짜장면 찌꺼기와 배갈을 부어 문질러주던 일도 떠올랐다. 자전거를 끌고 유치 학산마을의 집을 향해 가다가 강물에 들어가서 바지를 벗고 물로 사타구니를 씻으면서, 바닥쇠 장철진과 최수길이를 죽여야겠다고 이를 갈던 일도 떠올랐다. 과거의 길바닥에는, 모가 뾰쪽뾰쪽한 조약돌들처럼 수많은 서글픈 서사들이 깔려 있었다.

가죽 밴드의 손목시계가 열두시를 가리켰다. 결혼식 때 아내가 선물로 준 시계는 진즉 고장이 났다. 그렇지만 버리지 않고, 서울로 올 때 호주머니에 넣어가지고 왔고, 도장과 인주와 서류 따위를 넣는 봉투 속에 넣어놓았다. 이제는 만원 주고 산 전자시계를 차고 있었다.

도시락을 먹어야겠다고 생각했다. 도시락이 두 개였다. 하나는 점심때 먹을 것, 다른 하나는 저녁때 먹을 것이었다. 도시락 속에는 김밥과 김치와 함께 아내의 아기자기한 손맛이 담겨 있고, 마디가 굵어진 손가락과 주부습진으로 물러진 피부도 담겨 있고, 열한 명의 아기를 키워낸 젖무덤과 물큰한 유향도 담겨 있었다.

도시락 뚜껑을 열려다가 멈칫했다. 창밖에서 움직거리는 머리 허연 노인 때문이었다. 노인은 포장마차 앞에서 호떡을 사고 있었다. 노인이 지나간 다음 도시락을 먹기로 하고 뚜껑을 덮었다. 노인은 호떡 봉지를 왼손에 들고 오른손으로 지팡이를 짚으면서 경비실 앞으로 왔다. 노인이 혼자서 주전부리를 하려는가보다 하고 생각했다. 노인은 계단을 올라오더니 경비실 창문 앞으로 다가섰다. 오현은 창문을 통해 노인의 얼굴을 보았다. 노인의 흐릿한 눈길과 그의 눈길이 마주쳤다. 노인이 창문 안으로 호떡 담긴 검은 봉지를 밀어넣었다. 노인이 "심심하지잉" 하고 가지런한 이들을 내놓으며 웃었다. 전라도 사투리의 억양이 쉰 듯한 목소리와 함께 그의 가슴을 흔들었다. 그는 당황해서 "아니라우, 어르신께서나 잡수십시오. 오히려 제가 사드려야 하는디……" 하고 어색하게 웃었다. 서투르지만 서울말을 쓰려고 애쓰곤 한 그였는데, 노인의 사투리에 감염되어 그의 속에 숨어 있던 본연의 사투리들이 흘러나왔다.

노인은 몸을 돌렸다. 그는 그냥 앉은 채 받아먹는 것이 죄송해서 재빨리 경비실 밖으로 나갔다. 노인은 아파트 현관문 안으로 들어가 있었다. 그는 뒤따라가며, 몇 호실에 사시는 어르신이냐고 물었다. 노인은 뒤도 돌아보지 않고 손사래를 치면서 엘리베이터 앞으로 가서 상행 단추를 눌렀다.

경비실 안으로 들어온 그의 귀에 챙 챈 쟁쟁 하는 환청이 들렸다. 할아버지의 유언도 들렸다. 우리 일남이 신동이다. 앞으로 두고 보아라, 틀림없이 검판사가 될 것이다. 할아버지는 '판검사'라고 말하지 않고 반드시 '검판사'라고 말했었다. 황치에 가서, 일남이의 그림들을 식칼로 북북 그었던 일, 일남이가 '아버지, 차라리 저를 죽여주십시오…… 아버지, 제발 제가 하고 싶은 일을 하고 살도록 내버려둬주십시오' 하고 울부짖던 말을 생각했다. 가슴이 떨렸다. 후우 하고 한숨을 뿜으며 마음을 가라앉혔다. 그 자식은 잊기로 했지 않느냐고 스스로를 꾸짖었다. 호떡을 먼저 먹을까, 도시락을 먼저 먹을까. 단것을 나중에 먹기로 하고, 도시락을 먹었다. 못난 남편에게 늘 허리를 ㄱ자로 굽혀 절하곤 하는, 젖가슴이 풍성한 아내는 도시락을 정성스럽게 쌌다. 까만 김밥 속에는 시금치, 달걀부침, 참치 살점, 단무지 조각 들이 들어 있었다. 한쪽 귀퉁이에는 김치가 들어 있었다. 아내가 없었으면, 트럭 사고로 거덜난 다음 서울에 와서 어찌 살았을까. 절망하여 술에 취한 그를 아내는 늘 가슴으로 품어주며 말했었다. '할아버지 유언을 생각해서라도, 저 주렁주렁한 새끼들을 봐서라도 이를 갈면서 살아야 혀라우.' 눈물을 훔치면서 김밥을 먹었다.

아내의 배반

아침 여덟시 정각에 오현은 천씨에게 경비실을 넘겨주고 집으로 갔다. 아직 식당에 나가기 전인 아내는 허리를 굽혀 절을 하며 그를 맞이했다. 얼굴에 잔주름이 늘어가는 그녀는 흰머리를 없애려고 자주 염색을 했다. 세수하러 욕실로 들어가는 그를 따라 들어와 "당신 머리에서 냄새가 나요" 하며 따뜻한 물을 받아 그의 머리를 감겨주고, 수건으로 물기를 훔쳐주고, 헝클어진 머리칼들을 빗으로 빗겨주고 나서, 아침을 차려주었다. 늙어가면서 군살이 늘어나는 아내의 배릿한 체취는 훈훈하고 포근한 분위기를 만들었다. 행복이란 이런 것이라 생각을 하자, 코끝이 시큰해졌다. 아내는 서둘러 식당으로 출근을 하면서, 그의 얼굴을 건너다보며 말했다.

"밤에 잠을 설쳐서 그런지 얼굴이 눌눌하고 꺼칠하요. 세상만사 다 잊어버리고 푹 주무십시오. 설거지하지 말고 그냥 설거지통에 놔둬버리시오. 점심은 이쪽 쟁반에 따로 차려놨소."

밥을 먹으면서 보니 점심으로 차려놓은 쟁반 옆에 아내의 핸드백이 놓여 있었다. 주황색 인조가죽으로 만든 직사각형의 핸드백이었다. 한쪽 모서리가 희끗희끗하게 닳았다. 이 사람이 깜박 잊고 가지고 가지 않았구나, 달려가서 전해주고 올까, 이미 식당에 도착했을 시간이다. 밥을 먹은 다음, 빈 그릇들과 숟가락, 젓가락을 설거지통에 넣어놓고, 반찬 그릇 뚜껑을 닫아 냉장고 안에 넣었다.

주부습진에 시달리는 아내의 손을 생각하며 설거지를 했다. 안방으로 들어가 잠을 잤다. 깨보니 열두시가 가까워 있었다. 화장실에 다녀와서 다시 누워 자다가 한시가 넘어서 깼다. 어린 시절에 배운 보건체조를 하고, 아내가 쟁반에 차려놓고 간 점심을 먹는데, 아내의 핸드백이 눈에 걸렸다. 핸드백 속에는 무엇이 들어 있을까. 사내가 여자 핸드백을 궁금해하다니 음흉하다. 진즉 폐경기를 지났으므로, 생리대나 콘돔 따위가 들어 있을 리 없다. 손수건이나 화장품이나 손거울 따위가 들어 있겠지. 핸드백을 열어보려고 끄집어 당겼다가 그냥 밀어놓았다. 인조가죽의 부드러운 감촉이 손가락 끝에 남아 있었다. 문득 속에 들어 있는 것들이 궁금해 환장할 것 같았다.

참지 못하고 지퍼를 열었다. 앙증스러운 견본용 크림과 로션과 흰 가제 손수건 한 장과 고이 접힌 부드러운 휴지 몇 장이 들어 있었다. 그 옆에 얇고 투명한 사진관 봉투 속에 엽서 크기의 사진 몇십 장이 들어 있었다. 아내가 언제 어디 가서 아이들하고 사진을 찍었을까. 아이들의 소운동회 때 찍은 것들일까. 아비인 나한테는 왜 보여주지 않았을까.

그 사진들을 꺼내 들여다본 순간 그의 가슴과 정수리에서 덜컹 무너져앉는 소리가 났다. 그것들은, 그가 황치에 갔을 때 본 참새만한 여자와 일남이와 서너 살쯤의 어린아이 사진들이었다. 머리를 밑에서 위쪽으로 팽이처럼 깎아올린 것으로 미루어 아들인 듯싶었다.

먼 수평선을 배경으로 밀려드는 하얀 파도 앞에서 셋이 함께 찍은 것, 일남이가 아이를 목마 태우고 찍은 것, 참새만한 여자가 아이를 보듬고 찍은 것, 아이 혼자만 세워놓고 찍은 것, 하얀 등대를 배경으로 찍은 것…… 셋이 모두 활짝 웃고 있는 것, 두 팔로 하트 모양을 표현하고 있는 것, 손가락으로 V 자를 만들고 있는 것, 큰 화폭 앞에 아이를 세워놓고 찍은 것…… 그야말로 행복하고 단란한 가정이 어떤 모양새인가를 알게 해주는 사진들이었다. 그것을 보는 그의 가슴은 두방망이질을 했고, 온몸의 피가 모두 머리끝으로 치올랐다.

아내는 이때껏 그를 기만하고 배반하여온 것이었다. 그는 아내에게 일남이를 호적에서 파버리고 애초에 낳지 않은 것으로 치고 살겠다고 선언했는데, 아내는 그를 속이고, 일남이하고 몰래 소통을 하고 있는 것이었다. 아내를 용서할 수 없었다. 아내를 어떻게 혼내줄까. 아비한테서 용서를 받지도 않은 주제에 아비 몰래 제 어미하고만 소통하고 사는 일남이 이 자식을 어떻게 응징할까.

당장, 식당에 있는 아내에게 달려가, 나를 이렇게 기만하고 배반할 수 있느냐고 악을 써주고 싶었다. 오현은 화를 주체하지 못하고 씨근 거리면서 부엌과 거실 안을 맴돌기도 하고 서성거리기도 했다. 흥분을 가라앉히지 못한 채 식탁을 내리쳤다. 신을 신고 나서려다가 멈칫했다. 남의 식당으로 달려가서 호통치는 것은 무례한 일이다. 참고 있다가 아내가 퇴근하고 돌아오면 그때 한바탕 난리를 내놓자.

"당신 손으로 직접 내가 보는 앞에서 이것들의 사진을 짝짝 찢어 불에 태워버려! 당장!"

이 말을 그는 미리 준비해놓았다. 치미는 울화를 어찌하지 못하고 냉장고에서 소주 한 병을 꺼내 마셨다. 아, 나는 세상에서 가장 외로운 남자다. 아내는 '아버지의 자리'라는 공간을 하나 만들어, 아들딸들이 섣불리 아버지 옆에 다가가지 못하게 해놓고, 자기는 자식들하고 세세한 정을 나누고 소곤소곤 소통을 하는데, 남편인 나는 혼자 외톨토리가 되어 있는 것이다.

그는 술에 취하여, 거실 한복판에 네 활개를 펴고 천장을 향해 누웠다. 가슴에서 끓어오르는 뜨거운 울화를 푸우, 푸우 허공으로 내뿜다가 뒷산으로 올라갔다. 소나무숲 속으로 난 길을 숨이 헐떡거릴 때까

258

지 달려갔다. 바위에 걸터앉아 하늘을 쳐다보았다. 일남이 쪽에서 먼저 연락을 해서 소통하기 시작한 것이 아니고, 아내가 먼저 자식들 가운데 누군가를 시켜 연락을 하게 한 다음 소통하기 시작했을 것이다. 간사한 늙은 여우. 아비를 배반한 일남이와 앙큼한 늙은 여우 사이에 소통이 이루어지도록 다리를 놓아준 놈은 누구일까. 육남이일까, 칠남이일까, 팔남이일까, 이남이일까, 삼남이일까, 일순이일까. 아들딸 모두가 아비 모르게 그 사진들을 보면서 시시덕거렸을 것이다.

산 아래서 바람이 불어왔다. 심호흡을 하면서 문득, 핸드백을 감추지 않은 아내의 실수에 대하여 생각했다. 남편인 그가 속에 들어 있는 사진들을 보게 되면, 쓰라린 배반감을 느끼게 될 것이므로 꺼내보지 못하도록 감추어야 할 핸드백을 식탁에 놓아둔 아내의 실수. 그 실수라는 말을 떠올리는 순간, 그는 '아!' 하고 탄성을 질렀다. 혹시, 아내는 계획적으로, 남편에게 들통이 날 실수를 저지르고 있는 것이 아닐까. 하하, 이런 늙은 여우. 아내는, 아버지인 나에게 화목한 아들의 가정을 넌지시 보여주려 한 것이다. 일남이와 참새 같은 여자의 현재 삶을 기정사실화하고, 인정해주도록 유도하려는 것이다. 언젠가 한번은 일남이가 자기 가족을 이끌고 오게 되리라는 것을 미리 알려주고 있는 것이다. 이것은 실수가 아니고, 주도면밀한 고의적인 술수인 것이다. 아내는 의뭉하다. 아내는 뱃속에 보이지 않는 항아리를 숨겨 가지고 있고, 그 속에 꽃뱀이나, 능구렁이나, 백사나, 까치독사나, 내가 한 번도 본 적이 없는 뿔이 달린 뱀들을 담고 있는 것이다. 내가 아내를 얼마나 사랑하고 믿고 의지하고 살았는데, 일남이 지놈을 어떻게 키웠는데…… 이렇게 나를 배반할 수 있단 말인가. 그는 자기에게 늘

ㄱ자로 허리를 굽혀 절하곤 하는 아내의 낮은 자세와 풍성한 젖가슴 같은 사랑과 배반의 혼란 속으로 깊이 빠져들어갔다.

그는 산 아래를 향해 가슴을 펴고 심호흡을 하며 생각했다. 아내에게 당하고 있을 수만은 없다. 아내에게 복수를 하자고 생각했다. 나한테도 아내 못지않은 의뭉이 있다. 아내를 속여주자고 생각했다. 아내가 하는 짓을 손바닥 위에 놓고 손금 들여다보듯이 보며 즐기는 것이다. 그는 집으로 달려갔다. 주방 식탁에 펼쳐놓은 사진들을 긁어모아서 사진관의 투명한 봉지 속에 가지런히 넣고, 그것을 아내의 핸드백 속에 고이 넣었다. 그가 그것을 꺼내본 흔적을 없애고 핸드백을 원래 있던 그 자리에 놓아두었다.

건너지 못할 강

막내 삼순이가 제일 먼저 들어오면서 "아버지 학교에 다녀왔습니다" 하고 허리 굽혀 인사를 했다. 스포츠댄스를 힘들게 하고 온 삼순이는 욕실에 가서 샤워를 하고 제 방으로 갔다. 열시가 넘어서 아내가 들어왔고, 허리를 굽히며 "많이 주무셨소?" 하고 정겹게 인사했고, "경비원 노릇 하기 힘들어서 못하시겠으면 그만두십시오. 남들 다 자는데 주무시지 못하고 밀려드는 잠을 쫓으면서 경비 서는 것이 어디 쉬운 일이겠어요? 학원 보내주라는 애들 없는께 나 혼자 번 것만으로도 살림 꾸려나갈 수 있어요" 하고 말했다. 오현은 천연스럽게 말했다.

"나는 종일 잤소. 당신 많이 피곤할 텐디 얼른 쉬시오."

아내는 곧 돌아올 아이들을 위하여 밤참을 준비했다. 부엌은 거실하고 잇닿아 있었다. 팔남이가 열한시쯤에 들어왔고, 칠남이는 열한시 반이 지나서 들어왔다. 그들은 다 그의 앞에 머리 숙여 절을 했다. 세수를 하고 난 그들은 모두 부엌에 들어가서 아내가 차려준 밤참을 먹었다. 그때 백화점 경리 노릇을 하는 이순이가 들어왔다. 이순이는 그에게 인사를 하고 곧장 부엌으로 들어갔다.

부엌의 분위기가 수상스러웠다. 킥킥거리는 웃음소리가 나는 듯하다가, 누군가가 입술에 손가락 하나를 대고 내는 쉿 소리에 곧 조용해졌다. 야릇하게 진행되는 조용함 속에서 속삭이는 소리, 수선스러운 몸짓과 손짓과 소리 낮추어 킥킥하는 웃음소리들이 이어졌다. 하아, 하고 오현은 속으로 소리쳤다. 저것들이 지금 어머니가 핸드백 속에서 꺼내 보이는 사진들을 돌려보고 있는 것이다. 아내는 남편인 나만 빼놓고, 자식들과 일남이의 화목한 삶을 함께 즐기고 있는 것이다. 나를 배반하는 데 있어서 모든 자식들은 제 어미와 공범이다.

부엌의 자식들이 저희 방으로 들어간 다음, 아내가 안방으로 들어왔다. 아내에게서 기만과 배반의 찬바람이 날아왔다. 그는 아내에게 등을 돌리고 잤다. 그와 아내 사이에 차가운 강물 하나가 흐르고 있었다. 배반의 강물이었다. 그의 머릿속에는 일남이와 참새 같은 여자와 서너 살쯤인 남자아이가 이렇게 저렇게 포즈를 잡고 찍은 사진들이 떠다녔다. 아내는 말이 없었다. 기만과 배반을 감지한 그에게서 날아오는 찬바람을 알아차리고 있는 것인가. 핸드백 속에 감추어놓은 비밀을 그가 훔쳐보았으리라고 생각하는 것일까. 아내는 어쩌면 자기의 의도적인 실수를 즐기고 있는 것이다.

아내는 능청스럽게 "당신 어저께 밤에 무슨 일 있었어요?" 하고 물었다. 그는 "아니" 하고 대답했다. 아내가 "어쩐지 우울해 보여라우" 하고 말했다. 그의 입속에서 '당신 핸드백 속에 들어 있는 그것이 뭣이여? 어쩌면 그렇게 나를 속이고, 조상님들과 애비 에미를 배반한 그 나쁜 놈하고 내통을 할 수가 있어?' 하는 말이 만들어지고 있었다. '당장에 그것 가져다가 내 눈앞에서 찢어버려.' 그는 그 말을 꿀꺽 삼키고 심호흡을 했다. 모른 체하기로 작정했다. 모른 체하는 것이 그와 아내 사이에 평화를 가져다줄 것이라고 생각했다. 일남이 그놈도 살아야 하니까, 저주하지 말고, 그놈의 가정에 깃든 행복과 평화를 축복해주자, 하고 그는 생각했다. 아내는 집안의 더 큰 평화를 위하여 나에게 예방주사를 놓고 있는 것이다. 일남이가 어느 날 나타날지라도 내가 크게 화를 내거나 놀라지 않도록 미리 방편을 하고 있는 것이다.

빨치산 토벌대장

아파트 현관을 출입하는 사람들이 뜸해졌고, 경비실 앞의 일곱 층의 계단들은 바야흐로 쏟아지는 두터운 햇살하고 속살거리고 있는데, 시간은 고무줄처럼 늘어지고 있었다. 졸음이 몰려왔다. 졸음을 쫓기 위해 또 과거의 시간 속으로 기어들어갔다.

입덧을 하고 나서 입맛이 붙기 시작한 아내가 밭둑에 자생한 산딸기나무에서 발그레한 산딸기를 따먹고 있었다. 그는 산골짜기의 가시 수풀을 헤치고 다니며 산딸기를 바지의 양쪽 호주머니에 가득 땄다.

밭둑으로 내려오다가 미끄러져 뒹굴었다. 호주머니에 넣은 산딸기들이 으깨어졌고, 산딸기의 불그죽죽한 물이 허벅지 살갗으로 배어들었다. 아내에게 호주머니에 감춘 산딸기들을 사랑의 묘약인 듯 꺼내주었다. 아내는 두 손바닥을 마주대고 오그려 그것을 받았다. 그것 한 알 한 알을 게눈 감추듯이 먹어치웠다.

산딸기 따러 다닐 때 이마 위에서 쏟아지던 찬란한 햇빛이 머리에 떠올랐다. 햇빛은 주황색으로 잘 익은 산딸기의 잔털에서 미세하게 떨렸다. 산딸기나무 밑동에서 무엇인가 움직거려서 내려다보니 꽃뱀이었다. 빨강과 노랑과 검정 색깔 무늬가 알락달락한 꽃뱀은 그를 향해 혀를 널름대며 가랑잎 속으로 달아나고 있었다…… 산과 들에서 아내와 더불어 땀흘리며 김매고 밭갈이하고, 보리밭에 거름 주고 북주고, 논갈이하고, 멸구 잡고, 벼 베고…… 쨍쨍한 햇살 아래서 땀흘리고 나서 쉬다가, 아내와 시냇물에서 등목을 했다. 젖무덤 풍성한 아내는 치마를 입은 채 시냇물 웅덩이에 온몸을 풍덩 담갔다. 두 손의 엄지로 귀를 막고 머리를 물에 첨벙 담갔다가 내놓았다. 물에 젖은 아내의 몸을 그가 끌어안았다…… 다 내던져버리고 그때의 세상으로 돌아가 행복하게 살았으면 좋겠다. 그렇지만 지금 그 고향은 사라졌다. 시퍼런 댐으로 변했을 것이다. 나는 그 고향에 갈 자격이 없다. 조상님들의 무덤을 모두 잃어버렸다. 우울해졌고, 그는 얼굴을 일그러뜨렸다.

머리털 허연 노인이 현관에서 지팡이를 짚고 걸어나왔다. 그는 전날 먹은 호떡의 달콤함을 생각하며, 문밖으로 나가 노인에게 허리 굽혀 절을 했다. 주름살 깊고 저승꽃이 만발한 노인에게서는 구중중한 노인의 냄새가 날아왔다. 노인은 엉거주춤 서서 그를 건너다보았다. 안경알이 햇빛을 되쏘았다. 안경알 속의 눈은, 세월의 풍화로 인해 눈꺼풀이 밑으로 처져 실눈이 되어 있었다.

"고향이, 전라도 어딘가?"

"장흥잉만이라우" 하고 오현은 말했다. 순간 노인의 눈이 반짝 빛났고, "자웅?" 하고 되물었다. '장흥'을 '자웅'이라고 발음하고 있었다. 그것은 장흥 인근에서 오래 산 나이 많은 사람들의 말버릇이었다.

노인이 "자웅 어디?" 하고 재우쳐 물었는데, 그는 "유치이구만이라우" 하고 나서 후회했다. 감추고 싶은 고향이었다. "유치 어느 마을이여?" 노인은 흥분하고 있었다. 그가 시르죽은 소리로 말했다. "학산이요." "학산?" 그를 건너다보는 노인의 눈에서 알 수 없는 한줄기 빛살이 반짝 뻗어나왔다. 그는 순간 두려운 생각이 들었다. 그의 마음과 몸은 움츠러들었다.

육이오 직후에 외지 사람들은 장흥의 유치 일대를 '모스크바'라고 말했었다. 장흥, 강진, 해남, 완도, 진도 일대에서 활약하던 남로당원들과 인민군 치하에서 빨간 별 그려진 완장을 차고 활약한 청년들은, 유엔군이 인천 상륙을 하자, 인민군을 따라 북상하다가 길이 막혀 유치 산골로 숨어들어 빨치산 투쟁을 했다. 유치 가지산의 암챙이골짝에 본부를 둔 빨치산은 밤에 유치 일대와 그 주변 마을을 장악했고, 거기에서 양식과 소와 돼지와 닭과 김치와 된장, 고추장 따위를 빼앗아갔다. 낮에는 경찰과 토벌군이 밀고 들어와 빨치산에게 협조한 민간인들을 징치하고 회유하다가, 해가 지면 퇴각했다. 낮이면 태극기가 걸리고, 밤이면 인공기가 걸렸다. 유치 주민들은 낮이면 대한민국 국민이 되고, 밤이면 조선인민공화국 인민이 되었다.

외지 사람들은 유치 사람들에게, 그때 빨치산 편을 들지 않았느냐는 의심의 눈길을 보내곤 했다. 모든 유치 사람들은 외지에 나가면 고향을 감추곤 하는데, 오현은 자신도 모르는 사이에 고향을 말해버린 것이었다.

"그럼 빨치산 두목 김동수를 알겄구만!" 노인의 말이 정수리를 쳤다. 오현은 숨이 막히고, 얼굴이 달아올랐다. 아, 내 아버지 김동수. 세차게 도리질을 하며 모른다고 말했다.

"그래, 자네는 그때 어렸을 것인께로……" 노인은 오현의 손 하나를 끌어다가 잡고 흔들었다. 노인의 손은 뼈가 앙상했고, 정맥이 암청색으로 드러났지만 악력이 드세었다. 잡힌 손이 뻐근했다. 쿵쿵거리는 가슴을 어찌하지 못한 채 그는 노인의 손에 피어 있는 어두운 보랏빛 저승꽃들을 내려다보았다.

"자네하고 나하고는 참말로 이상한 인연이네이." 노인은 자기의 고향이 강진읍 성남리라고 말했다. 노인의 목소리에는 첫소리가 어려 있었다.

"나 그때 자응경찰서 토벌대 대장이었어. 우리 부대하고 김동수 부대하고 얼마나 끈질기게 싸웠든지…… 그것들이 아지트로 쓰고 있는 보림사를 탈환하려고 무지무지하게 치열하게 싸웠네. 기껏 뺏어놓고 밤에 퇴각을 하고 이튿날 아침에 들어가면 또 그것들이 차지하고 있는 것이여. 할 수 없이 사상자를 낼 각오를 하고 쳐들어가 탈환을 한 다음에 기름을 끼얹어가지고 불을 질러버렸지…… 지금 생각하면 크게 잘못한 것이지…… 그때 우리도 많이 상하고 그쪽도 많이 죽었어. 그것들이 산을 기막히게 잘 탔제이. 골짜기로 달아나는 놈들을 보고 총을 갈기면, 그놈들이 눈 깜짝할 사이에 우리 머리 위에 있는 산등성이에 올라가서 우리를 놀리면서 총을 갈긴다고."

노인은 흥분한 목소리로 말했다.

"그래도 결국은 우리가 이겼어. 막판에 양식 구하러 부산면 용소말까지 온 김동수 부대를 우리가 포위했어. 무기를 버리고 손 들고 항복을 하면 살려주겠다고 했지만, 기어이 항복을 하지 않고, 부하들이 다 죽고 난께 김동수는 지 권총으로 지 머리를 쏘고 죽었어."

오현은 가슴이 두방망이질을 하고 눈앞이 어질어질했고 숨도 가빠졌다. 말을 마친 노인은 잠시 흰 햇살 쏟아지는 주차장을 바라보다가, 몸을 일으키고 지팡이를 짚으며 걸었다.

"참으로 이상한 인연이여. 김동수가 유치 학산 출신 아닌가. 그런디 내가 지금 그 학산 사람을 만나다니……"

노인은 혼잣말처럼 중얼거리며 호떡 장수 포장마차 앞을 지나 노인당 쪽으로 갔다. '챙 챈 챙챙' 놋쇠화로 두들기는 소리가 오현의 귀에서 살아났다. 점심때가 가까웠을 때 노인은 또 호떡 한 봉지를 사가지고 와서 경비실 창문 안으로 들이밀었다.

파리

파리 한 마리가 창문을 통해 날아들어와서 허공을 맴돌다가 탁자 위에 앉았다. 탁자 바닥을 잠시 동안 이리저리 기어다니다가 오현의 얼굴 살갗의 모공 하나하나를 점검했다. 그가 손으로 훔쳐 잡으려 하면 날렵하게 달아났다가 그의 손등으로 와서 앉았다. 손을 저으면 천장의 형광등의 갓으로 날아갔다가 얼마쯤 뒤에 탁자 위로 와서 앉았다. 앞발 둘을 마주대고 비볐다. 그놈이 생각을 가진 놈인 듯싶었다.

경비원 노릇을 하려면, 경비원에 알맞은 삶의 가락을 가지고 있지 않으면 안 되었다. 하얗게 페인트칠해진 천장을 쳐다보거나, 창밖에 쏟아지는 흰빛을 바라보거나, 지나다니는 주민들의 얼굴을 살피거나, 과거의 시간 속으로 흘러들어가거나 해야 했다. 과거의 시간 속으로 들어가는 것이 시간을 죽이기로는 제일이었다.

오현과 친해지자, 노인은 경비실 안으로 들어와 그가 권하는 의자에 앉아서, 자기의 이름이 박장수라고 밝혔다. 서슴없이 자기 젊은 날의 아기자기한 삶을 이야기했다.

박장수는 유치 빨치산이 소탕되자 경찰 옷을 벗고, 반동자로 몰려 숙청당한 한 남자의 젊은 미망인을 첩으로 두었다. 아니, 기둥서방 노릇을 한 것이었다. 살결이 탐스럽고, 콧날과 입매 눈매가 고운 그녀는 광주 충장로 우체국 앞에서 옷감 점포와 시계방을 겸하여 운영했다. 그 여자의 시가는 장흥읍 예양리의 만석꾼 부자였다. 그녀에게는 어린 아들 하나와 딸 하나가 있었는데 모두 시부모 집에 맡겼다. 그 여자와 함께 트럭을 몰고 여수에 가서 밀수입되어 오는 일본 비단과 시계와 보석 따위를 사오곤 했다.

경찰 출신인 박장수는 경찰이 지키는 검문소를 무사히 통과하는 요령이 있었다. 시계와 비단 밀수입으로 인해 돈을 엄청나게 벌었다. 그런데 그렇게 번 돈의 임자는 그녀가 아니고 그였다. 그 여자는 박장수와 살면서 세 차례나 낙태를 했는데, 그 때문이었는지, 자궁암을 앓다가 세상을 떴고, 그녀의 모든 것은 박장수의 차지가 되었다.

박장수 노인은 마른 입술에 침을 바르며 말했다.

"돈이란 것은 지남철하고 똑같어. 어느 정도 큰 돈뭉치를 가지고 있으면, 사방팔방의 돈이 그 돈뭉치를 향해 몰려들어오는 것이여. 내가 유치면 가지산의 비탈 완만한 기슭에다가 과수원을 해볼까 하고, 거저줍듯이 사놓은 것들이 한 십만 평 있었는디, 거기에 댐이 생기면서 그 땅이 말도 못하게 큰 돈덩어리가 되어버렸다고. 그런 돈 저런 돈으로 우리 큰아들이 전자제품 회사를 차렸는데 그 제품들이 또 불티나듯이 팔린다네."

크리스마스 전날 밤 정장 차림의 키 호리호리한 오십대 남자가 경비실 안을 들여다보고 "우리 아버지가 김씨 아저씨 이야기를 자주 하더라고요. 아주 착하시다고" 하고 말하며 지갑에서 십만원짜리 자기앞수표 한 장을 꺼내주었다. "내일 집에 들어가면서 케이크나 하나 사가지고 들어가세요."

며칠 뒤에 퇴근하고 들어오던 그 남자가 경비실 안을 들여다보며 자기하고 잠깐 이야기를 하자고 했다. 오현이 밖으로 나오자, 다짜고짜 말했다.

"여기서 근무하기 답답하지요? 감옥살이나 다를 바 없을 터인데? 밤잠도 제대로 못 자고……"

대답할 사이도 주지 않고 그 남자가 물었다. "고등학교 다니셨으면 알파벳은 뜯어 읽을 줄 알겠지요?"

오현이 그렇다고 하자 그 남자가 말했다.

"우리 창고에서 일을 해보지 않겠어요? 여기서 받는 것 배 가까이 드릴게…… 한번 생각해보시오. 우리 아버지가 김씨를 좀 도와주라고 해서 그러는 것이오."

오현은 불안과 두려움으로 인해 가슴이 두근두근 설레었다. 그날 밤 그는 아파트의 경비원 노릇을 계속할 것인가, 돈을 두 배 가까이 준다는 국제전자의 창고 관리인으로 갈 것인가, 하는 문제를 놓고 고민했다. 마음에 걸리는 것은 그 남자의 아버지 박장수가 토벌대 대장이었다는 것, 빨치산 대장인 그의 아버지를 죽인 사람일 수도 있다는 것이었다. 그 노인과 나는 슬픈 악연 아닌가. 그렇지만 육십 년의 세월이 흘러버린 이제, 많이 달라져버린 세상 속에서 당시의 이념 대립으로 인해 일어난 비극을 괘념할 것이 무엇이란 말인가. 오현은 할아버지가 하던 말을 떠올렸다. "장마철의 곰팡이를 이기는 것은 가뭄이고, 가뭄을 이기는 것은 번개와 우레고, 번개와 우레를 이기는 것은 햇볕이고, 그 햇볕을 이기는 것은 꽃그늘이고, 꽃그늘을 이기는 것은 밤이고, 밤을 이기는 것은 잠이고, 잠을 이기는 것은 아침이고, 아침을 이기는 것은 지심이고, 천심이라는 것이다."

이튿날 아침 퇴근을 하고 돌아가 아내에게 그 말을 했다. 물론 그는 아버지 김동수와 박장수의 인연에 대한 이야기는 하지 않았다. 아내는 반색하면서 말했다.

"당신이 하도 착하고 고진하신께 그런 자리가 생긴 것이구만이라우."

다음날, 그 남자는 퇴근을 하면서 경비실 안을 들여다보며 "생각해
보셨소?" 하고 물었고, 그는 밖으로 나가 허리를 굽실거리며, 써주
신다면 성실하게 일을 해보겠다고 대답했다. 그 남자는 명함 한 장을
주면서 "그럼 여기 정리하고, 이리로 찾아오시오" 하고 말했다. 주식
회사 국제전자 대표 박태성이었다. 그는 관리소장에게 그의 후임 경
비원을 구하라고 말했고, 사흘 뒤부터 국제전자의 창고 관리인이 되
었다.

창고 관리인

국제전자의 창고 안은 광장처럼 넓고, 크고 작은 물품들이 가득 쌓
여 있었지만, 창고 관리인 노릇은 누워서 떡 먹기였다. 물품을 반입하
고 출하하는 직원이 둘 있는데, 오현은 탁자에 앉아 그들이 실어내는
물품 수와 장부상의 수가 맞는지 어쩌는지 확인하고, 일치하면 그렇
다고 체크를 하고 사인만 해주는 것이었다. 근무시간도 밤을 꼬박 새
우는 것이 아니고, 아침 아홉시까지 출근하여 창고계에 있는 출퇴근
기록기에 엄지를 한번 대준 다음 열두시까지 근무하고, 도시락을 먹
고 두시부터 오후 여섯시까지만 근무하고, 출퇴근 기록기에 엄지를
짚어주고 퇴근하는 것이었다. 출근할 때와 퇴근할 때, 기록기에 엄지
를 누르는 순간 흘러나오는 귀뚜라미 소리가 경쾌했다. 그것은 그가
출근하는 시간과 퇴근하는 시간을 정확하게 체크하는 소리인 것이었
다. 그는 달콤한 행복감에 젖어들었다. 그를 간섭하는 사람은 아무도

없었다. 그가 퇴근하고 난 뒤에는 경비 회사가 창고 경비를 맡는 것이었다. 월급은 제날짜에 그의 예금통장에 찍혀 나왔고, 아내는 통장을 들여다보며 발을 구르며 행복해하였다.

어찌하여 나에게 이러한 행운이 돌아온 것인가. 그것은, 그저 수십년 전 빨치산 소탕 작전에 참가한 머리 허연 노인 박장수의 눈에 순하고 착하게 보인 것이 그 이유였다. 순하고 착하다는 것은 무엇인가. 그것은 그에게 있어 비굴함일 수도 있다. 화장실에 드나들 때 거울에 나타나는 그의 얼굴에서 그것을 읽었다. 그의 태도와 표정은 늘 세상에게 당하고 살아온 까닭으로, 두려워하고 주눅들고 겁먹은, 소심하고 비굴한 모습인 것이었다. 그 소심과 비굴이 그에게 이 행운을 가져다준 것이다. 그 행운은 스스로를 우울하게 했다. 창고 관리실 탁자에 앉은 그의 귀에는 문득, 할아버지가 사랑방에서 담배대통으로 놋쇠화로의 시울을 세차게 두들기는 '챙 챈 챙챙' 소리가 들리곤 했다. 토벌대에게 포위되어 전투를 벌이다가 부하들을 다 잃은 다음 자기의 총으로 자결한 아버지의 모습이 흑백영화의 한 장면처럼 떠올랐다. 오현은 할아버지의 말을 떠올리며 우울함을 달랬다. 장마철의 곰팡이를 이기는 것은 가뭄이고, 가뭄을 이기는 것은 번개와 우레고, 번개와 우레를 이기는 것은 햇볕이고, 그 햇볕을 이기는 것은 꽃그늘이다.

아픈 가슴

모텔방은 깊은 밤의 고요 속으로 침잠하고 있었다. 칠남은 가슴이 아리면서 두근거렸다. 고희를 넘긴 아버지가 국제전자의 창고 관리인 노릇을 하는 것이, 빨치산이었던 할아버지 김동수를 죽인 토벌대장 박장수의 배려라는 사실이 하나의 큰 충격이었다. 그것은 아버지에게도 충격이었을 것이다. 그런데 그 충격을 해소시키는 묘약을 아버지 김오현은 가지고 있었다. 그것은 증조부의 말씀에 들어 있었다. '장마철의 곰팡이를 이기는 것은 가뭄이고, 가뭄을 이기는 것은 번개와 우레고, 번개와 우레를 이기는 것은 햇볕이고, 그 햇볕을 이기는 것은 꽃그늘이다……' 아버지 김오현이 절망 속에서 좌절하지 않고 살아온 삶은 바로 그 말씀에 근거하고 있다. 그 가르침은 치열한 이념 갈등과 대립의 세상에서 자기를 지키고 건사해온 지혜이다.

스스로를 식물성 아나키스트라고 생각하는 시인 칠남은, 스스로가 소심하고 비굴하게 살아왔다고 생각하며 사는 아버지 김오현의 속에서 나온 자식임을 새삼스럽게 확인했다. 그것은 무어라 이름 지을 수 없는 슬픔이었다.

이념 세상인 소련이 붕괴되었고, 그 연방에 묶여 있던 모든 자잘한 나라들은 자유의 나라가 되었고, 중국 공산당은 중국 나름의 자본주의 세상으로 환골탈태했고, 할아버지 김동수가 추종했던 북한 세상은 세계에서 고립되고 희화되어 있다. 외곬으로 나아가는 이념은 절름발이 정의일 뿐이고, 보편타당한 진리일 수 없다. 증조할아버지는 먼 앞날을 내다보는 시각을 가지고 있었다. 그 시각은 『주역』에서의 변수를 읽어야 만들어질 수 있는 것이었다. '장마철의 곰팡이를 이기는 것은 가뭄이고, 가뭄을 이기는 것은 번개와 우레고, 번개와 우레를 이기는 것은 햇볕이고, 그 햇볕을 이기는 것은 꽃그늘이다.' 이것은 얼마나 시적이고 철학적인 시각인가. 칠남은 아버지에게 말했다.

"아버지, 증조할아버지께서 하셨다는 그 말씀을 앞으로 낼 제 시집
에 그대로 싣겠어요."

행운

단 한 건의 실수나 착오도 없이 오현은 창고 관리를 했다. 사장은
가끔씩 창고를 방문했는데, 말없이 창고 안을 죽 훑어보고 나서 그에
게 고개를 몇 번 끄덕거려주고 돌아가곤 했다. 창고 안에서의 삶은 그
가 과거의 시간 속으로 들어갈 수 없도록 늘 바빴다.

그는 책상에 앉아 창고 안의 물품 관리를 하는 자기와, 그를 보좌하
여 제품들을 들이거나 반출하는 늙은 직원 둘을 비교해보았다. 그는
그들과 달리 알파벳을 읽고 쓸 줄 알았고, 숫자 계산을 좀 더 잘했으
며, 사장을 속이려 하지 않았다. 아니, 그보다 더 은밀한 것이 있다고
생각했다. 아버지 김동수가 남로당원이자 유치 빨치산 대장이었고,
토벌대에게 포위되자 스스로 자결했다는 것이었다. 명명한 곳에 계시
는 아버지와 할아버지가 자기를 도와주고 있는 것이라고 생각했다.
아니, 그보다 더 진중한 철학 때문이라고 생각했다. 그것은 할아버지
가 그의 내부에 심어준 것이었다. 장마철의 곰팡이를 이기는 것은 가
뭄이고……

시간은 잘 갔다. 잘 가는 시간에 따라 자식들은 모두 제 갈 길을 찾

아들 갔고, 곱던 아내의 얼굴에는 잔주름이 하나씩 둘씩 늘어가고 깊어갔다.

삼순이는 고등학교 졸업을 한 다음 스포츠댄스 강사 노릇을 했고, 영어 공부를 열심히 하던 팔남이는 나랏돈으로 미국 유학을 갔다. 칠남이는 한 예술대학 문예창작과를 졸업하고 나서 시도 쓰고 소설도 쓰는 작가가 되더니 한 출판사에 다니면서 제 밥벌이를 했고, 이순이는 제가 다니는 백화점의 영업팀장하고 결혼을 해서 딸 하나를 낳아 키우고, 육남이는 군대에 갔다가 나와서 원양어선을 타러 갔고, 오남이는 호텔 주방에서 일을 하면서 함께 일하는 여자하고 살고 있고, 사남이는 삼양동사무소에서 근무하며 결혼을 해서 아들 하나 딸 하나를 낳았고, 원양어선 타던 삼남이는 자기 애인하고 함께 중고차 시장에서 베테랑 소리를 듣고 있고, 일순이는 팔당댐 옆에서 매운탕집을 하는 남자하고 살고 있고, 이남이는 제대한 다음 태권도장을 운영하면서 늘씬한 여제자하고 아들만 둘을 낳아 키우며 살고 있다.

아내는 아직도 그 식당일을 해주며 돈을 벌어온다. 비록 할아버지께서 소원한 대로 판검사는 나오지 않았지만, 자식들은 다 제 갈 길을 잘 헤쳐나갔다.

모순

오현의 의식 속에는 큰아들 일남이에 대한 껄끄러운 배반의 앙금이 아직 남아 있었다. 배반감의 크기는 기대감과 집착과 부어준 사랑에 정비례하는 것이거니 했다. 기대감과 집착과 부어준 사랑이 클수록 배반감도 크기 마련이었다. 그렇다는 것을 알지만 그는 일남이를 용서할 기회를 만들지 못한 채 살고 있었다.

그는 모순된 사람이었다. 일남이를 용서하지 못했으면서도, 그가 혼자 있을 때엔, 아내의 핸드백 속에 들어 있는 일남이의 가족사진을 훔쳐보곤 했다. 그러면서 그에게 용서해달라는 편지 한 통 보내지 않는 일남이를 원망했다. 그는 일남이가 생각나면 속으로 소리쳐 말하곤 했다.

'이 자식아, 니놈이 조상님들의 기대와 아비 어미의 사랑을 배반하고, 판검사 되어주지 않았어도 다른 자식들 때문에 나 기죽지 않고 잘 산다.'

일남이의 반대편에 칠남이가 있었다. 그는 자기 생각 속에 잠겨 있곤 하는 칠남이를 대하기가 조심스러워지곤 했다. 어쩌다가 아비인 그를 쳐다보는 그놈의, 유치 산골 밤하늘의 별빛처럼 반짝거리는 눈빛이 귀여우면서도 두려웠다. 그 눈빛은 그의 가슴속에 감추어 있는 우울과 슬픔의 인자 들을 하나하나 깊이 뚫어보는 듯싶었다. 한번은 아내가, 그가 들고 가는 도시락 가방에 잡지 한 권을 찔러주면서 읽어보라고 했다. 창고 관리실에 도착하자마자 그 책을 펼쳐보았다. '아버지, 우리 아버지'라는 제목의 글이 있었다. 그것을 한달음에 읽었다.

함박눈 내리는 크리스마스 날 친구들하고 영화 구경 갔다가 백화점 앞에서 인형처럼 서 있는 산타 할아버지를 보았는데, 친구들과 나는 저것이 진짜 사람이냐 마네킹이냐 하고 내기를 걸고 다가가서 숭물다리를 꼬집었는데, 산타 할아버지는 움찔하고 나서 아무 일 없었던 듯 표정을 바로잡았는데, 산타 할아버지 배꼽 밑에 쪼그리고 앉아 터불터불한 흰 수염 속에 든 얼굴을 보았는데, 아, 그것은 발가락에 동상 걸려 절름거리는 우리 아버지였는데, 그날 밤 술에 취한 아버지는 군고구마 한 봉지를 사들고 왔는데, 나는 군고구마 한 개를 입에 물고 이불 뒤집어쓴 채 소리없이 울었는데, 그 군고구마를 짜디짠 눈물에 버무려 먹었는데, 아, 아버지, 우리 아버지, 지금 내 방에는 아버지의 시간이 둥둥 떠다니네, 아아, 아버지, 우리 아버지.

어머니는 어린 시절부터 아버지의 자리를 마련해놓고 거기에 앉지 못하게 말리셨는데, 늘 비어 있기 마련인 그 아버지의 자리에 어쩌다가 내가 앉으면 회초리로 내 종아리를 때리면서 그 자리 비워놓은 그 까닭을 가르쳤는데, 내 하늘에 블랙홀 같은 아버지의 시간이 흐르고 있는데, 나는 가끔 그 속으로 빨려들어가곤 하는데, 그것은 나를 지배하는 신의 꽃무지개가 되곤 하네.

아, 아버지 우리 아버지, 나 어린 시절의 아버지는
꼭두새벽에 찬밥 물에 말아 잡수시고
도시락 싸들고 막노동판에 나가셨네,
엄동설한 눈보라치는 크리스마스엔
백화점 앞마당에서 흰 수염에 고깔 쓰고

산타클로스 할아버지로 웃으며 서 있었네,
아, 공기총 한 자루도 가지지 못한 가난한 도시의 사냥꾼이여,
그래도 그 아버지는 나에게 신이었네.
아버지, 아버지 우리 아버지여
7월 8월 염천에는 울긋불긋 땀띠 난 얼굴에
피에로 차림으로 땀으로 멱감으며
오고가는 손님에게 전단지 나눠주고
허리에 밧줄 매고 줄 타는 거미처럼
하늘 닿게 높은 빌딩 유리창 청소하신
아, 공기총 한 자루도 가지지 못한 가난한 도시의 사냥꾼이여,
그래도 그 아버지는 나에게 신이었네.
아버지여, 우리 아버지여,

그 글을 읽으면서, 오현은 어헉어헉 소리내어 울었다.

망향비 앞에서

모텔방에서 하룻밤을 지새우며 아들 칠남을 위하여, 새벽녘까지 맥주를 홀짝거리며 술김에 이야기를 뱉어내느라 잠을 설친 아버지 김오현은 아홉시쯤에 일어나 모텔 앞의 밥집에서 생태국에 밥 몇 숟가락을 말아 먹은 다음 칠남에게 "악아, 우리 고향 동네 한번 더 보고 가자" 하고 말했다. 칠남은 택시 한 대를 대절해 아버지를 모시고 유치

댐으로 달렸고, 전날의 그 학산마을 망향비 앞에서 내렸다.

댐의 질펀한 청람색의 물너울에는 물비늘 같은 파도가 일고 있었다. 파도의 굵은 이랑들 때문에 물너울은 더욱 검푸르러지고 있었다. 쉼터의 천장을 덮고 있는 등나무덩굴에 주렁주렁 매달린 보라색의 꽃망울들은 진한 향기를 뿜고 있었다.

김오현은 물너울의 한 지점 한 지점을 세심하게 내려다보았다. 아버지의 사념들이 아들에게 바이러스처럼 전이되고 있었다.

'이쪽 시퍼런 곳에 너 다닌 초등학교가 있었고, 요쪽 산모롱이 아래쪽에 면사무소하고 농협사무소가 있었고, 저기, 저 산줄기가 뻗어내리다가 물속에 잠기고 있는 저기에 우리 학산마을이 있었다. 이쪽 꾸부러진 골짜기 밑에, 나와 네 어머니가 농사짓던 원통배미, 노루배미가 있었고, 그 위쪽으로 보리 갈고 수수 심고 고구마 심던 밭이 있었고, 그 밭과 잇닿은 곳에 너희 오대조부모, 고조부모, 증조부모, 할아버지, 할머니, 네 형님들의 무덤이 있었는데⋯⋯'

아버지는 후유 하고 한숨을 쉬었고, 주먹으로 눈물을 훔쳤다. 그 눈물이 칠남의 가슴으로 건너왔고, 그의 눈가에 이슬이 맺혔다.

금화살 같은 찬란한 햇빛이 댐의 청람색 물결 위로 쏟아지고 있었다. 물에 잠긴 고향을 내려다보며 눈물짓고 있는 아버지 김오현의 옆얼굴을 보며 쓴 입맛을 다시는 아들 칠남의 호주머니에서 핸드폰이 울렸다. 시퍼런 물너울로 둔갑한 고향을 내려다보는 아버지의 슬픈 감회를 방해하지 않으려고 그는 망향비의 쉼터 밖으로 나와서 핸드폰의 통화 버튼을 눌렀다. 일남 형에게서 걸려온 전화였다.

"형님, 저 지금 아버지 모시고 고향 댐에 왔어요. 네, 물에 잠긴 우리 고향, 네, 그래요, 지금 시퍼런 물결을 내려다보고 있어요."

일남 형의 목소리에 안타까움이 담겨 있었다.

"이 사람아, 거기에 모시고 가면서는 소주 한 병 가지고 가서 드시게 해야 하는 것인데……"

칠남이 말했다. "아버지 간밤 내내 술 많이 드셨어요."

일남 형이 말했다. "그런데 칠남아, 지금 우리한테 재밌는 사건 하나가 터졌다."

"사건이라니요?" 그가 묻자, 일남 형이 말했다. "지난번에 니가 보고 간 그 그림 있지 않니? 아버지하고 내가 공동제작했다고 한 것." 일남 형의 목소리에 얼핏 울음이 들어 있다 싶었다. 뜨거운 예감이 칠남의 정수리에 전율을 일게 하고 가슴에서 울컥하는 감격이 올라오게 했다. 일남 형이 말을 이었다. "그 그림을 출품했는데, 큰 상이 나한테 돌아왔다!"

칠남이 "와아, 대박이네요! 와하하하, 축하해요 형님," 하고 소리쳐 말했다.

전화를 끊고 나서 칠남은 막연해졌다. 대단한 사건임에 틀림없는 일남 형의 대상 수상 소식을 얼른 아버지에게 말씀드리고 싶은데, 무엇부터 어떻게 알려야 할 것인지 알 수 없었다. 그는 아버지 앞으로 갔다. 집안에 무슨 일인가가 벌어졌다고 직감한 아버지가 눈살을 찌푸린 채 칠남의 얼굴을 건너다보았다. 칠남은 아버지를 향해 "아버지, 황치 일남 형한테 큰일 하나가 생겼어요" 하고 말했다.

아버지가 세월의 풍화로 인해 처지기 시작한 눈꺼풀을 위로 추켜올리려다가 몸을 팩 돌렸다. 그것은 큰아들 일남에 대한 배반감의 표현이었다. 그는 아버지 옆으로 다가서며 덧붙여 설명했다. "일남 형님이 그린 그림이 ㄷ신문사 미술대전에서 대상을 받았답니다."

김오현은 칠남에게 등을 보인 채 무뚝뚝하게 물었다. "그것이 뭣이라냐!" 칠남은 아버지가 빨리 확실하게 납득할 수 있는 말을 찾아 헤매다가 불쑥 말했다.

"일남 형님이 그린 그림이 이 세상에서 제일 잘 그린 그림이라는 것이어요…… 일남 형은, 피카소, 세잔, 반 고흐, 고갱, 르누아르, 마네, 모네, 뭉크, 김환기 같은 세계적인 화가가 된 것이어요. 제가 생각하기로는 그것이, 판검사 시험에 합격한 것보다 훨씬 더 좋은 것입니다."

아버지는 잠시 멍해진 채 고개를 쳐들고 짙푸른 하늘을 쳐다보고 있다가 그를 향해 돌아선 채 무뚝뚝하게 말했다. "그것, 느그 어메한테 알렸다냐?" 그랬는지 어쨌는지 아직 모른다고 말하자, 아버지는 얼핏 목울음에 젖은 목소리로 말했다.

"그럼, 느그 어머니한테 느그 형이 했다는 것 이야기하고, 대문간에다가 국기 달으라고 해라."

그가 어머니에게 전화를 걸어, 아버지의 말을 전하고 나서 돌아서니, 아버지는 댐의 물너울을 향해 무릎을 꿇고 앉으며 울음 섞인 목소리로 "할아버지, 우리 일남이가 판검사보다 더 좋은 것을 해냈답니다" 하고 나서 두 손바닥으로 얼굴을 가린 채 어흑어흑 울어대고 있었다. 남풍이 불었고, 댐의 청람색 물너울은 출렁거리고 있었다. 그 물결을 내려다보는 김오현이 아들 김칠남의 가슴을 아리게 하는 말을 뱉어내고 있었다.

"내 생각으로는, 남북 탁구 단일팀이 세계탁구대회에 출전했을 때 응원단이 들고 흔들던 그 한반도기를 하나 그려서 우리 대문간에 달았으면 좋겠다." 그러나 금방 아버지는 딱딱하게 굳어진 얼굴로 도리질을 세차게 하고 나서 말했다. "아니다, 그냥 태극기를 달으라고 해라."

칠남은 황치에 살고 있는 형 일남이 감추어온 슬픈 속사정을 아버지에게 말해줄 시기가 바로 지금이라고 생각하고, 아버지의 안색을 살피며 입을 열었다.

"아버지, 일남 형이 다행스럽게도 잘되고 난 지금이니까, 제가 형 대신에 형이 아버지께 말씀드리지 못하고 이때껏 감추어온 속사정 하나를 말씀드려야 할 것 같습니다. 제가 황치에 갔을 때 일남 형이 한 말인데요, 형이 고시를 볼 때마다, 1차에는 합격하는데 2차에는 꼭 떨어지곤 한 것이 연좌제 때문이었다는 겁니다. 할아버지가 남로당원이었고 빨치산 활동을 했기 때문에, 그 시험의 최종 판정관은 그 할아버지의 손자에게 판사 노릇, 검사 노릇을 하지 못하게 하려고 그렇게 2차에서 떨어뜨리곤 한 것이라는 겁니다."

칠남의 말을 듣고 난 아버지 김오현은 뒤통수를 호되게 얻어맞은 듯 입을 벌리고 허공을 쳐다보다가 오른손 주먹으로 앙가슴을 쳤다. "아이고, 이 미련하고 멍청한 애비는 그것도 모르고…… 그 불쌍한 새끼를 황치까지 쫓아가서 두들겨패고 저주를 퍼붓고…… 으흑" 하고 소리내어 울었다. 소나무숲에서 두 마리의 비둘기가 번갈아 구슬프게 울었고, 유치의 슬픈 역사와 신화와 지형도를 품은 댐은 짙푸른 표정으로 출렁거리고 있었다.

이 꽃의 있음을 들어 저 달의 없음을 증명하리

소설 한 편으로 세상의 참모습을 확인하려 할 때 나는 추사 김정희 선생의 시 한 구절을 떠올리곤 한다.

꽃 지면 열매 있고
달 지면 흔적 없네
이 꽃의 있음을 들어
저 달의 없음을 증명하리

한국문학사 속에는 '남로당원'을 아버지로 둔 작가들이 있다. 분단 국가인 대한민국 정부는 남로당원을 적대시했고, 당사자는 물론 그 가족들에게 탄압과 박해를 가했고, 그 가족들은 극심한 트라우마에 시달리며 살았다.

이 소설은, 비극의 땅 유치에서 태어나고 자라면서 영육에 깊은 상처를 입은, '아버지가 남로당원'이었던 한 남자의 삶을 형상화시킨 것이다. 어린 시절부터 죽지를 펴지 못하고 주눅이 든 채 자투리 인간(잉여 인간)으로 살아온 남자의 한스러운 삶.

내 고향 전남 장흥의 유치면 일대는 가지산 자락에 둘러싸여 있는 협곡 안의 분지인데, 육이오 한국전쟁 이후 한동안 '모스크바'라고 불렸다. 북으로 가지 못한 남로당원들이 이 산골짜기를 접수하고, 토벌하려는 경찰대와 일진일퇴의 피비린내 나는 빨치산 투쟁을 벌였던 지역이다. 가지산 자락은 구산선종(九山禪宗)의 으뜸 고찰인 보림사를 품고 있는데 전각들은 그때 불타버렸다가 이제는 모두 재건되었다.

그 유치가 십 년 전에 장흥댐의 짙푸른 물너울 속에 잠겨버렸다. 장흥댐은 수자원공사가 2006년까지 십 년 동안 6712억 원을 들여 완공했다. 장흥의 유치면 부산면, 강진군 옴천면 일부의 697세대 2100명의 수몰민이 발생했는데, 댐은 높이 53미터 길이 403미터 저수용량 약 2억 세제곱미터이고, 목포, 완도, 신안, 무안, 해남, 진도, 영암, 강진, 장흥 지방의 물 부족을 해소하는 데 한 해 약 1억 3000만 세제곱미터를 공급한다.

내 나이 올해 희수(喜壽, 77세)이다. 내 감각은 그 나이만큼 늙었을 수도 있고, 익어 견고해졌을 수도 있다. 이 소설은 몇 년 전부터 쓰고 다듬어온 것인데, 희수를 잘 넘기라는 아들딸들의 효의지로 금년에

펴내게 되었다. 삶의 어느 한 굽이에 액(厄)이라는 장애물이 숨어 있다면, 이 책은 그것의 여울목을 안녕히 즐겁게 건널 수 있게 도와주는 징검돌이 될 것이고, 나는 소가지 없이 아주 오래 글을 쓰며 살 것이다. 그런 의미망을 가진 이 책을 내준 문학동네에게 감사한다.

한 초청강연에서 '글을 쓰는 한 살아 있고 살아 있는 한 글을 쓸 것'이라는 말로 강연을 마무리했는데, 뒤풀이 자리에서 한 시인이 '글을 쓰지 못하게 되면 당신 스스로 당신 삶을 마무리하겠다는 것이냐'고 따지고 들어, 나는 웃으면서, 오래전부터 내 토굴 바람벽에 '狂氣(광기)'라 써붙여놓고 산다는 말로 대답을 대신했다.

이 꽃으로 인해 지구의 저쪽에서 밤을 밝히는 나의 달이 증명되어지기를 희망한다.

2015년 10월
해산토굴에서 한승원

문학동네 장편소설
물에 잠긴 아버지
ⓒ 한승원 2015

초판인쇄 2015년 10월 12일
초판발행 2015년 10월 20일

지은이 한승원
펴낸이 강병선
책임편집 이성근 | 편집 정재연 정은진 김내리 황예인
디자인 김현우 유현아 | 마케팅 정민호 나해진 이동엽 김철민
홍보 김희숙 김상만 한수진 이천희
제작 강신은 김동욱 임현식 | 제작처 영신사

펴낸곳 (주)문학동네
출판등록 1993년 10월 22일 제406-2003-000045호
주소 10881 경기도 파주시 회동길 210
전자우편 editor@munhak.com | 대표전화 031) 955-8888 | 팩스 031) 955-8855
문의전화 031) 955-3576(마케팅) 031) 955-8864(편집)
문학동네카페 http://cafe.naver.com/mhdn | 트위터 @munhakdongne

ISBN 978-89-546-3770-1 03810

www.munhak.com